経営コンサルタント
「遠山金次郎」殺人事件簿

笹川俊之

JN061902

文芸社

経営コンサルタント「遠山金次郎」殺人事件簿

目次

プロローグ

ちまたでは、世界的に蔓延したコロナウィルスの感染が落ち着きを取り戻していた2021年の夏、やっと外出禁止が解け、これから旅行や観光が復活するかに見えていた。夏も終わりに近い残暑厳しい日が続いていた日である。

8月27日、企業戦略総合研究所所属、経営コンサルタントの遠山金次郎は、大阪市中央区の谷田薬品工業の大阪本社に、米国での薬品特許の訴訟問題で来ていた。

谷田薬品工業の山木法務部長との打ち合わせも順調に終わり、帰りかけた矢先に、一階ビルの受付フロアで銃声が聞こえ、一人の中年男性が銃に撃たれ死亡した。死亡したのは、大阪の暴力団きつね組の山田次郎40歳。薬品品質問題で谷田薬品工業を恐喝する目的で来たところだった。大阪府警によると暴力団の抗争で対立する関西の暴力団鷹組の若頭石井浩一郎の犯行と決めつけ鷹組に厳しい捜査が行われた。石井浩一郎は、石井大介組長の長男で25歳独身、当日、昔の悪友仲間の安井達夫から谷田薬品工業の地下駐車場に呼び出されて来ていた。事件は一階フロントで起きたが、犯人は銃撃後地下駐車場に逃げ込み、その拳銃を石井浩一郎が車を降り安井達夫と話をしている間に石井の車の中に入れ、エレベーターで二階まで行き、オープン階段で下り外に逃げていった。その後大阪府警のパトカーが急行し大騒動となった。恐喝のネタは今年初めに売り出した、売上が順調に伸びている心房細動が完治する心臓病薬の投薬だ。静岡の病院での投与実績の中で、あまりにも激しい運動をした場合、心臓病が悪化し、悪ければ死に至ることもあり、実際2名の患者が死亡している。この実績データが世に広まれば谷田薬品工業の信用は大きく毀損し大損害となるものだった。山田次郎はきつね組幹部山根明夫の子分でこのネタをもとに10億円の恐喝を行っていた。

この内容を山木法務部長から聞いていた遠山金次郎は、銃での殺人事件は、きつね組と鷹組の暴力団抗争ではなく、谷田薬品工業の信用問題が本質だと見抜いた。品質担当の常務取締役中川雄一の動きに不審なものを感じ、中川が最近特に頻繁に会っているきつね組幹部の太田浩次があやしいとにらみ調査を開始した。太田浩次は以前から総会屋がらみで谷田薬品工業に出入りしていて、太田浩次の子分には安井達夫がいて、安井が犯行を石井浩一郎にかぶせるため石井を呼び出し太田が犯行に及んだ。山根明夫と太田浩次は次期組長候補として犬猿の仲であった。

石井浩一郎は、大阪府警で犯行は自分ではないと言っても刑事は聞く耳を持たず、マスコミも鷹組を批判し、石井大介組長は、苦境に立たされた。

遠山金次郎は、石井浩一郎が犯人なら、なぜ駐車場から逃げなかったのか不思議に思い、安井達夫の存在を知り、太田と安井の共犯であることを突き止め、きつね組の組長争いも判明し事件を解決した。石井浩一郎も釈放され、石井大介組長にはマスコミからお詫びがあった。そして、この事件を解決してくれた遠山金次郎に石井大介組長より心からの感謝の御礼があった。

また、遠山金次郎の伯父である大岡忠則警察庁長官からも冤罪を防いでいただいたということで感謝状もいただいた。


遠山金次郎は、遠山金四郎と二宮金次郎の末裔で、米国で3年在住し弁護士・MBAを取得している。父親から相続した港区麻布の300坪の土地に立つ戸建てに母親の遠山早苗と家政婦の山家静子の3人で住んでいる。父親は、金次郎が25歳の時に癌で亡くなり、母と2人で遺産を相続したものであった。一軒おいた隣には大手専門商社、横山商事社長一族が住んでいて、横山家には、社長の和夫、妻の玲子、長男の健

一、長男妻の奈々、孫の雄太（10歳）が住んでいた。
公園にコスモスが咲き始めた敬老の日の前日に、金次郎がお母さん宛に敬老祝いを買いに出かけようと自宅前に出たところ不審な車が止まっており、何の用か確認するため声をかけたが、運転者は、警察のもので、捜査の関係で自宅前に駐車させてほしいと依頼があった。この近所で事件でもあるのかなぁと思いながら買い物に出かけた。

この時点の横山家では、犯人から子供を誘拐した。身代金2億円用意しろ、警察には連絡するな、指示に従わないと子供の命はないと脅迫され、誘拐された雄太の父親である健一は、社長で父親の和夫に1億円出すよう依頼した。和夫は、お金を出すことには了解したが、警察への通報を条件とし、自ら警察に通報した。その結果、横山家には、6人の警察が入り込み、対応を検討すると共に犯人からの連絡を待っていた。その後犯人から電話があり、夫婦2人だけで2億円持って車に乗るように指示が出てスマホで首都高速に乗るように指示があった。その後、お台場まで行き折り返して芝浦パーキングエリアに誘導され、2億円をコインロッカーに入れてパーキングを去るように指示があった。2人は指示通り行い、パーキングを後にしたが、その後に犯人から連絡があり、警察が後をつけている。約束違反だ、雄太の命はないとの連絡があった。お金は無事だったが、その日は何の連絡もなかった。翌朝、犯人から連絡があり、ほんとうは10億円の身代金を要求したいところを、2億円だったら警察へも連絡せずに出せるはずだ。雄太を殺そうと思ったが、お金がほしいからもう一度チャンスをやる。次の連絡を待てといってきた。次の連絡でまた、夫婦でそれぞれ1億円をカバンに入れ車に乗り高速道路に乗るように指示があった。

その少し前、遠山金次郎は、1軒おいた隣での誘拐事件があったことはこの時はまったく知らなかったが、散歩のため自宅を出て公園に近づいた時、不審な男が横山家の方を見ているのに気がつき、横山家で何か事件が発生しているのではないかと感じた。不審な男の後をつけると、その男は近くのアパートに入りもう一人の男と警察の動きと子供を殺すかどうかの相談をしているところであった。金次郎はすぐさま警察に連絡したが、男たちは車に乗りアパートを出る動きを見せたので、遠山は柔道四段の腕を見せつけ反攻できないようにして雄太を救い出し、警察の到着を待った。

事件解決後、横山和夫社長や親の健一夫婦から御礼があったが、近所付き合いなので当然と涼しい顔をしていた。

また、大岡忠則警察庁長官からは警察の失態をカバーして誘拐事件を解決してくれたことに深く感謝の意を込めて再度感謝状が贈られた。


静岡缶詰株式会社は、日本の缶詰業界の大手で、南太平洋で獲れるマグロをツナ缶として販売していることで有名である。

ソロモン水産は南太平洋でマグロ漁を行っている会社で静岡缶詰はこの会社からマグロを仕入れている。ソロモン水産の実態はニューカレドニアのダミー会社を経由して静岡缶詰100%の子会社である。

近年マグロは中国やアジア諸国で人気が高まり、価格も高騰していて、ソロモン水産は中国をはじめアジアの各国へマグロを供給し、日本への供給はこの影響で減り、日本でのマグロが高騰する要因となっている。

静岡缶詰はソロモン水産から安くマグロを仕入れ、ツナに加工し、ライバル企業が値上げせざるを得ない状況にあるが、価格を据え置き、マーケットシェア拡大を図っている。

遠山金次郎は、毎年静岡で開催される大道芸ワールドカップを見るのが楽しみで、毎年、コンサルタントの仕事を静岡の会社に設定し、仕事を兼ねて大道芸を見に来ている。今年は、駿河缶詰株式会社がその対象となり、静岡市清水区の会社に来ていた。駿河缶詰は最近のマグロ高騰のあおりで赤字経営となっていた。赤字解消のために値上げをしたいところだが、値上げをすれば、ライバルの静岡缶詰に売上が取られる構図ができつつあった。そこで金次郎は、ライバルの静岡缶詰がどうして赤字にならないかの調査を開始した。銀行のシンクタンクを装って、静岡缶詰に聞き取りに行ったが、なかなか先方も尻尾を出さなかった。

静岡缶詰の帰りにごみ処理場で段ボールを見つけ、そこにソロモン水産の文字を見つけ、手帳に控えて帰った。

その後、ソロモン水産を調査したところ、中国やアジアでのマグロ販売で莫大な利益を上げていることがわかった。また、ソロモン水産は、表面上はニューカレドニアの会社が出資している。静岡缶詰とは別会社と見られていたが、米国にあるタックスヘイブンを調査している調査会社に確認したところ、ソロモン水産は静岡缶詰の100%子会社であることが判明した。そうであれば静岡缶詰は連結決算でソロモン水産の利益も合算しなくてはいけない。外部業者のヒアリングなどでわかったことは、80億円の利益が隠されており年40億円の脱税が見込まれた。過去の脱税も含めると脱税総額は200億円となる。

これに対し静岡缶詰は、仕入れコストが上昇しているので収支はトントンと表明していた。

遠山は、ソロモン諸島のホニアラに飛んで、ソロモン水産の現地人責任者と接触、ニューカレドニアでのタックスヘイブンの実態を聞き出し、日本に帰国し、国税庁に告発した。

これにより、静岡缶詰の脱税事件は、マスコミにも取り上げられ毎日テレビのニュースに取り上げられた。

静岡缶詰は、責任を取って社長が交代し、ツナ缶の値段も適正価格に修正された。

この経緯を注視していた大岡忠則警察庁長官は、またも遠山かと、金次郎の活躍を喜びつつ、今後も日本を良くする活躍を期待したいと考え、警察署長を指導する権限を有する特命調査官に任命することとした。

自動車進化の胸さわぎ

山田自動車（静岡県浜松市の自動車製造販売会社）

主な登場人物

遠山金次郎……主人公の経営コンサルタント、遠山金四郎と二宮金次郎の末裔
大岡忠則……警察庁長官、遠山金次郎の伯父
山田　隆……山田自動車社長
山田明人……山田自動車常務　山田　隆の長男
石黒康介……山田自動車専務
横田峰夫……山田自動車品質部長
木村　靖……山田自動車開発部長
佐々木浩二……山田自動車開発部製造第1課
大石真奈美……山田自動車社長秘書
雨宮　徹……日本工業技術新聞記者
鈴木幸二……山田自動車品質部調査課
永井さゆり……山田自動車人事部管理課

年末年始は温泉のあるホテルでのんびりと過ごすのが近年、遠山金次郎の楽しみの一つになっていた。今年は、いろいろなことがあったのでその整理やら関係者からの連絡相談で多忙な毎日が続いたため近場の西伊豆の土肥温泉でのんびりと過ごしていた。朝食を食べ終わった8時50分に企業戦略総合研究所の山西所長よりスマホに電話があり、浜松の山田自動車に行ってもらいたいとのことであった。所長、今日は1月3日で三が日の正月ですよ。少しはゆっくり休ませてくださいよ。遠山君、まあそう言わずに、山田自動車はうちの研究所が大変お世話になっているのでよろしく頼むよ。

今、山田自動車では、社長の後継問題や、新車を開発し販売したが、品質の不具合があり社員同士が疑心暗鬼になり、経営にも大きな支障が出そうな状況で、山田隆山田自動車社長から、特任で君の指名があったので、行ってやってください。所長のお願いではしょうがないですね。行ってきますよ。

翌日の4日は山田自動車も初出勤の日であるため、午前を避け午後に、静岡県浜松市にある山田自動車を訪問した。

最初に社長室に案内され、山田社長、石黒専務、山田常務と挨拶し、その後、経理部長や担当から、会計帳簿の確認を行い、その後、社内の実情を大石社長秘書から聞くため面談した。

会計帳簿を確認したところ、9月中間決算までは、新たに新車開発の車が無かったため業績はじり貧であった。新開発車の販売があった8月9月は売上が急回復していたが、品質問題が発生した10月以降は、売上が徐々に落ち込んできていることがわかった。

この品質問題は、山田社長の長男である山田明人常務が主導で進めて8月に新発売したEV自動運転の「スキップ」で、自動運転のセンサーが鏡により反応せず衝突事故が3件発生していた。

この品質問題に対し、もっと慎重に開発を進めるべきだとして石黒専務は山田常務の責任を追及する構えであった。一方の山田常務は、この時期の新車販売は他社に比べ開発力が劣っていないことを見せつける絶好の機会で、事故内容を十分分析して原因分析と再発防止をきっちりと行えば信頼は回復できると思っている。この両者の考えは社内を二分してお互いに対立を深めていた。

次に、大石真奈美社長秘書との面談では、現社長の山田隆社長が、心臓病を抱えていて、将来を見据え、社長を交代したい意向を時々漏らしている。ただ、後任は、長男の山田明人常務ではまだ早いような気がする。かといって、石黒専務かというと、今の山田常務との関係から、その次に山田明人に戻してくれるか不安がある。社長も悩んでいますが、この両者が互いに意識しあっていて対立が激化しています。

そんな中、昨年11月に浜松市北区にある竜ヶ岩洞（鍾乳洞）で木村靖山田自動車開発部長が何者かに殺害された事件が発生、社内は一気に緊張感が漂った。

事件は、木村開発部長が、毎日品質問題で品質部と対立しストレスがたまっていたので、3日の文化の日に、東京の大学に行っていた娘が帰ってくるので気晴らしに竜ヶ岩洞に行くことにし、このことを会社内の一部の人に話をしていた。当日は、娘と息子の3人で竜ヶ岩洞に入った。子供2人が洞窟内にある滝の音を聞きつけ、急ぎ滝を見るために滝の階段を下って行った。木村開発部長は、変わった鍾乳石があったので少し奥に入って鍾乳石を見ていた。そこに待ち伏せしていた何者かが、木村開発部長の背中から心臓に向けてフォールディングナイフを突き刺し死に至らしめた。犯人はその後、洞窟内から抜け出したと思われ、警察がこの時洞窟内および近くにいた全員に聴取をしたが、不審者がいたとの情報は得られなかった。その後警察は殺人の動機を確認するため、木村開発部長の家族や知人・友人に聴取を行い、山田自動車にも当然調査が入った。殺人現場の状況から物取りでなく怨恨であることには間違いなく、なかなか犯人像が浮かんでこないまま年越しとなった。

しかし、山田自動車社内では、木村開発部長の殺害事件は、開発部と品質部のバランスを大きく変えることになった。それは今回の品質問題で山田自動車が大きく信用を棄損した責任は、木村開発部長と山田常務に責任があるとして石黒専務が社長や取締役会に進言していた。これに対し、山田社長は、品質問題が発生した直後の10月に原因分析と対策を講じ記者会見しお詫びしたため、大きく信用が棄損したとは考えておらず、殺人事件の解決を待つこととしていた。

遠山は、大石社長秘書からの説明で、苦境に立たされている山田自動車のおおまかな概要を確認した。

翌日は、品質問題を起こした開発部署をたずね、佐々木浩二開発部の開発担当と話をすることができた。

佐々木は、今回のクレームはセンサーの問題で、山田自動車の問題ではない。このような車の機能の問題は、社会的にも山田自動車が責任を負わなくてはいけないので、開発部門だけでなく品質部門にも責任はあるはずだ。それを、石黒専務や横田品質部長は、山田常務や木村開発部長に責任を押し付けていると日頃の不満をぶちまけた。ただ、木村開発部長の死の真相が思い当たらず、慕っていた先輩の突然の死が佐々木の心をかきみだしていた。木村開発部長は、人柄も良く敵を作るような人ではないんです。われわれのような若造にも親身になって相談してくれていました。会社の将来のことも心配していて、早く山田常務が独り立ちできるように支援していました。今回の品質問題の件も、会社あげてのクレーム対応が必要とのことで品質部の横田部長や石黒専務にも随時連絡を取り合っていました。だから私にはなんで殺されなくてはいけないかまったくわからないのです。

次に、話を聞いたのは品質部の鈴木幸二でした。彼は、根が真面目な性格で、人から言われたことをそのまま信じ込むタイプの人間と話をしていてすぐにわかった。上司の横田部長から言われている今回の品質問題は開発の責任で、山田常務や木村開発部長の責任は重いと遠山の前でも言っていました。気の弱い性格から、遠山からの、木村開発部長と鈴木とが話す機会があったかどうかの質問にも、なんでそんなことを聞くのかと高ぶった声と態度で聞き返してきた。顔が合ったら挨拶する程度とのことである。開発部製造第1課の佐々木と年代が同じそうなので友達かどうか聞いたところ、同期入社でライバル的存在であることを明かし、彼より早い課長への昇進を夢見ているようだった。

翌日、遠山は殺人現場の竜ヶ岩洞に行ってみることにした。冬であるため観光客はまばらで、地元の人が駐車場の案内をしていました。竜ヶ岩洞に着いてからは、竜ヶ岩洞が発見される経緯や特徴が書かれた看板がありこれにより竜ヶ岩洞の概要をインプットした。

竜ヶ岩洞は、浜松市北区引佐町で赤石山脈の支脈に位置する標高359mの竜ヶ石山にあり、洞窟を形成する石灰岩は2億5000万年前に生成された秩父古生層と呼ばれる地層で形成されている。総延長1046mのうち400mが一般公開されている。この鍾乳洞は1981年に地主の戸田貞夫氏の許可を得た洞窟愛好家2名が発見、1983年から一般公開が開始している。看板には、鍾乳洞の発見経緯や開拓秘話などが書かれていた。

看板を確認したあと、遠山は、入場券を購入し洞窟の中に入っていった。洞窟に入る時は、男女4人組と3人の親子連れの後に入ることになった。鍾乳洞の中は、意外と外気温に比べ暖かく、いろいろな形の鍾乳石が出迎えてくれて、洞窟巡りの醍醐味を十分に味わらせてくれた。中でも、鍾乳洞めぐりのコースの中間点くらいにある、鍾乳洞内の滝は圧巻で、初めて見る人には興味をそそるものであった。滝の階段を下る少し前に、男女4人組の女性の一人が、体調がすぐれない旨を仲間に伝え、どうすればよいか迷っていたが、この洞窟内のコースの途中ではどうすることもできない。なるべく早く出口に向かおうということで、鍾乳洞の見学は通りすがりのものを見るだけにして、出口に急いだ。遠山は、事前に聞いていた殺人現場、滝に下る前の奥まったところの周りを確認したが、犯人が隠れていそうな場所は随所にあった。ただ、外につながる出口はその周りには見つからなかった。親子連れの3人とはほぼ同じぺースで見学し、ほぼ同じに出口を出た。出口を出たところにはお土産品の売り場があり、売り場を通って写真撮影場所などの広場に出た。広場で休憩していると、駐車場案内の地元の人が近づいてきてどこから来たか尋ねられた。東京から来た旨伝えると、「そんなに遠くからきたのけ」「鍾乳洞の中の滝は珍しいずら」と言われた。そこで、遠山は、滝の近くで外に出る場所はあるのかを聞いてみた。そしたら「あそこはコースの一番奥の方だで外にでるところはないと思うよ。アッそうだ、あの奥もまだ鍾乳洞は続いているので、鍾乳洞を開拓した人ならわかるかもしれない」それでは開拓した人をご存じですか？「1人は知っているけど横田さんという人だよ。だけど横田さんはもう数年前に亡くなったよ」そうでしたか、ありがとうございましたと言って別れた。

次に、浜松北警察署に寄ってその後の捜査状況を確認した。副署長からの報告では、殺害された凶器はまだ発見されず、犯人が持ち帰ったものと判断されている。殺害時間は午前10時頃で、関係者のアリバイは、品質部調査課の鈴木幸二は、前日の飲酒がたたり、舘山寺の自宅で11時まで寝ていたと主張している。品質部長の横田は神宮寺川で釣りを行っており、近くで働いていた地元農家夫婦が証人となっている。山田明人常務は、この日はいなさゴルフ倶楽部でゴルフをやっていて同伴競技者の証言も取れている。石黒専務は、レイク浜松カントリークラブでゴルフをやっており、こちらも同伴者の証言はとれている。開発部製造第1課の佐々木浩二は、人事部の永井さゆりとデートで浜松市のフラワーパークに来ていました。裏も取れているとのことであった。

殺人動機で調べたところでは、家族や友人とのトラブルはなく、会社関係で気になることが2点判明している。第1は、社長の後任争いである、現在の山田隆社長は心臓病を抱えており、後任社長を選任中で、息子で常務の山田明人か専務の石黒康介か迷っていると聞いていて、この2人にそれぞれ応援団がつき、常務側は亡くなった木村開発部長と製造第1課の佐々木浩二が応援しているのがわかった。一方、専務派は、横田品質部長と、品質部調査課の鈴木幸二が応援していることがわかっている。第2もこの2つの派閥争いは同じ構図で、その内容は、新車開発およびその販売において品質不良が発生し、その対応でこの2派に分裂、これは社内を二分している。この関係からすると、犯人は、石黒専務派の誰かとなるが、まだ証拠がまったくなく警察はお手上げの状態であった。

遠山はホテルに帰り今まで聞いてきた事件の内容をもう一度自分なりに整理し、次の疑問を導き出した。

その1は、動機で、今考えられるのは、品質問題もあるが、社長の椅子の取り合いがほんとうに殺人の動機になるかだ。その2は、関係者にはアリバイがあるが、果たしてそれが真実か、アリバイが崩れるものはないか。そしてその3だが、なんで殺人が竜ヶ岩洞かだ。そして警察は鈴木幸二を容疑者候補としてあげているがそれが正しいかだ。

翌朝、遠山は山田自動車の本社に山田社長の考えを確認しに訪問した。社長は、品質問題はさることながら、社長の後任争いで社内が混乱していることに心を痛め、自分としては、早く常務である息子を社長にしたいが、会社をここまで大きくさせたのは、石黒専務との二人三脚がうまくいっていたからで専務の協力なしではこの会社の発展も危ぶまれる。専務が息子の社長に協力してくれればよいのだが。社長からは、「遠山さん、このままでは先行きが心配で死ぬこともできないのでなんとか当社を助けてください」と言われた。

社長室を退室して山田常務の部屋に顔を出すと、そこに見かけない人がいて、常務から日本工業技術新聞社の記者で雨宮徹を紹介された。雨宮は、今回山田自動車での品質問題は、ほんとうはもっと根が深いところにあって、表面上はセンサーが鏡に影響し自動運転が止まらず接触事故を起こしたことになっているが、自動運転の本質的な機能は、事故を起こさず止まることです。実際に1つのセンサーだけで事故防止ができているものでなく、あらゆる方向から接触しないようにセンサーを配置し、接触事故が起こる前に車が停止する機能が必要です。それが、今回のスキップの場合、10万回に1回程度、車の停止機能が遅れる事象があったことがわかったのです。このことを、親友の山田常務に報告しにきたのです。この件に関し山田常務の意見を確認したところ、昨日、次のことがわかったと話してくれた。

これについて品質部門が機能チェックを行っていたが、原因が特定できずにいたところ、社長から専務に品質検査はまだできないのか、との問い合わせを受け、石黒専務は横田品質部長にはっぱをかけた。横田部長は担当した鈴木幸二に早期に検査結果を出すように迫った。鈴木は、車の停止機能が遅れる原因がつかめず、悩んでいたところにはっぱがかかったため、このことは伏せて異常なしの判定を出した。この車の停止機能遅れは、横田品質部長と鈴木幸二の胸にしまわれた。しかし、このことは、実際に実験に参加したほかの品質部の人間から情報が漏れるのは時間の問題であった。

このことの事実関係を確認するため、雨宮は、会社や自宅に鈴木幸二を訪ねたが不在であった。

翌日、浜名湖湖畔で早朝ランニングをしていた夫婦が、浜名湖に浮いている死体を発見。警察が水死体を引き上げ所持品から鈴木幸二と判明した。

現場は浜名湖が遠州灘に向けて海水と淡水が交じり合う弁天島の近くで弁天島から浜名湖ガーデンパークに抜ける道路から湖に投げ入れられたものと思われる。死亡推定時刻は、昨夜の0時、死因は、手が縛られたままで湖に投げ入れられた溺死で、胃の中からアルコールと睡眠薬が検出された。

遠山は現地に赴き現状把握に努めたが、水の動きが激しく、投げ入れた場所の特定は難しかった。その足で浜松西警察署に行ったが、久しぶりの殺人事件として署内は忙しく活気に満ち溢れていた。署長も忙しいと思い副署長に面談を申し込んだが、忙しいと取り合ってもらえなかった。亡くなった鈴木幸二を知っていることを伝えると、刑事課から刑事が来て、「おたくマルガイとどんな関係？」「山田自動車のコンサルタントです」「コンサルタント？　で、どんなことを知っているの？」「品質部の調査課の社員であることは知っています」「会ったことあるの？」「あります。竜ヶ岩洞での殺人事件の関係者です」「ええっ！、それはほんとうか？」遠山と刑事の話を離れたところから時々見ていた刑事課長が、遠山の顔を見て、どこかで見たことのある顔だなあと考えていたところ、思い出して、アッ、と言葉を発すると同時に、2人にかけより、遠山に向かって、あなたは、大岡警察庁長官から任命された特命調査官の遠山さんですか？「はいそうです」それは失礼しました。すぐに署長をよんでまいります。大岡警察庁長官から任命された特命調査官が遠山金次郎ということを先週の通達で読んだのを思い出したのだ。その通達には、特命捜査官の顔が大きく掲載されていた。

警察署長が現れると、署長は遠山に向かい署員が失礼な応対をしたことをお詫びし、今回の事件解決への協力要請があった。そして刑事課長に対し、遠山に現状報告をするよう指示があった。

刑事課長からの情報では、死因は溺死、殺害現場は弁天島付近、亡くなった鈴木幸二は、大阪生まれの独身でアパート住まい、実家の大阪には両親が兄と暮らしている。おとなしい反面、切れると何をするかわからないとの評判であった。そして、パチンコ、競艇、オートレースなどギャンブル好きで、いつもお金には不自由しているとのことであった。ただ、亡くなる前日に友達と飲んだ友人からは、急に羽振りがよくなったように感じたとの情報を得た。家族や友人からはトラブルはかかえていなかったとの証言があり、勤務先の山田自動車の調査が始まるところであった。

遠山は一旦ホテルに戻り考えを整理することにした。

今回の山田自動車の災難は、品質問題で最初は鏡によるセンサー異常かと思われたが、新たに自動車の緊急停止機能の問題と殺人事件が2件発生している。まずは、品質問題を優先して解決し、その後殺人事件を考えてみることにした。

雨宮の話の通り、センサーの問題ではなく、自動運転車が事故を起こさず止まることが大前提で、そこが今回の大きな問題である。ただ、同業他社もこの問題を解決するため日夜努力しているところで、他社の実験でも事故が発生している事実がある。ここは、災い転じて福となすで、原因の追究、そして、現在研究開発しているセンサー受信から車が止まるまでの時間を少しでも短くできる技術があれば事故を減らすことができ、それを公表すれば、この品質問題で被ったブランドの棄損は回復できる。このことを社長や専務、常務に話をして。山田自動車一丸となって対応することを3人の前で依頼した。

まず、山田常務は、センサー受信から止まるまでの時間を短縮するためブレーキ機能を今より滑らかにする材料に変えれば、0・05秒短縮することが可能なことがわかってきたので、現在、品質部に実験検証を依頼している。専務からはすぐに確認して連絡することになった。

その結果は、その日の午後専務からあり、結果は0・05秒の短縮が可能なことが明らかになった。

これをもって夕刻、山田社長が「山田自動車の品質不良問題のお詫びとその対策、並びに、山田自動車の自動運転への技術開発の展望」と題して記者会見を行った。記者会見が終わったあと、社長や専務、常務が話し合っているところに、雨宮が現れ、「さすが、山田自動車さんだね、不良問題なんか吹っ飛んで、技術開発に取り組む山田自動車の熱意が伝わり、これからの自動運転が楽しみになってきましたよ。頑張ってね」とのことばをいただいた。

3人は、胸をなでおろすとともに、この品質不良問題に対しコンサルしてくれた遠山に感謝した。

遠山はその頃、山田自動車の本社にいて、人事部の永井さゆりに面談の声掛けをした。さゆりは、時間中は忙しいので、夕方6時に遠鉄百貨店の喫茶店で待っていてほしい、そして、恋人の佐々木浩二も同席していいか聞いてきた。もちろんOKの回答をして、先に遠鉄百貨店の喫茶店に入った。

夕方6時少し前に2人が来て話し合いがスタートした。2人の情報によると、亡くなった鈴木は、佐々木にライバル心をむき出しに、よくさゆりに上層部の評価を聞くことなど油を売りに話しかけに来ていた。社内では、石黒専務派に属し、上司の横田からはこき使われていた。人事面では木村開発部長の後任は、開発課長が就任していて、その玉突き人事で佐々木が開発課長に昇進することもさゆりから聞いた。佐々木からは、亡くなった木村開発部長と横田品質部長との仲が、いつも熱く言い争いになっていて、その原因は石黒専務から横田品質部長への要求が厳しく、横田がそれをそのまま木村開発部長にぶっつけていたことを話してくれた。そしてこれとは別に2人は10月には結婚する約束も披露してくれた。

遠山はさゆりに面談の声掛けをする前に、会社に来ていた浜松西警察の第一課長から、山田自動車の山田親子や石黒専務、横田品質部長、佐々木開発課長などの関係者調査の結果、夜の0時ということもありアリバイの確認がとれた人は山田社長ほか数名で多くの社員のアリバイが証明できなかった。動機の点では、派閥争いの相手側である山田常務や佐々木開発課長が容疑者としてあがったが、確定的な証拠が出てこなかった。

次に大石社長秘書にも会って話を聞くことができた。その内容は、石黒専務の秘書も時々兼ねるため、専務の部屋に入ろうとした時、専務から横田品質部長に厳しく叱責している場にでくわしたことがあり、今回の品質問題で山田常務を落とし込むことができなかったことを叱っていた。ただ、この時は、横田や鈴木が自動運転でセンサーから車がストップするまでの時間が足りなく事故が発生していたことを隠して、品質部が承認したことは石黒専務には伝わっていなかった。

翌朝遠山は浜松北警察署に行き、副署長に自分の考えをぶつけてみた。それは、山田自動車で起きた2件の殺人事件は、犯人は1人で連続殺人と思う。そして犯人は、山田自動車内にいる。まだ、犯人名を明かせないが、疑問に残っている殺人現場がなぜ竜ヶ岩洞かがポイントになると思う。最初は木村開発部長を殺害したのは鈴木幸二と思っていたが、次なる証拠がまったく出てこない。

殺人現場の竜ヶ岩洞を中心に、10時の時点でこの近くにいる関係者は、舘山寺の自宅にいた鈴木幸二、神宮寺川で釣りをしていた横田品質部長、いなさゴルフ倶楽部でゴルフをやっていた山田常務、レイク浜松カントリークラブでゴルフをやっていた石黒専務、佐々木浩二開発課長はフラワーパークと近くにいるが、鈴木幸二以外はアリバイがとれている。遠山は、木村開発部長がなぜこの日に竜ヶ岩洞に行くのがわかったのか不思議でならなかった。ただ、警察で話をしている中で、何かが気になっていた。それはだんだんと思い出してきていた。

遠山は、もう一度竜ヶ岩洞に行き、受付の窓口にある竜ヶ岩洞の情報やら看板を見て、その中に思い出してきたものに結びついたものがあった。

そして、山田自動車の本社に向かい、佐々木浩二に会い、次のことを訪ねた。それは、木村開発部長があの日に竜ヶ岩洞に行くことを社内で話していなかったどうか、話していた場合、だれがそれを聞いていたかを訪ねた。佐々木からは、開発部の数人とその場に居合わせた鈴木幸二が聞いていたと回答があった。

このことから、遠山は、この殺人事件は連続殺人事件と確信を持った。

そして、浜松西署に行き、署長や刑事課長に加えて、浜松北署の署長と刑事課長も遠山の依頼で同席していた。冒頭、遠山は、まだ仮説であるが、この二つの殺人事件は同一犯による連続殺人事件であることを話し、浜松北署には次のことを調査依頼した。まず、竜ヶ岩洞内の滝の奥にある公開されていない洞窟に出入口がないかどうか。そして、品質部長の横田の戸籍から、この竜ヶ岩洞を開拓した横田さんとの関係、さらに神宮寺川で釣りをしているアリバイを証言した地元農家夫婦に、近くでずっと確認できていたかどうかを調査するように依頼した。一方、浜松西署には、鈴木幸二が亡くなる前に誰と飲みに、あるいはスマホで誰と連絡をとっていたか調査するように依頼した。

木村開発部長を尊敬していた佐々木浩二は、恋人の永井さゆりとデートの時、木村部長がどうして竜ヶ岩洞で殺されたかいろいろ考えている。開発部のメンバーが木村開発部長を殺すことは考えられない。俺は鈴木幸二が誰かにしゃべったのだと思っている。この話を受けて永井さゆりは、先輩の大石真奈美社長秘書に話をしたところ、たまたま、品質部に行ったところ、横田部長が鈴木幸二に対し早く調査結果を出すように厳しく叱責したところ、鈴木幸二は製造がなかなか対策後の製品を出してこないので自分も困っていると話した、横田部長から、明日の3日、文化の日で休みだけど出てやってもらえと指示があり、鈴木は、木村開発部長がお子さんと10時頃竜ヶ岩洞に遊びに行くといってたのでダメです。と答えていたと話してくれた。この話を誰に話してよいのか。警察に話してよいのか。佐々木浩二と永井さゆりは迷っていた。

そこに、遠山が現れ、佐々木浩二と同じ疑問を持っていることを聞き、2人は遠山に木村部長が竜ヶ岩洞に行くことを横田部長が聞いていたことを話した。

浜松西署の刑事課長からスマホに連絡があり、鈴木幸二が前日一緒に酒を飲んでいたのは地元の高校の同級生2人で、鈴木は急に金回りがよくなったみたいで、羽振りがよく結構酒が回った状態で21時30分頃帰った。昨日まではパチンコなどギャンブルにのめりこみ、毎日ピーピーしていた。と2人は証言している。

そして、鈴木のアパートを調べた結果、何者かが侵入し、何かを探し回った痕跡があり、飲みかけの焼酎に睡眠薬が入っていたのがわかっている。鈴木は、友達2人と別れたあと、自宅に帰り、さらに睡眠薬入り焼酎を飲み寝入ったところを犯人が、両手を縛り車に乗せて、弁天島近くの道路から鈴木を海に投げ入れたものと推測された。

鈴木のアパートを家宅捜索し指紋の検出を行ったが、すぐに犯人に結び付くものは出てこなかった。

その後、浜松北署の署長から、遠山のスマホに電話があり、戸籍謄本から、竜ヶ岩洞を開拓した横田さんと横田品質部長は親子で、横田品質部長が子供の頃、お父さんに連れられて竜ヶ岩洞に来ていたことを、もうひとりの開拓者から聞き出した。そして、今は隠してあるが、神宮寺川に面したところに出入り口があることも教えてもらった。また、アリバイを証言した農家夫婦は、神宮寺川沿いに車で来た人がいて、向こうから挨拶に来て、そこに駐車していいか聞きに来て、それから釣りに川に入っていった。釣りをやっている間は、黒のヤッケで頭や体を覆い、川に向かって釣りをしていたので、ずっとそこにいるものと思っていた。その間、顔はほとんど見ていない。11時近くまで釣りをしていて帰って行った。かかしを同じ黒のヤッケで覆っていればわからないかもしれないとの証言に代わってきた。これにより、浜松北署は、横田を重要参考人として指名手配した。

浜松北署は、山田自動車に急行し、横田の身柄を確保した。取り調べにおいて、横田は、木村開発部長を竜ヶ岩洞で殺害したことを認めた。殺害方法は遠山が考えた通りであった。動機については、山田自動車の次期役員候補のライバルとしてみんなから人望が厚い木村がうらやましかったと吐露した。しかし、部下の鈴木幸二の殺害については否認した。

改めて浜松西署の刑事の質問も、のらりくらりと質問はかわされ解決に向かう進展が見られなかった。浜松西署の刑事課長からの情報で、鈴木幸二の犯行を裏づけできる材料がない旨の報告を受け、遠山は、改めて、鈴木幸二がどんな人間かを確認するため、山田自動車の品質部を訪ね、生前交友があった数名に聞き取り調査を行った。そこでは、気が小さい、短気で怒りやすい、怒るとなにをするかわからない、休みの日にはよくドライブに行っていて、車の内装に凝っていて、アパートにいる時より落ち着くと言っていた。

遠山は、行き詰まったこの状況を打破するため、仮説を立ててみることにした。

鈴木は、お金に困っていた、会社では、品質部にいていつも横田部長に怒られていて、いつか反抗したいと思っていた。品質問題が発生した時、品質検査で不備があったのに横田部長がデータを捏造したことを知っている。亡くなる前にまとまったお金が入った。

ここまでくると、鈴木幸二が横田部長を木村課長殺害または品質問題隠蔽で脅しをかけまとまったお金をもらったが、鈴木は、もっとお金がほしく強請っていたので殺されたのではないかと考えるとすっきりする。木村課長の殺害は横田が認めているのでいいが、鈴木幸二の殺害は、現状では推測でしかなく物証がほしいところである。もし、このストーリー通りなら、鈴木は何をもって横田を脅したのだろうか。

考えられるのは、横田が隠し通した自動運転の衝突事例のデータだが、横田は全て処分したと思っていたが鈴木がデータを隠し持っていたのではないか。鈴木が亡くなる前日に酔って家に帰った時、家の中を誰かが探し回った形跡が見られたのは、そのデータを探し回ったのではないか。ここまでの推測は正しいと思う。あとは、データが入ったUSBかDISKを探すしかないなあと思っていた。

浜松西警察署に新たな情報がないか立ち寄った時、新たな情報は無かったが、大阪から、鈴木の両親がご迷惑をかけたとお詫びしながら、鈴木の持ち物で警察から返してもらえる物を取りに来ていた。そして、アパートは片付けが終わって大家さんに見てもらったら、自動車を引き取って大阪に帰るところと、刑事課長から聞いた。遠山は、それはご苦労様です。といったところで、鈴木のご両親に向かい、今思い出したのですが、幸二さんは、車が趣味と聞きました。これから大阪に帰る前に車を拝見させてもらえないでしょうか？　と依頼を投げかけた。両親からはいいですよとの返事があり、これから鈴木のアパート近くの駐車場に行くことになった。遠山は、鈴木の車に乗った時、車内が、きれいにアレンジされ過ごしやすい空間だと感じた。ダッシュボード回りの引き出しを開けてもきれいに整理整頓されていて、自分の車を見られるのが恥ずかしいと感じた。シフトレバーやドア回りも鍵入れや、ティッシュ入れなど工夫が随所にあった。遠山は、感心しながらも、ＵＳＢかＤＩＳＫを探していた。一通り探してみたが見つからず、あきらめかけた時、運転席座席シートの下に手を入れたところ、違和感のある四角い箱のようなものが張り付けてあるのを発見し、取り出してみたところ箱の中には、ＵＳＢが入っていた。そのＵＳＢをパソコンに差し込みファイルを開いたところ、そこには、開発した自動停止装置の検査データがあり、モーターの回転が速まる時に、センサーが反応してブレーキがかかるタイミングが、明らかに遅くなる事象が出ていた。横田品質部長が石黒専務からの、まだできないのか、いつになったらできるのか、との要求に屈し、このデータは見逃し改ざんし、正常が確認できたと報告していた。このデータは、鈴木もこの検査に携わっていて、密かにデータをコピーしたものであった。鈴木は、このデータと木村部長殺害の犯人として横田部長を脅して殺されたと思われる。

この話を受け、浜松西署は、鈴木幸二が亡くなった前後の横田の行動や関係するところを徹底的に調査した。その結果、鈴木が亡くなる前日の午前中に、横田が取引している銀行から300万円を引き出していたことが判明した。そして、その日の午後、山田自動車の品質部の会議室で横田が鈴木を呼び出し会っていたことが、複数の品質部の社員から確認が取れた。また、弁天島の旧国道1号線にある監視カメラに、横田の車が23時50分に通過している映像を確認した。

これにより、浜松西署の刑事課長が浜松北署に行き、拘留中の横田の取り調べを行った。

横田は、事実を認め、犯行を自供した。

横田は長年、山田自動車で先輩から厳しく指導を受け、苦労して部長まで上り詰めたが、役員への昇進がなかなか進まず、後輩である木村開発部長が次期役員候補として浮上してきた。現役員の石黒専務からは、成果を出すように厳しく指導を受けていた。石黒専務も次期社長候補として山田常務と争っていて、今回新発売した自動運転のスキップを開発した山田常務が大きな成果を上げたので、少しでも負けないようにと、このスキップの品質検査に必死で取り組んでいた。そんな中、石黒専務からまだ検査結果がでないとか、そんなことだから、木村開発部長に負けてしまうんだ！　と厳しく言われた30分後に木村開発部長から、横田さん、検査結果はいつ出るんですか？早く結果を出してください。と上から目線で言われたことに、横田は激高し木村開発部長を殺すことを決意した。そこに、木村開発部長が竜ヶ岩洞に11月3日の10時に行くことを鈴木から聞いて、竜ヶ岩洞なら子供の頃お父さんに連れられてよく遊びに行って、見学ルートの奥の隠れた出入口も昔から頭に入っていた。近くの神宮寺川で釣りに行き、黒のジャンパーや帽子を案山子に着させることで、あたかもそこで釣りをしているかのようにみせることができると計画し、川沿いの車を止める駐車場で農家の人に自分が釣りをしている存在を見せつけた。川沿いから木村開発部長が来たことを確認し、横田も洞窟に入っていった。釣りをしている場所から20分で洞窟内の滝の近くまで来て、木村部長を待ち伏せした。10分後には子供2人が先に洞窟内の滝にある階段を下りて行ったが、木村部長は、奥まったところの鍾乳石を見ていた。そして、隠れていたところから木村部長の背中に向かってナイフを突き刺した。ううっ！　と声が出たが、近くの滝の音がその声を打ち消した。そしてすぐにその場を立ち去り30分後には元の川で釣りをしているように装い、11時過ぎに川から離れ自宅に向かった。自宅に向かう途中でサイレンを鳴らし急行する救急車と警察の車とすれ違ったと自供した。

次に話しだしたのは、鈴木幸二殺害の経緯で、鈴木からは、品質データで不良が出ていた検査結果を捏造したこと、その証拠に偽装前のデータがＵＳＢに残っていること、木村開発部長が竜ヶ岩洞に行ったことをお前に話したんで、お前が木村部長を殺したんだ。として１０００万円よこせと脅かされ、お金はそんなにない、と答えた。鈴木からはいくらだったら払えるか！　と詰め寄られ、すぐは３００万円だと答えたら、とりあえず３００万円を寄こせと言われ、翌日の午前に、品質部の会議室で渡した。その夜は友達と飲みに行くといっていたので、夜の21時頃アパートに行き、飲みかけの焼酎に睡眠薬を入れ、ＵＳＢがないか家探しをした。ＵＳＢが見つからないため30分ほどで探すのをやめ、鈴木が帰るのを待った。鈴木からの脅迫はこれからも続くのは間違いなく、殺すことはアパートに行く前から決めていた。22時30分に帰ってきた鈴木は、帰ってからも酔いが少し残っていて、さらに追加で焼酎をあおった。23時20分には、睡眠薬も手伝って昏睡状態となっていた。最初にアパートに入った時はドアには鍵がかかっていて、窓が開いていたので窓から部屋に入ったが、鈴木が帰ってきた時は、彼が酔っ払っていたのでドアを閉め忘れていた。横田は入口ドアから入り、昏睡状態の鈴木を背負って車に乗せ、電気を消してドアに鍵をかけ車を動かした。弁天島近くに来た時は0時頃になっており、道路にはほとんど通行車はなかった。道路わきに車を止めて後ろ座席に寝かせてきた鈴木の両腕を縛り、水が道路わきまできているところで鈴木を湖に投げ入れた。

このことを自供した横田は、逆にすっきりとした表情で、すみませんでしたと言った。

遠山は、この一連の自供を浜松北署で刑事課長から聞き、浜松北署の署長から、今回の事件解決に多大な貢献をしたとして御礼とともに、警察庁の上層部にも報告したことの話があった。その後に、浜松西署にも立ち寄り、署長から同じように御礼と警察庁への報告の話があり、浜松西署に遠山が見えたら大岡警察庁長官に電話するようにとの言葉があったと伝えられ、電話した。大岡警察庁長官からは、また、遠山君にお世話になったね。ありがとうのねぎらいの言葉があった。

その後、山田自動車の本社に行き、山田社長と面談、社長から、このたびの品質問題の経営コンサルと社内の殺人事件解決の御礼のことばがあった。その後の話の中では、今後は、息子の山田常務を次の社長にすることとし、石黒専務には息子を育ててくれるようにお願いしたところ、喜んで引き受けてくれることになったことを話してくれた。

これで、山田自動車も安泰ですね、と言って山田自動車を後にして東京に向かった。

遠山が、正月4日に山田自動車に来てから今日は20日で早16日が過ぎようとしていた。

北の大地の争奪戦

名取ホールディングス（北海道の家具製造販売会社）

主な登場人物

遠山金次郎……経営コンサルタント、警察庁特命調査官、遠山金四郎と二宮金次郎の末裔
大岡忠則……警察庁長官、遠山金次郎の伯父
名取誠一郎……名取ホールディングス社長
名取茂雄……名取ホールディングス専務
名取正次……名取ホールディングス常務
小宮貞治……名取ホールディングス元営業部長
佐川一郎……名取ホールディングス営業部長
近藤　正……名取ホールディングス営業部
斎藤裕子……名取ホールディングス営業部
佐藤誠一……トリスバー・ルタのバーテンダー
飯田義則……札幌不動産営業部長
中野洋子……小樽の日本料理店「北海」のおかみ
安藤康夫……パチンコ好きな土木作業員

遠山金次郎は、山田自動車の件を、企業戦略総合研究所の山西所長に報告し、山西所長から、山田自動車の山田社長から多大な御礼をいただいたことの報告を受けた。山西所長そしたらしばらくは休養していてもいいですかね？　いえいえ、君にはまだまだ活躍してもらわなくてはいけないから、すぐに仕事が来るから待っていてと言われ、その日は、久しぶりに自分の仕事場の椅子に腰かけた。周りの人からは、またもやご活躍だったみたいだね。と祝福やら、ねぎらいの言葉を受け、その日は、いきつけの飲み屋に6人で出かけ大いに盛り上がった。

そして、その週の金曜日、企業戦略総合研究所の山西所長から電話があり、やはり君にまた頑張ってもらわなくてはいけないことが発生した。少し落ち着いてからでいいのでよろしく頼むよ。今回は北海道だ、冬まだ厳しい北海道だが、冬だからこそいいこともあるよ。食べ物はおいしいし、さっぽろ雪まつりがあるよ。まあ、楽しんで行ってきてよ。

今度のクライアントは、家具業界大手の名取ホールディングスです。名取ホールディングスの社長もよく知っていますが、今回は、次世代経営者セミナーに来られた名取正次常務からの依頼です。何でも親と兄の仲が良くなく、パワハラやセクハラが横行し会社の雰囲気は相当悪く、業績もジリ貧の状態で、会社の経営建て直しのコンサルの依頼です。

名取ホールディングスでは2年前に、佐川一郎営業部長の前任者が、自殺していて、社内の雰囲気が悪く、このままでは内部崩壊するのではないか心配していた名取正次常務が企業戦略総合研究所の山西所長に社内体制改善のコンサルを要請した。

常務自体は人柄もよく、人望もある方なので、まずは札幌の本社を訪ね常務にお会いしてください。常務には、近々、当研究所のトップコンサルタントを送り込む旨を伝えてあるので、常務を訪ねて行ってください。

遠山は北海道に行く前に、名取ホールディングスの事前調査から着手した。

名取誠一郎は人望があり社員から慕われ、お客様からも信頼され、20歳代で会社を興し、北海道の木材を、プレカットの方法で、標準化し、切れ端も有効活用して収益を上げ、「使い勝手の良い家具をご家庭に」を経営理念のキャッチフレーズに掲げて、全国展開を図り、今では日本有数の家具製造販売会社に育て上げた。

専務の名取茂雄は名取誠一郎の長男で、子供の頃からガキ大将を自任していて、周りの人から嫌われることが多いが、本人の自覚はなく、パワハラ、セクハラは日常茶飯事でいつも両親に迷惑をかけていた。

常務の名取正次は名取誠一郎の次男でおっとりしていて、茂雄とは反対に周りから好かれるタイプである。

今年は2月4日からさっぽろ雪まつりが開催されることになっていて、会場の大通公園は雪を載せたトラックが行き交っていた。遠山は夜のライトアップされた雪像を見るのが好きで、その雪像の完成までの工程も見たいと思い、今日2月2日、雪まつり開催の少し前を狙って札幌に来たが、残念なことに、ほとんどの雪像はほぼ完成していて、最後の調整段階にきていた。

遠山は、この雪像を横に見ながら、名取ホールディングスまでタクシーを走らせた。

名取ホールディングスの本社に着き迎え入れてくれた名取正次常務に応接室で挨拶し、社長室に行き、名取誠一郎社長と面談した。誠一郎社長からは、東京からようこいそ北海道へ、冬は寒さ厳しいけど食べ物はおいしい時期であり、北海道を堪能してってください。とのお話があり、続いて名取茂雄専務の部屋へ、挨拶をしに行ったところ、コンサルが何しに来たのでしょうか？　社長はもう老齢だし考え方が古い、早く俺に社長の座を譲って隠居すればいいのにと思っている。そしたら、コンサルなんか必要なく俺が会社を大きくしてやる。まあ、会社内を混乱させないで小規模な改善にとどめ早く東京に帰ってもらいたいものだ。

専務室から出たところで、遠山さん、兄が大変失礼なこと言いましてすみません。兄はいつもあのようで、周りから嫌われ者です。

応接室に戻って、常務から、兄もあんなふうで困ったもんだが、親父も、だいぶ老化が進んで、あのような挨拶しかできなく、のんきなものです。遠山さんには、お忙しいところおよびたてしましてすみません。当社の実態は、厳しく先行きが心配な状況です。この危機的状況をぜひ、遠山さんのお力でなんとか良い方向に舵がきれるようにご指導お願いします。

聞くところによれば遠山さんは、優秀なコンサルタントだけでなく、殺人事件も何件か解決されている名探偵であることも聞き及んでいます。よろしくお願いします。

そして、常務から現状報告として次の説明があった。

まず、会社の業績ですが、社長が築き上げた北海道の木材を、プレカットの方法で、標準化し、切れ端も有効活用して収益を上げ、「使い勝手の良い家具をご家庭に」を経営理念のキャッチフレーズに掲げて、全国展開を図る当社の事業スタイルはまだ有効に機能しています。一昨年までは順調に業績を伸ばしてきましたが、しかし、昨年からコロナの影響もあり、また、ネット上での会社批判もあり、売上は伸び悩み、最近の月次では前年割れが続きだしています。このネット上での批判は、営業部長の自殺や社内でのセクハラ、パワハラでブラック企業の烙印をおされている内容です。そのため会社内のムードは最悪で、中途退社が続出している状態です。このままでは名取ホールディングスは経営危機に陥ることは必須です。

どうか、遠山さん、助けてください。

これを受けて遠山は、企業戦略総合研究所の山西所長からくれぐれもよろしくと頼まれていますので、精一杯のことをやらせていただきます。

ひとつ教えていただきたいことがあります。それは、2年前に社内で不幸な出来事があったと話されました。そのいきさつを教えてください。

それは、2年前に小宮貞治という営業部長が自殺しました。警察は、自殺で処理したが、自殺した原因は、取引先の社長が亡くなったことに責任を感じ自殺したものと見られます。

家族内でトラブルはなかったが、自殺する前3ヶ月は、うつ状態であったことは家族が証言しています。それも、最初の頃は専務からのパワハラでもう会社をやめたいとよく言っていたが、自殺する直前は、やっぱり俺のせいだと言っていっそう落ち込んでいたということであった。

その落ち込んだ原因は、名取ホールディングスの取引先であった札幌家具店が倒産し、その原因が、小宮営業部長がお膳立てをした取引で、札幌家具店から仕入れた家具5000万円分が、専務から品質が悪く、そんなもんは名取ホールディングスでは売れない、返品しなさいと言われ、5000万円の支払をしなかった。札幌家具店は、すでに業況は悪化していて、小宮営業部長をたよるしかない状況の中での取引であった。結果、札幌家具店は、サラ金から金を借り当面は何とか持ちこたえたが、サラ金からの催促は厳しくなる一方で、ついには、札幌家具店の家族は夜逃げして、その後、佐藤社長が、定山渓の山の中で首を吊って死んでいるのが発見された。以上が不幸な出来事の経緯であった。

その後、営業部に行き、常務から次のメンバーの紹介があった。まずは佐川営業部長をかわきりに、近藤正営業担当、斎藤裕子営業担当の紹介があった。

その次に経営企画部、経理部、商品開発部などを回った。

その後、名取常務から、今日は遠山さんの歓迎会を行いますが、嫌いな食べ物はありますか？　特に嫌いなものは無いことを伝え、夕刻、営業部の3名と名取常務、遠山の5人で、すすき野の日本料理店「北海」に繰り出した。

北海は、名取ホールディングスがよく使う日本料理店で女将の中野洋子から迎え入れの挨拶があった。飲みながら得た次の情報は頭の中にしまい込んだ。

名取社長は、長男の茂雄専務をかわいがっているが、最近の茂雄専務には嘆きも聞こえてきている。

茂雄専務は、親の社長を見て育ち、社長はこの頃は人への接し方が甘く損をしていることを何度も見ているため、親父は生ぬるい、社長なんだからもっと厳しく接しなくてはだめだと公言している。そのためか、部長への接し方も年が若いにもかかわらず横柄で、言ったことをやらなければ、バカだ、クズだと人格を否定するようなことを平気で言うタイプのようだ。何人もの社員が辞めていっている。また、若い女性にはバカ丁寧で気に入られるように優しい言葉をかけ、俺が一声かければ社員は皆動くと自慢話が多く皆がいやがっている。しかし、そのことに本人は気がついていない。俺は偉いんだとその態度が随所に見られる。

佐川営業部長は、亡くなった小宮営業部長の後任に抜擢された人で、生え抜きで、行動派タイプの人であった。

近藤正は、社内でも人気がある若手のホープで、名取常務とは仲の良い友人であった。

斎藤裕子は、明るく、優しい性格で社内でも人気の高い女性で、近藤正と親しい関係のように見えるが、常務とも仲が良さそうに見えた。

最近の社会情勢の話も出て、ニセコやキロロに見るように、海外、特に中国人の不動産購入の勢いがすさまじく、中国の国が主導して北海道のスキー用地を買収しているように感じる話があった。女将の中野洋子からも話があり、最近は定山渓近くの土地を買いあさっているようだと話題が盛り上がった。

この日は、2月2日の木曜日で明日も仕事があるため1次会で解散となりホテルに入り、飲みすぎたせいもありすぐに寝入った。

翌朝は、少し頭も痛かったが、朝食を食べたら痛みも和らいだ。

今日は2月3日の金曜日、名取ホールディングスの本社に行き、名取常務と佐川営業部長に昨日のお礼をいい、今日は午前中に決算書類や経理担当者から財務諸表の説明を聞いて、午後、経営企画部と商品開発部からの説明を依頼した。

午前中の経理部からの説明は、最近の月次売上が月を追って悪化しており、当然収益も減少し続けていて、このままでは赤字突入は時間の問題と見られた。売上減少に伴う損益分岐点売上が上がっていることと、材料費の高騰が利益を圧迫していることがわかった。

午後、経営企画部での経営分析の説明を受け、そこでは、札幌家具店が取引を切られ倒産し社長が自殺したことが業界に知れ渡り、これを知った業者仲間が名取ホールディングスとの取引を見直す動きが出ていることがわかった。この打開策に経営企画部として右往左往しているとのことだった。

経営企画部は、役員室に隣接していて、話が一段落した時、隣の専務室で女性の叫び声が聞こえ、駆けつけてみると、茂雄専務と斎藤裕子が部屋にいて、斎藤裕子の衣服が乱れていた。

商品開発部の女性が、斎藤裕子を部屋から連れ出し更衣室に向かった。専務は、飛び込んだ遠山や商品開発部の人たちに、何でもないよ、話し合いをしていただけだよ！何でもないからもどった！　もどった！　と言ってドアを閉めた。

その後、商品開発部からの説明では、木材のプレカットをもっと進化させ、レゴやプラレールのような製品を開発中でほぼ完成に近い状況を確認した。

この日は、ホテルに帰り、ホテルの自室で今日聞いた情報を整理し床についた。

2月4日土曜日の朝、名取常務から電話があり、茂雄専務が昨夜小樽運河で亡くなったと聞き、すぐに常務の自宅に向かい、常務から詳しい話を聞きたかったが、常務もまだ、今、この情報を聞いたところで詳しい情報を持ち合わせていなかった。遺体はすでに警察署に安置されているとのことだったので、常務とともに小樽警察署に向かった。

小樽警察署では、正次常務とともに霊安室に案内され、茂雄専務の亡骸を見て手を合わせた。

その後、警察の事務所で警察の事情聴取が始まった。家族構成や関係者の中でトラブルになっていたかどうか、昨日の午後10時から翌1時頃のアリバイを聞かれ、常務は自宅の書斎で考え事をしていて、そのアリバイを証明する人は母親だけで、ただ、10時頃に斎藤裕子とスマホで話をしたと回答。遠山は、名取茂雄との関係を問われ、経営コンサルを依頼された遠山と名乗った。同じように、昨日の午後10時から翌1時頃のアリバイを聞かれ、ホテルで寝ていたことを伝え、アリバイを証明してくれるのはホテルの従業員だけだと答えた。その後、遠山から、死因を確認したところ、溺死と思われるとの回答があった。

場所は小樽運河のどのあたりか確認したところ、トリスバー・ルタを出て運河沿いに30m西に行ったところだと教えてくれた。死亡時刻は23時、そして、亡くなる前の行動はつかめているのかの質問にはまだ、これからだとの回答だった。

といったところで、お父さんの名取誠一郎社長が到着し、茂雄と涙の面会を果たした。

その後、警察から話を聞きたいということで、会議室に入り、遠山と常務に合流した。

その矢先、トリスバー・ルタを調査していた刑事から、その夜、亡くなった茂雄はルタで酒を飲み、女の子と盛り上がっていたところ、父の誠一郎がママを通して茂雄を連れ出していったとの情報が入った。

警察は、このことを誠一郎に問いただしたところ、その事実を認め、さらに、けんかしたと次のように話をした。

私は、長男の茂雄を何とか立ち直らせ、次期社長にして、自分は引退しようと思っていたところ、この日は、茂雄が、次男の正次の嫁になる予定の営業部の斎藤裕子を自分の部屋に呼びつけ、セクハラしたことを知り、茂雄が行きつけのバー「ルタ」に行き、店のママに茂雄を呼び出すように依頼して、出てきた茂雄と運河沿いに酔いを醒ますように歩きながら話し合いをした。

歩き始めてすぐに、茂雄は親父がこんなところに来るのは、今日の斎藤裕子とのことか？ と尋ねた。誠一郎は「そうだ、なんでまたあんなことをしたのか？」とただした。

「親父、あれは違うんだよ、裕子は俺に惚れていて、ホテルでやれば良かったのを会社の事務所でやったのは、場所が悪かっただけなんだよ！」

「バカいうんじゃないよ！ 裕子は正次とできているのだからそんなことがあるわけないだろうばかやろう」

「えぇーそうなのかよ、知らなかった」

「ばかやろう！ おまえもいい加減目を覚ませよ」

「お説教ならもうたくさんだ！」

「お前はまだわからんのか？」と胸倉をつかんだ。もみ合いのあと茂雄は父親を殴りにかかったがそれを振りほどくように突き放した。誠一郎は、逆に地面に倒れ、少しの間気を失った。そんなに時間はたっていないと思うが、気がついた時は茂雄がいなくなっていて、帰ったものと思い乗ってきた自動車に乗り込み、自宅に帰った。

今朝、警察からの電話で茂雄が小樽運河で亡くなったと聞き、昨夜のことを思い出しているが、けんかしたのは事実だが、突き落とした記憶はなく、自分が倒れたあともう一人誰かがいたような気がしたと話した。

その言葉を受けて警察は、誠一郎を取調室に移動し、厳しい取り調べが始まった。

その後の刑事の調査で、名取茂雄は、小樽運河で死体となって発見された前夜は、小樽の運河沿いの居酒屋で地元の仲間3人と飲み、そのあと1人で、行きつけのバーで女の子とおしゃべりして盛り上がり、酒も進んだが、突然帰ると言い出し店を1人で出てそのあとの行動は誰も知らなかった。

警察の会議室に取り残された遠山と名取常務は、父親による息子殺しがマスコミに取り上げられ批判を浴びることになれば、名取ホールディングスの信用もがた落ちになることは必定。そうならないための対策を考えなくてはならないと話し合った。そして遠山は、会議室に来た刑事に小樽警察署の署長に合いたい、自分は企業戦略総合研究所所属のコンサルタントで警察庁特命調査官であることを告げた。これを聞いた刑事は半信半疑で会議室を出て行った。しばらくすると、署長が副署長をつれて急いでやってきた。これはこれは、遠山様、遠山様のご活躍は、かねがね聞いております。大岡警察庁長官と伯父甥の関係で特命調査官に任命されたことも聞き及んでおります。それで、今回はどのようなご用件でしょうか？

遠山は、今回、名取ホールディングスさんからコンサルの依頼を受け、会社に行ったところこのような事件に遭遇し、名取常務とこちらに駆けつけたということです。そして、署長さんにお願いがあります。今回の名取茂雄さんの死亡について、父親の名取誠一郎さんを重要参考人としてお調べするのは結構ですが、犯人逮捕はもう少し待ってほしいのです。というのも、名取誠一郎さんは誰もが知っている地元の名士です。早まって犯人と発表した場合には、名取ホールディングスの信用下落や地元の皆さんの落胆が大きくなりすぎます。今、早まってと言ったのは、誠一郎さんが茂雄さんを殺すために小樽運河に突き落としたとは言っていないからです。これを聞き、署長は、ほんとうにそうですね。早まって発表し、それが間違いであった場合には取り返しのつかないことになります。ありがとうございます。警察内でも慎重によく調査して進めていきます。署長は、副署長にマスコミに絶対漏れないように進めることを指示した。遠山は、今後お願いしたいことが発生した場合には協力してほしいと依頼して警察を出て、事件現場の小樽運河に向かい現場を確認して会社に向かった。

会社に着き応接室で常務と対策を話し合った。まず、出てきたことは、父がほんとうに突き落として殺したかということで、2人の意見は、あんなに優しい父、兄貴思いの父が殺すはずがない。けんかをして突き飛ばしても相手は大の大人で、酔っていたとはいえ、誠一郎社長の力で運河に突き落とすのは難しいと判断される。ということで、誠一郎社長が犯人でないことを信じることにした。次に2人は自殺を考えてみたが、亡くなる前に飲み屋で明るく盛り上がり、そしてあんなに自分勝手な人間が自殺するはずがないと結論付けた。そうすると殺人となるが、茂雄を恨んでいる人は、いろんなところにいる。その見極めが大切だ。殺すまで憎しみを持つ人間となると絞られると思うが、常務に心当たりがないか聞いてみた。常務からは、社内では、専務を恨んでいる社員は多いが、それは仕事上と割り切れるので殺したいと思うほど憎しみを持った社員はいないと思う。考えられるのは、亡くなった小宮営業部長の家族か、その前に亡くなった札幌家具店の社長の遺族だと思う。では、小宮営業部長の関係者は、まだ会社に履歴書や個人データが残っているので常務が至急調べてください。私は、札幌家具店の関係者を調査しますといって別れた。そして2時間後には小宮営業部長の家族の情報が取れ、札幌市中央区の丸山動物園近くの住宅街に自宅があり、夫人と長男長女の3名で住んでいることがわかった。遠山はこの情報を引き取って、小樽警察署の署長に連絡し、札幌中央警察署の調査協力依頼をお願いした。そして遠山も札幌中央警察署に行き、調査協力の要請を行った。結果は、1時間ほどである程度の情報を得た。それは、夫人は、近くのスーパーで働いていて、長男は、昨年春に札幌ビールに就職、長女は、地元の大学に通う大学3年生であることがわかった。ここからは、警察の力を頼るしかなく、札幌中央警察署の副署長に名取茂雄が死んだ昨日の10時から12時にかけてのこの3人のアリバイ確認と名取ホールディングス、特に名取茂雄との接点などの調査を依頼した。ちょうどその頃、署長が外から戻ってきて、署員から遠山が来ていることを聞いて、挨拶に来た。遠山は、丁寧に挨拶し、今回の協力要請に素早く動いていただいたことに感謝した。そして、署長に対し、大変申し訳ありませんが、もうひとつご協力をいただきたいといって、札幌家具店の社長の自殺の事件とその関係者の行方調査を依頼した。署長はすぐに当時の担当刑事を探して、遠山の依頼に応えるように指示した。しばらくして、資料をかかえて一人の刑事がやってきて、私が札幌家具店の社長が自殺した件を調査したものです。と挨拶した。この刑事によると、札幌家具店は、名取ホールディングスが大きくなるにつれて売上が落ち込み、業績が相当悪化していたが、取り扱っている製品がオーダーメイドなど高級感のあるものを取り扱っていて、名取ホールディングスは、プレカット方式で標準化を図り、リーズナブルな製品を手がけ、お客様に受け入れられたもので、ライバルではなかったという。

しかし、札幌家具店の高級路線は昨今の低成長時代では、お客様が先細りしていて、その打開策として、札幌家具店の社長と、名取ホールディングスの小宮貞治当事の営業部長が高校の同窓同期ということもあり、相談して、札幌家具店の製品を名取ホールディングスが仕入販売することで、札幌家具店を助けることで合意し、5000万円の取引を行うことにした。ただ、正式な契約書は結ばず、注文書と納品書で取引を進めていたが、名取ホールディングス内で、これを専務が見つけ、この製品は何だ、こんな高い額で仕入れたが、物はそんなにいいものでない、高級家具で売るのなら品質が悪いといって、返品するように指示した。これに対し、小宮部長は、専務に土下座をして、今回だけは認めてほしいと懇願したが、専務は認めなかった。これにより、札幌家具店は、資金繰りに行き詰まり、サラ金からも借りてその場を凌いだが、サラ金から借金の取り立ては厳しく夜逃げ同然で家族3人が行方不明となった。その後札幌家具店の社長は定山渓の山中で首を吊り自殺した。

残された家族は、奥さんと子供で、子供は当時、高校3年の男の子で、惨めなものでした。葬式もろくにあげられず、民生委員の協力により、焼き場から共同墓地に埋葬されました。この頃には、奥さんも正常な状態ではなかったと聞いています。そして、しばらくして亡くなったと聞いています。

遠山は、その残された子供の名前と今どこにいるのかを聞いたところ、名前は佐藤誠一で、お母さんが亡くなるまでは札幌市にいたんですが、その後の行方がわかりませんとの回答であった。そこで遠山は、この刑事と共に署長室に向かい、札幌中央署長に対して急いで、佐藤誠一の現在の居場所を確認してもらうように依頼した。

遠山は、15時頃に名取茂雄が亡くなった現場に戻り、トリスバー・ルタからここまでの2人の足取りを思い描いてみた。名取誠一郎がトリスバー・ルタのママを訪ねたのが22時30分、名取茂雄がルタを出たのが22時45分、2人は運河に出て運河沿いに歩いた。そして、2人はけんかしてもみ合ったが、殴りあう寸前で誠一郎が突き飛ばし、反動で誠一郎は道路に倒れその際に、後頭部を路面にぶつけ、少し気を失った。一方、茂雄は、突き飛ばされたが、運河沿いに、低いけど柵があるのでそのまま運河に落ちるとは考えにくいと想像した。その上で運河に落ちたとなると、自分でその突き飛ばされた勢いに乗って自分から落ちることも考えられなくはないが、名取常務と話した通り、茂雄が自殺するとは思えない。とすると、ここで誰かに柵を乗り越えて突き落とされたことになる。

2人がけんかしている状況を見て、老人が倒れたのを見たら、普通の人が見た場合には、老人を助けると思われるが、助けた経緯が見られない。ということは、何者かが、茂雄を殺す目的で近寄り、運河に突き落としたとしか考えられない。それは誰だろう。なぜ茂雄だとわかったのか。そうか、トリスバー・ルタを出た時から、茂雄だとわかっていた人物の仕業だと理解した。

その後、小樽警察署に行き、トリスバー・ルタにいた人からの事情聴取の内容を見せてもらった。

ママやアルバイトの女性、常連の女性などからの報告では、茂雄は、週に1~2回は顔を出し、気前もいいし、仲のいい子とは盛り上がるようだが、気分屋で、気に入らないことがあると機嫌が悪く、嫌う女の子も多かった。ほかの男性客とは挨拶程度でほとんど話していないことがわかった。次にバーテンダーの調書があり、茂雄について常連客であることは知っているが、茂雄と話したことはないとの報告であったが、最後に名前を見ておどろいた。それは、佐藤誠一と書かれていた。すぐに刑事課長に話をして佐藤誠一を重要参考人として捜査するように依頼した。遠山はトリスバー・

ルタのママが17時30分に開店準備でバーに現れたところを刑事と共に聞き込みをした。佐藤誠一は、半年前にぶらっと現れ、2~3回一人でやってきて、バーテンダーとして雇ってもらえないか相談があり、少し暗い感じではあったが、根が真面目そうだったので雇うことにした。今、思うと彼が来た日は、茂雄が来た日だったような気がする、とのママからの証言があった。また、住所は、小樽市のアパートで一人住まい。あ家族は、自分ひとりで、将来はお金をためて自分のお店を持ちたいと言っていた。あの日は、茂雄さんのお父さんが店に来て、飲んではいかなかったけど、茂雄さんを呼び出すよう依頼があり、茂雄さんに、お父さんが外で待っているよと耳打ちすると、今まで元気に女の子たちと盛り上がっていたんですが、急に不機嫌となり、今日は帰ると言って出て行った。その後、佐藤誠一は、タバコを吸うといって、裏口から出て行ったことを思い出した。しばらくして、戻ってきたので、その日は何ごともなく帰ったと思うといった。ママはそれから佐藤誠一のスマホに電話を入れたが、電波の届かないところにいるか電源が入っていないと思われた。同行した刑事に刑事課長に連絡して至急佐藤誠一の身柄確保を依頼し、遠山と刑事は、アパートの住所に急行した。

しかし、そこには佐藤誠一はおらず行方不明となった。これを受けた小樽警察署は名取ホールディングスの名取専務の殺害事件の容疑者として佐藤誠一を指名手配した。

この日は、警察を出て札幌に戻りホテルに入り、今日一日の整理をした。茂雄専務の殺害事件は、一時父親の犯行かと思われたが、犯人が別にいる可能性が強い。佐藤誠一が捕まってみないと真意はわからないが、茂雄がなくなった現場に強い憎しみを持った佐藤誠一が近くにいたことは偶然ではないはずだ。

今日は、2月4日でさっぽろ雪まつり最初の日であったが、遠山は、今日は雪まつりを見に行く気にならなかった。ホテルの自室でグラスを傾けながら名取ホールディングスの業績回復策を考え始めたが、すぐに睡魔に襲われ、この日はそのまま寝入った。

2月5日日曜日、朝起きてホテルの朝食を食べたあと自室でゆっくり新聞を読んでいたところに、小樽警察署から連絡があり、佐藤誠一の住民票の住所は小樽にあるが、本人の行方はまだ不明とのことであった。

この日は、名取茂雄の通夜が執り行われ、2月6日に葬儀、告別式と続くことになったため、日中はホテルにいて、今までのことを振り返ってみた。遠山は、名取ホールディングスに来た夜の歓迎会で、中国がニセコやキロロのように、定山渓の周りの山林を買いあさっている話を思い出し、その情報を集めてみたいと思い、所属の企業戦略総合研究所の所長に電話して、札幌の不動産業者を紹介してもらうことにした。

翌日、2月6日は12時からの葬儀・告別式だったので、9時から札幌市役所、法務局、不動産登記所などを回り、定山渓近辺の不動産売買の実態を確認した。するとおどろいたことに豊平峡ダムの周りが、まばらに中国資本に買い取られていることが判明した。豊平峡ダムは、札幌市の飲み水の水源であり、いずれダム湖の周りが買い取られ、その時に、中国が台湾併合に踏み切り、日米と衝突にいたった場合には、ダムに向かう道路の封鎖、ダムの水の汚染など水源に嫌がらせをすることも考えられると思った。

午前中に、企業戦略相互研究所から連絡があり、札幌不動産の飯田営業部長を訪ねて行くように連絡があった。

正午から始まった葬儀・告別式に参列し、社長や常務に挨拶したあと、14時過ぎに、中国資本の不動産の実態を調査するため、企業戦略総合研究所から紹介を受けた札幌不動産に行き飯田義則営業部長を訪ねて、飯田部長から次の情報を得た。

最近の中国資本の土地買占めは目に余るものが多く、国や道も売買の制限を厳しくしている。しかし、そこをかいくぐって土地を購入しているという。札幌不動産では現在取り扱いはないが、豊平峡ダムの上流で豊平川に面した土地90ヘクタールの売買の話が噂話として出ている。なんでも、中国資本がその土地を買い占めてリゾートにするとのことだが、詳しい話はよくわからないとのことであった。遠山は、これを放置したら札幌が大変になることを話したところ、営業部長もその懸念を持っていて、意見が一致した。話ははずみ、中国問題から北朝鮮の原子爆弾やロケットの発射実験、ロシアのウクライナ侵攻、イスラエルとハマスの戦争、これらがエスカレートした場合の日本への影響、特に北朝鮮、ロシアに近い北海道は、日本の中心から離れているので狙われやすいなどと話し合った。2人は意気投合し、今夜雪まつりを見て一杯いかがですかと誘われた。遠山は、今夜は雪まつりを見たいと思っていた矢先だったので、飯田部長のお誘いを快く受けた。

夕方6時に待ち合わせ場所の札幌テレビ塔前に行くと、飯田部長は待っていて、雪まつりの案内をしてくれた。部長の話によると、さっぽろ雪まつりの歴史は、1950年に札幌市の中高生が雪像を大通公園に設置したのが始まりで、最初はわずか6つの雪像からだった。もともと大通公園は市民が雪かきなどをした雪を捨てに来る場所だった。その雪を利用して雪像を作ることから始まり、6つの雪像と雪合戦・カーニバルなどのイベントをあわせて開催されたそうだ。これを見に来た人は5万人で予想を大きく上回る人気で、その後、規模を大きくしつつ札幌の冬の定番イベントとして定着していき1950年の第1回から欠かすことなく毎冬開催されてきたとのことだった。雪像は今年の人気のアメリカ大リーグの大谷翔平選手や、ボクシング世界4階級制覇王者井上尚弥などが人気だった。明かりに照らされた雪像は昼間に見る像よりリアルさが増しより印象に残った。雪像を一通り見たあと、飯田部長に連れて行ってもらった場所は、名取ホールディングスで歓迎会をやってもらった日本料理店「北海」であった。飯田部長に続いて店に入ったところ、女将の中野洋子が遠山を見て、あら、遠山様、こんなに早くまたお会いできるだなんて、うれしいわと言って喜んでくれた。

遠山様は、先日は名取さん、今日は札幌不動産と顔が広いんですね。遠山は、まあ、と、ごまかして2人はカウンターに腰掛けた。このカウンターは少人数のなじみ客専用のカウンターで、周りが囲ってあるのでゆっくりと話すことができるようになっていた。まずは、飯田部長と遠山と女将の3人はビールで乾杯した。最初は、雪まつりで盛り上がり、ビールがなくなったあとは日本酒に切り替わり、話題は土地売買の話に移っていった。

女将が、飲みに来たお客の中で、何か悪いことをしているような話をしていたと言い出した。飯田部長が、どんな内容か、聞いてみた。女将は、奥の部屋に入ったお客で、男2人、一人の男は2回目で、日本語は普通にしゃべれるけど、話し方が中国人だとわかる人で、もう一人は、日本人だと思うけど、気の弱そうな、びくびくしていたような気がした。そして料理を運んだ時に話を聞いた内容は、豊平峡ダム、奥の90ヘクタールの土地、リゾート開発、あなたには迷惑かけない、などのことばだった。これを受けて、飯田部長は、豊平峡ダムは札幌の水源だ、中国は水源を狙っている。でも、まてよ、今、この地域は外国資本が土地を買うことができないように、道と札幌市が規制しているはずだが、なんでだろう。女将の話では、中国人が連れてきた日本人にそこを買わせるようなことを言っておだてていたとのことだった。その日本人はパチンコ好きでいつも金に困っていて、以前には窃盗で警察につかまったことがあるようなことを言っていた。遠山は、女将に対し、2人の顔を覚えているかどうか、何か身元がわかるようなものはないか、領収書のあて先はどこかなどを聞いてみた。顔は、見ればわかるけど身元はわからない。領収書控えはあるので取りに行ってくれた。持ってきた領収書の控えには、棒基株式会社となっていた。遠山はこの名前を手帳に控えて、もう一人の日本人に何か特徴はないか聞いてみた。そういえば、右手の甲に甲の半分くらいのやけどのあとがあったことを思い出した。

この夜は、飯田部長におごってもらったお礼を言い、女将にもお礼を言って店を出てホテルに戻った。

そして、寝る前にテレビをつけたら、相変わらず、ハマスとイスラエルおよびロシアとウクライナの戦争は続いていて、ロシア国内も徐々にプーチン離れが目立ち始めてきた。北朝鮮も相変わらず日本海に向けロケットを撃ち込む威嚇を続けているニュースがあり、中国国内では、コロナ感染拡大防止を理由に中国共産党が移動制限を実施したことに反発したため規制を一部解除した結果、感染が再拡大、北京では大規模な行動制限が適用され、中国からの入出国手続きが大幅に遅れているニュースが報道されていた。

遠山はまたかと思いテレビを消して寝入った。

翌日2月7日の火曜日は9時に札幌中央署に出向き、副署長に面談し、札幌市内でパチンコ好きで窃盗で前科があり手の甲にやけどのある男の調査を依頼した。副署長にはその背景について、定山渓の近くの山が中国資本に買いあさられていて、豊平峡ダムの上流の土地90ヘクタールが買われる恐れがある。もし中国資本がその土地を手に入れた場合は、山の木の伐採、土地の開墾による生態系の変化、リゾート開発による札幌の水源汚染など大きな影響が出る。ましてや、この地域は外国資本が土地購入を制限している地域だ。しかし、かれらは、お金に困っている日本人を操って日本人名義で土地を買わせ、実態は中国資本が牛耳ることを目論んでいる。この手の甲にやけどのある日本人はその中国資本の手先となっている可能性がある。至急、この男から話を聞きだし、その取引を中止させる必要がある。

その中国資本の関係者は、リゾート開発の棒基株式会社が関係している可能性がある。ここも捜査する必要がある。札幌中央署の副署長は遠山に2人の刑事を指名して遠山に協力するように指示した。この3人で棒基株式会社に行き、不動産売買を進めているか直接聞いてみた。富良野での開発を進めているのは認めたが、定山渓近くの不動産購入のことは知らないの一点張りであった。

警察に戻ったら、手の甲にやけどのある男の名前がわかった。安藤康夫という名前で、至急捜査手配をかけたところ、市内のパチンコ店にいることがわかり、警察が任意同行を求めた。安藤は最初、抵抗したが、ただ、話を聞くだけだといって納得させ、警察に来させた。警察では、取調室で取り調べが始まり、最初は安藤も俺は何も悪いことしていないと取調室に行くのを強く拒否したが、話を聞くだけで悪いことをしていなけりゃすぐに帰れるよといって納得させた。遠山は、最初は鏡越しに取り調べ状況を確認していたが、警察官の質問に知らないの一点張りで確認が進まないため、自ら取り調べを開始した。遠山は、あなたが今やろうとしていることは、札幌市や北海道で海外資本の不動産売買を禁止している定山渓近くの不動産をあなたが買い取ると見ています。名義だけをあなたの名義にし、実態は中国企業がお金を出し、買い取るというスキームです。もし、これがほんとうに実施された場合には、あなたも中国企業も市や道の条例違反としてまた何年か警察暮らしになります。あなたはそれでもよいのですか？

ええっ！　そんな話は聞いていないよ。でも、もう遅いよ、90ヘクタールの土地を坪2000円総額5億4500万円で地主から買ったよ。お金も払い込み済みだよ。そのお金はどうしたのか？　中国企業が出してくれたさ。あなたはその土地をどうするのか？　知らないよ、あの土地はそのまま中国企業に売却する契約になっているんだ、ただ、登記はしないといっていたがね。あなたは、この取引でどんなメリットがあるのか？　おれは、手付けで300万円もらい、サラ金にほとんど返済し、昨日の取引で成功報酬として500万円もらったよ。それでは、あなたは逮捕されます。えっ！　俺は日本人だよ、何で違反になるんだ。確かに、あなたが地主と売買契約を結び、土地を購入したのは、あなたが日本人だから条例違反とはなりません。しかし、そのあとあなたは、中国企業とその不動産を売買する契約を締結しているでしょう。それと、土地購入資金の5億4500万円を中国企業から借りているでしょう。ええ、その通りですが。遠山は安藤を諭すように、あなたと地主の売買は認められます。しかし、あなたと中国企業との売買は条例違反で成立しません。従って、あなたは、土地を所有することになりますが、一方で、中国企業から借りた5億4500万円を返さなくてはなりません。え！　そうなんですか？　そして条例違反の罪で警察に逮捕されるかもしれません。そんなのないですよ！　どうしたらいいんですか？

では、まず、中国企業のことを教えてください。札幌市の棒基株式会社の社員ですね。はいその通りです。その相手の名前を教えてください。王芳です。棒基株式会社に行って王芳がどの人か教えてください。警察が事情聴取します。警察が話をしたら、王芳とあなたとの5億4500万円の不動産売買の契約はなかったことになると思いますよ。なぜなら、王芳は警察に捕まりたくないからです。そうすると、王芳はあなたに貸した5億4500万円の返済を求めてくるでしょう。あなたはどうしますか？

買った土地を誰かに売れば返済ができるけど誰か買ってくれる人いないかな。そんないい人が現れるといいけどね。と言って、遠山は取調室から出て行った、あとは、警察が安藤をつれて棒基株式会社に行き、王芳を任意で警察につれてきて、取り調べが行われ、予想通り、王芳は安藤との不動産取引は白紙に戻した。そして、安藤に対し5億4500万円の返済を求めた。刑事と2人は、警察の会議室に移動し、ののしりあいながら、お互いの意見を言い合った。しかし、安藤は土地を売るしか財産はなく、返したくても返せないという実態が現実問題として王芳も理解し始めた。そしたら、あの土地を誰かに売るしかない。との結論で最後には一致し、明日から、購入先をあたることとした。

次の2月8日の水曜日は、朝から、名取ホールディングスの社長の自宅を訪問し社長と常務に面談した。冒頭、遠山は昨日の葬儀・告別式のねぎらいのことばをかけた。

社長からは、警察であやうく犯人にされそうなところを、佐藤誠一という新たな容疑者を見つけてくれたことにたいへん感謝された。常務からも、お父さんが犯人にされ、危うく名取ホールディングスのブランドイメージを大きく傷つけることを回避していただいたことにも言及し感謝の言葉があった。

そして遠山から、警察からの情報でまだ、佐藤誠一の行方はつかめていない報告をした。

その後、明日、会社で名取ホールディングスの経営改善コンサルの打ち合わせをしたい旨を伝え、10時に本社に行く約束をした。

遠山はその足で、小樽警察署に行き、刑事課長に面談し、現状の捜査実績を確認したが、ほとんど進展がなく、佐藤誠一は今は家族もいなく、トリスバー・ルタのママに聞いてもどこに行ったかはまったくわからないとのことであった。遠山は、札幌中央署の刑事で、札幌家具店社長の自殺を担当した刑事から自殺した情報を聞いた時、定山渓の山中で首を吊って死んでいたのは、2月9日だったことを思い出した。そして、お父さんお母さんのお墓は、札幌市郊外のお寺で、共同墓地に埋葬されていることを思い出した。そこで、佐藤誠一は、お父さんを殺し、お母さんまで死に至らしめたのは名取茂雄だと思いこみ、茂雄の後を追って、かれの常連の飲み屋トリスバー・ルタで、茂雄を殺すチャンスを狙っていて、その仇を討った今、彼がすることは、お父さん、お母さんへの報告ではないかと考え、明日、2月9日に札幌市郊外のお寺で見張りをしてみたらどうかと、刑事課長に話をした。

刑事課長は、そうですね、打つ手がない今、だめもとでも刑事を張りつけてみましょうといってくれた。その後、遠山は明日の名取ホールディングスの経営改善コンサル案をまとめるべくホテルに帰った。

2月9日の木曜日は起きた時から朝日がカーテンの隙間から差し込み、カーテンを開けてみたら、昨日の新雪でまぶしく、遠くの山は青空と真っ白な雪のコントラストがすばらしかった。9時30分にホテルを出て名取ホールディングス本社に向かった。本社では社長と常務が出迎え、社長室で打ち合わせをすることとなった。

遠山は、今日の経営改善コンサルのアウトラインを説明した。それは、①は人事、②は収益改善、③はブランド価値向上の3点である。

①の人事ですが、社長は、専務がいなくなったあと、常務が社長になってもらうことに異論はありますか？　社長からは異論はないと回答があり、いつからにしますか？の質問に、2月20日の役員会からでどうですか？　との話があり常務もこれを了承した。

②の収益改善ですが、常務は何か、社長になったらやろうとしていることはありますか？　常務は、今、商品開発部が進めている木材のプレカットをもっと進化させた、レゴやプラレールのような製品がほぼ完成に近い状況なのでこれを中心に売上を伸ばし、収益改善につなげていきたいと語った。遠山は、それはいいですね、ぜひ、進めてください。

私からは、この会社の営業部長の自殺や、札幌家具店の倒産のことなど、過去の不幸な事例や、ハラスメントの問題なども仕入先からの不信でWINWINの関係が崩れていると聞き及んでいます。

そこで、主な仕入先を集め、取引先説明会を開催し、当社の現状や、今後の方針、業界動向などを発表し、仕入先からの信頼確保をめざしたらどうかと言い、社長からそれはいいことですね。常務からもぜひやりましょうということになった。

③のブランド価値向上ですが、遠山から、突然すみませんが、名取ホールディングスあるいは、名取正次さん名義で、定山渓の奥の山林90ヘクタールを5億4500万円で買ってもらえませんか？　との話を持ち出した。理由は、と言って、中国資本の

土地買収の話や、安藤が中国資本から土地を買わされたが、その時の借入返済に迫られていることなどを説明した。ただ、私はこの安藤を助けてくださいという話ではありません。この山林を名取ホールディングスが所有し、山林の下草を刈って山を手入れして、豊かな山林資源を残すこと。これは、札幌市の水源を守ることにもなるのです。名取ホールディングスの製品は何でできているのでしょう？　木ですよね！　その木＝山林を守るということは、会社にとってイメージアップにつながります。リゾート施設の設置でなく山林を生かした市民の憩いの場として提供したらどうでしょう。アスレチック場などのイメージです。名取ホールディングスにとって5億4500万円はそんなに大きなお金ではないでしょう。社会貢献や広告代と思えばいいのではないかと思いますがいかがでしょう。社長も常務も「いいですね」とすぐに回答があった。そして、先ほど常務から話のあった、木材のプレカットをもっと進化させた、レゴやプラレールのような製品ですが、これも、すばらしいアイデアです。もっと社会にアピールしたほうが良いと思います。そうですね、キャッチフレーズとして「誰でも簡単に自由な家具ができる、名取ＤＩＹセット〝フリー家具〟」などはいかがでしょう？　常務からいいですね！　と言われた。

それでは、今までのことをまとめて、今後のやることを説明します。

まず、2月14日火曜日のバレンタインの日に、記者会見を開きつぎのことを報道各社に説明してください。報道各社はそれを記事にするでしょう。

その内容は、最初は、今までの不祥事やハラスメントや社内体制が不備であったことを素直に認めお詫びします。その反省を踏まえ、経営陣の刷新を行います。会社を設立してここまで大きな会社に育て上げてくれた名取誠一郎社長は会長に就任し、代わって常務の名取正次氏が社長に就任します。

次に、これからの名取ホールディングスは、オープンな会社に脱皮します。その一環として、今年の春に、仕入先の皆様に声かけして取引先説明会を行います。そこでは、当社の財務状況、経営状況、社内状況などの報告を行い、さらに、新製品開発の取り組みや業界動向など仕入先に有効な情報を提供してまいります。また、当社の新製品の発表を待ち望んでいるお客様に対し、木材のプレカットをもっと進化させた、レゴやプラレールのような新たな製品、「誰でも簡単に自由な家具ができる、名取D

ＩＹセット〝フリー家具〟」の販売を3月から実施いたします。

さらに、名取ホールディングスは、社会貢献の一環として定山渓の奥の土地90ヘクタールを購入して、山林を整備し、札幌市民の憩いの場とします。これは、そこにある、豊平峡ダムのダム湖の水源を守ることとの意味も含まれています。これは札幌市民の水がめを守ることにもつながります。このような発表の内容ですが、いかがですか？

2人揃ってありがとうございます。と感謝のことばがあった。ただ、茂雄を殺した犯人が判明していたらいいのになあ、と常務は言い残した。遠山は、犯人逮捕はもうすぐだと思いますよ。と気楽な話をして会社を後にした。

そして、数分後に小樽警察署から連絡があり、やはり、10時30分頃に、佐藤誠一が札幌郊外のお寺に現れ、重要参考人として小樽警察署に刑事に付き添われて向かっているとの連絡が入った。

遠山も小樽警察署に行き、佐藤誠一の取り調べを鏡越しに見ていた。取り調べに対しては、犯行を素直に認めたものの、聞いた内容には驚くべきものがあった。札幌商工会議所の総会準備で、社長の代理で専務が参加した時、総務担当として札幌家具店の佐藤社長と同じ担当になったが、意見が合わず、けんかになる寸前で止めに入った人がいて何とかけんか騒ぎにならなかったが、2人の間にわだかまりが残った。その後、札幌家具店と従来取引していた北見材木店が急に取引中止を言い出し、話を聞けば、名取ホールディングスの専務が手を回し、北見材木店が札幌家具店と取引を続けるのなら名取ホールディングスは取引しないと脅していた。と佐藤社長が死んでからわかった。これにより業績が急に悪化し、佐藤社長は友人の小宮貞治さん、当時の名取ホールディングスの営業部長をたより5000万円の家具の売買契約を結んだ。小宮さんは、5000万円であれば、専務に見つからないと思ったが、運悪く、専務に見つかってしまった。専務はこの時は、商売で判断したのではなく、佐藤社長を痛い目に遭わせようとその一点で取引を拒否した。その結果は、札幌中央署で確認してきた内容と同じであった。ただ、あの日に名取茂雄がトリスバー・ルタに来たので、今日こそは殺そうと心に決めていたところ、父親と運河沿いに歩いていったのでつけていったら、2人はけんかして父親のほうは倒れた時に、後頭部を打って気絶したが、茂雄は、よろけていたが立っていた。俺が近寄ったら父親を助けると思ったのか、運河を見るようにこちらに背を向けた。そこを後ろから突き落としたが、海に落ちて、一度水にもぐって浮き上がったが、大きな声を出す気配はなかった。すぐに、トリスバー・ルタに戻ったがその後はなにもなかったように振る舞った。父親のほうはその後どうなったかは知らない。そして、その夜はたまたま、雪が降り積もり、雪に残した足跡もけしてくれたのでラッキーと思った。

これで、俺は死んでも人生に悔いはないと最後に話した。

このあと、遠山は小樽警察署長に呼ばれ、署長室に入り、署長と面談、署長から、今回の名取茂雄殺害事件について、遠山さんには大変お世話になり、感謝申し上げる。大岡警察庁長官にも遠山さんが活躍してくれたおかげで、事件が解決された。と報告をあげます。そうそう、あの時は、社長を犯人に仕立て上げそうになったのを、その間違いを指摘され、危うく誤認逮捕するところを、回避できたのは、遠山さんのおかげで、私の首もつながりました。ほんとうにありがとうございます、と、何度もお礼の言葉があった。

遠山はホテルに戻る前に、名取ホールディングスにもう一度立ち寄り、定山渓の奥の土地売買について仮契約を進めて良いか社長と常務に確認し、明日その仮契約をこの本社で11時にやりたいと話をして両者から了承を得てホテルに戻った。

ホテルについてから、安藤康夫と札幌不動産の飯田義則営業部長に電話して、いい話があるので印鑑を持って明日、名取ホールディングスの本社に11時に来てと伝えたところ、2人ともあの土地の買い手が見つかったの？　と、喜びを隠さずにうれしがった。

翌2月10日金曜日、遠山は、朝9時に名取ホールディングスの本社に行き、売り手、買い手、仲介不動産業者の三者を紹介し、金額を5億5５００万円で、名取社長と常務に了解をとり、安藤に提示した。札幌不動産の飯田義則営業部長には、手数料は売り手側からほんとうは3％だが、契約のまとめ役は私がやるので、書類チェックをお願いするので申し訳ないが1％で我慢してほしいと伝え飯田部長の了解を取り付けた。安藤には、5億4５００万円の返済と、札幌不動産に支払う手数料５５５万円を差し引き、手元に、４４５万円が残るが、王芳から８００万円もらっているので返済を責められるでしょう。ええ、実はあれから王芳から返済の話が出て、俺にお金がないことがわかったので、それならば、棒基株式会社の中国料理レストランで働いて返してもらおう。しょうがないと思い、今中国レストランで働き始めたところだよ。そしたら、残りのお金をどう生かすかは安藤さんにおまかせします。これで、借金から解放されて良かったじゃないですか、と、言ったところ、ほんとうに、遠山様、ありがとうございます。一時はどうなることかと気が気ではなかったです。ほんとうにありがとうございます。それでは、本契約は2月の14日の午前10時にしたいと思いますが皆さんいかがですか？

名取社長からは、その日は午後3時から、記者会見の日だが、と、いったところ、遠山からそうです。だから、午前で契約を終わらせ、午後の記者会見では、実際に土地を今日の午前に購入したことを発表できれば、皆さんに会社の言うことをより信じてもらえるようになるでしょう。社長はなるほど、と感心した。

それでは、これで不動産売買がまとまりました。ありがとうございます。次回、2月14日バレンタインの10時にまたここで会いましょう。

そして遠山は、新千歳空港に向かった。

2月11日（土曜日）、12日（日曜日）は自宅でのんびりして、13日の夕方に再度札幌入りした。もう雪像は取り壊しが進んでいたが、街の商店は、あしたのバレンタインデーでにぎわっていた。ホテルについて、ホテルの従業員と挨拶をしたが、もう、常連客となっているため、毎度、よーこそ！　と親しみをこめた挨拶で迎えてくれた従業員もいた。

2月14日（火曜日）、この日も朝からまぶしい日差しがカーテンの端から降り注いでいた。ホテルの朝食を食べて、9時30分に名取ホールディングスの本社に着いた。10時前には土地売買の関係者がそろい、社長室で契約書の取り交わしを行い、その内容を札幌不動産の飯田が連れてきた司法書士に確認してもらい、確認が取れたところでお金の授受があり、この不動産取引は無事終了した。飯田からは、不動産の大口取引の届出を札幌市に提出した際、この土地は、中国資本が狙っていたと聞いていたので心配していたんですが、名取さんが買ってくれるということで、ほっとしています。ありがとうございます。とお礼のお言葉があったことが報告された。

このあと、常務の名取正次と昼食に行き、15時からの記者会見の話をした。やはり、これまでの名取ホールディングスの全般的なイメージが、あまりにも急に大きくなったことと、専務の悪い評判もあり、相当悪化しています。これをなんとか打破するためにも今日の記者会見は重要なものになるでしょう。まず最初は控えめに、皆さんに心配やご迷惑をかけたことについて、心からお詫びしてください。その後、その反省に立って今後の名取ホールディングスがどう立ちなおりのために動くかを説明してください。よろしくお願いします。と言って別れた。

15時に始まった記者会見は地元テレビ局も中継し、遠山は名取ホールディングス本社の応接室のテレビで記者会見を見ていた。名取正次新社長は堂々と、遠山が説明したストーリーで発表し、記者からの質問にも適切に答えていたが、最後に、新社長の結婚の話が出て、ここでは、あがってしまい、「はあ」とか「ええ」が多く、先ほどの答弁とは明らかに違ったが、見ていた記者たちはほのぼのとしたものを感じたようだった。

記者からはよかったと絶賛の声とともに、札幌の水源を守ってくれてありがとうの声もあった。

このあと、遠山は、札幌中央署に行き、署長に協力していただいたお礼を言いに署長をたずねた。

署長室で、名取茂雄殺害事件や、札幌家具店社長の自殺の件、定山渓の土地売買の件など多くのご協力をいただいたことにお礼を申し出た。そしたら、署長からお礼を言わなくてはいけないのはこちらのほうです。札幌の水がめを守ってくれてほんとうにありがとうございます。さすがは、大岡警察庁長官の特命調査官ですね。大岡長官にも遠山さんの活躍をしっかりと報告しておきます。それと、さきほどの名取ホールディングスの記者会見、良かったですね。道民の皆さんも一安心されたことと思います。これも遠山さんのコンサル指導のたまものですね。いずれにしても遠山さん、ありがとうございました。と言われて別れ、日本料理「北海」に向かった。ママの中野洋子は、あれ！　今日は1人ですか？

と聞かれ、1人じゃだめですか？　と笑いながら聞き返し、カウンターに案内された。ママからも、さきほどの名取新社長の記者会見、よかったですね、それに、名取ホールディングスが定山渓の山を守ってくれたのは、遠山さんがいてくれたからできたことですよね。いえいえ、それは、ママがあの時教えてくれたからですよ。ありがとうございました。ええ？　私そんなにいいことしましたっけ？　と笑いながらビールをついで乾杯した。そして、遠山は今夜は思い切り飲もうとゆっくりと杯を口につけた。でも、そんなに飲めるものではないので、21時近くにホテルに戻った。

2月15日水曜日、午前中の飛行機で羽田にお昼頃に着き、14時頃に企業戦略総合研究所について、山西所長に挨拶に行った。山西所長からは、今回も大活躍だったみたいだね。名取常務、いやもう、新社長ですよね、彼からほんとうにありがとうございます。と遠山様によろしくと厚く、君の活躍をかたってくれたよ。コンサル料もしっかりもらったからね。そしたら、私の給料もその分よろしく上乗せしてください。そうはいかないよ、ボーナスには上乗せしますよ。と言われて自分の席に戻った。周りからは、北海道みやげの催促が、遠山の活躍の話題より重要のようだった。

再起をかけたテイクオフ

ＡＫエアライン（阿蘇・熊本エアライン）

主な登場人物

遠山金次郎……経営コンサルタント、警察庁特命調査官、遠山金四郎と二宮金次郎の末裔
大岡忠則……警察庁長官、遠山金次郎の伯父
山西裕一郎……企業戦略総合研究所コンサルタント所長
佐藤直樹……企業戦略総合研究所事務長
会田静子……企業戦略総合研究所同僚コンサルタント
橋本典子……企業戦略総合研究所事務員
山本一郎……株式会社ＡＫエアライン社長
近藤佑介……株式会社ＡＫエアライン総務部長兼社長秘書
王　志明……ＴＳＭＣ熊本開発部長
佐々木淳……ＴＳＭＣ熊本開発部次長
張建忠……ＴＳＭＣ社員
李依諾……中国国籍のスパイ

２０１７年３月、熊本空港でＡＫエアラインの飛行機エアバスＡ３２０、１６６人乗りの中型飛行機が着陸に失敗、３名死亡、15人がけがをする事故が発生、補償問題などに時間がとられ、経営が苦しくなる中、コロナウィルスが蔓延し、旅行客が急減、そのため売上は落ち込み、会社存続の危機を迎えようとしていた。山本一郎ＡＫエアラインの社長は、知人から聞いた企業戦略研究所に相談してみたらとのアドバイスを受け、だめもとでも、わらをもつかみたい思いで企業戦略研究所に電話した。そこの山西所長から、この研究所のトップコンサルを行かせるとの連絡があった。

北海道から帰って東京の外気温に接し冷たさがぜんぜん違うと感じていた、あれから1週間が経ち、やっぱり東京も冬は寒いなあと感じて遠山は自宅を出た。

今日は、大岡警察庁長官に呼ばれ、千代田区霞ヶ関の警察庁に出かけた。長官室に入り、ご無沙汰してますと挨拶すると、大岡長官から、小樽警察署は誤認逮捕を防止し、札幌中央署では、札幌市の水がめを守ってくれたと双方から感謝の連絡があったよ。ほんとうに助かった。ありがとう。弟が生きていれば鼻高々だろうにね。まあ、手当も少しあげておくからね。これからもたのむよ！　と言われ、長官からのお言葉、ほんとうにありがとうございますと言って長官室を退出した。

3月に入り、通勤途上で、梅が満開となり、鶯や目白の鳴き声が聞こえ、春が来たことを感じながら駅まで歩いて、会社に向かった。会社では、いつものメンバーがいつものように挨拶し、昨日のプロ野球オープン戦の話題があったあと、仕事が始まる時間となりそれぞれが仕事に取り組んだ。

遠山はメール確認から今日の業務をスタートしたが、12件のメールの中に、企業戦略総合研究所の山西所長からのメールがあり、読もうとした矢先に、山西所長から電話があった。山西所長からは、「遠山さん、メール見た？」との第一声から始まり、熊本のＡＫエアラインを助けに行ってくださいというもので、簡単な資料をメールしておいたから見てください。あっ、それと、今回は、補助として橋本典子さんにも行ってもらうことにしたから協力してＡＫエアラインを助けてやってください。と言い電話は切れた。メールを見ると、山本一郎、株式会社ＡＫエアライン社長からの依頼で、業況は厳しい、今週中にＡＫエアラインに行って相談に乗ってやってほしい。山本社長には遠山と橋本の2人が行くことを連絡してあるので山本社長を訪ねて行ってください。事前に行く日を連絡すれば、ホテルも用意してくれます。

遠山さんと橋本さんの活躍を期待しています。との内容であった。遠山は早速、橋本の机に向かい、橋本に対し、「橋本さん、メール見ましたか?」と言ったところ、橋本からは、「今読んだところです。ほんとうですか? 遠山さんと一緒に熊本に行ってお仕事できるなんて、うれしいです。遠山さん、よろしくお願いします」と言われた。

企業戦略総合研究所の佐藤直樹事務長から遠山に、金ちゃん今度のコンサルは熊本に行くの?

そうなんですよ。

同僚コンサルタントの会田静子から、熊本いいなぁ、おみやげ期待してるからね。それと、典子ちゃんをしっかり面倒見てね。彼女はまだうぶだからね。

遠山は、橋本典子の都合を確認し、今日は3月6日の月曜日なので、9日の木曜日に羽田から熊本に行くことを決め、典子にも連絡して、飛行機のチケットを申し込んだ。今回のコンサルは相当厳しいので、17日金曜日までの9日間の出張計画を立て、典子にもそのことを伝えた。

　3月9日木曜日、8時に羽田空港のANAの受付カウンター前で待ち合わせをして、5分前に2人は顔を合わせることができた。フライトは9時45分なので、搭乗手続きを済ませ空港ロビーで事前打ち合わせとなった。遠山から橋本に熊本は半導体の工場が集積しているので、半導体のことを勉強しておく宿題を出しておいた。ここでその発表会となり、橋本からは次の勉強の成果の発表があった。

　半導体とは、電気を良く通す金属などの「導体」と電気をほとんど通さないゴムなどの「絶縁体」との、中間の性質を持つシリコンなどの物質や材料のことです。ただ、このような半導体を材料に用いたトランジスタや集積回路（多数のトランジスタなどを作り込み配線接続した回路）も、〝半導体〟と呼ばれている。半導体は情報の記憶、数値計算や論理演算などの知的な情報処理機能を持っており、電子機器や装置の頭脳部分として中心的役割を果たしている。

　半導体製造装置とは、半導体(集積回路）を製造するために用いられる装置のことで、半導体製造装置にも実にさまざまな種類のものがあります。たとえば各種の材料膜を形成する装置、写真蝕刻技術を利用して材料膜を形状加工する装置、微量不純物を添加する装置、組み立て装置、検査装置などです。半導体を進歩させるためには、それを作る半導体製造装置の技術革新が必要不可欠だそうです。

半導体は機能の集積度によって、数種類に分類され、代表的なものとしては、「ディスクリート半導体」「IC（集積回路）」「LSI（大規模集積回路）」の3種類です。ディスクリート半導体とは、単一の機能を有している素子のことです。半導体の中では、もっとも集積度が低い種類に分類されています。ディスクリート半導体の代表的なものとしては、「ダイオード」や「トランジスタ」などが挙げられるとのことです。ダイオードとは電流を一方向に流す機能を持つもので、トランジスタは電流をコントロールする機能を持ちます。ディスクリート半導体は、スマートフォンやパソコン、自動車など生活に身近な機器に多数使われています。ICとは、「Integrated Circuit」を略した言葉で、複数の素子を1つに集積させたものをICと呼びます。たとえば、トランジスタを複数組み合わせて構成したり、トランジスタとダイオードなどを多数組み合わせて構成したりしたものが、ICです。ICはその集積度によって、SSI(Small Scale Integration)、MSI(Middle Scale Integration)、LSI(Large Scale Integration)などに分類されます。LSIは「Large Scale Integration」を略した言葉で、ICの中の1つであり、集積度がより高まったものをLSIと呼びます。現代ではICとLSIを、同じような意味で使っているケースも多くあるそうです。LSIは、ダイオードやトランジスタ、受動素子などを集積したもので、複雑な機能を持っています。LSIはスマートフォンやパソコン、オーディオや自動車、デジタルカメラなど、人々の生活を豊かで便利にする製品にも使われるなど、幅広いシーンで活用されています。

半導体が持つ役割について詳しくみると、次のことがあるそうです。

(1) 電気エネルギーを光に変換できる

半導体は、電気のエネルギーを光に変換するという役割を持っています。電子が持つエネルギーを光として放出することにより、電気エネルギーを光に変換するという仕組みです。たとえば、LEDや有機EL、レーザーなどで使用されており、電子が持つエネルギーの大きさなどによって、放出される光が変わります。

(2) 光エネルギーを電気に変換できる

半導体は電気エネルギーを光に変換できますが、逆の動作も可能です。たとえば、近赤外線や可視光などの光エネルギーを電気エネルギーに変換します。代表的なものとしては、太陽電池などが挙げられるでしょう。太陽電池は太陽光という光エネルギーを受け取り、電気に変換して流すという仕組みになっています。

(3) 電気の流れを制御する

半導体には、電気の流れを制御するという役割もあります。「電気のオン・オフ」や「電気の流れを一方通行にする」といったことが可能です。電気のオン・オフはトランジスタやインバーター、電気の流れを制御するのはダイオードやコンバーターで使われており、高速でオン・オフすることでデジタル化を行う素子としても活用できます。

〈半導体の使用例〉

半導体はさまざまなシーンで活用されていますが、生活を便利で豊かにしてくれる身近なデジタル家電にも多く活用されています。たとえば、広く普及しているスマートフォンやデジタルカメラ、テレビなどの身近な家電にも使用されています。半導体の使用例は次の通りです。

・スマートフォン
・デジタルカメラ
・テレビ
・パソコンのＣＰＵ
・洗濯機
・冷蔵庫
・炊飯器
・ＬＥＤ電球
・エアコン
・銀行のＡＴＭ

パソコンを動かすために必要なＣＰＵや、エアコンの温度調節、炊飯器の火力制御などにも半導体が使われています。このように、半導体は人々の生活を支える上で欠かせないものだといえます。

〈半導体が支える技術・機能〉

半導体が活用される先は、デジタル家電だけではなく、半導体が支える技術や機能について解説すると

(1)　超高速データ通信

半導体は、データの受信や発信をするという役割も持ちます。情報をデータとして受け取ったり、発信したりするのに半導体は欠かせません。超高速データ通信を実現するためには、通信用機器の性能が重要です。通信用機器は多くの半導体で構成されているため、半導体が機器性能を左右します。データの通信技術に半導体は欠かせないものであり、超高速データ通信は半導体技術の進歩や進化によって支えられています。

(2)　高精細映像

高精細映像の情報処理は半導体が行っています。映像分野の技術は進化しており、4K映像技術やさらに上の8K映像技術などがあります。これらの技術により、高精

細映像の撮影や再生などが可能となり、臨場感のある美しい映像を再生できるようになっています。しかし、高精細映像の撮影や記録、処理、再生では膨大なデータを処理する必要があります。高精細映像の処理には、より小型化した半導体が役立つといわれています。

(3)　自動車先進運転技術

自動車先進運転技術には、高度な処理能力と速度をあわせ持つCPUやGPUが必要です。デジタルデータを半導体が処理することにより、自立的なハンドル操作やブレーキ、アクセルなどが可能で自動運転などが実現できます。また、カーナビの処理を行うCPU、映像データを処理して360度の映像が映せるサラウンドビューカメラ、衝突防止システムなどにも半導体は活用されています。このように、運転支援や安全性の確保などにも役立っています。

(4)　半導体が持つ可能性

半導体の進化によって、あらゆるシステムの小型化が進むと考えられています。事実、半導体の小型化により、スマートフォンやデジタルカメラに見られるように電話やカメラを手軽に持ち運べる時代になりました。今後も、半導体の小型化が進み、省電力化も進むと予測されています。システムや機器の小型化で効率化が進み、無駄なエネルギーを削減できるようになります。そのため、地球環境の負担が減り環境面にもよい影響を与えると考えられています。

まとめると、半導体とは、導体と絶縁体の中間の性質を持つ物質です。身近なデジタル家電だけでなく、超高速データ通信や高精細映像、自動運転の実現などにも半導体は欠かせません。今後も小型化が進み需要が高まると予測されています。

典子ちゃん、よく勉強してきたね。それでは飛行機に乗り込みましょう。

フライトは天気もよく、予定時刻通りに熊本空港に到着した。熊本も春の日差しを受けて、暖かさを感じた。

熊本空港には、ＡＫエアラインの近藤佑介総務部長が迎えにきてくれていた。近藤部長からお昼何食べます？　ご希望ありますか？　と聞かれた。

典子ちゃん、馬のもつ煮込み（馬汁）でもいい？　これは絶品だよ。どう？

私嫌いなものないから、まだ、食べたことない馬汁ぜひ食べてみたい。じゃ馬汁の店に行こう。近藤部長はわかりましたと言って、馬汁の店に案内してくれた。濃厚な味噌仕立ての馬のもつ煮込みはたいへんおいしく、典子ちゃんも絶品といって食べて熊本での最初の食事をおいしくいただいた。

食後、近藤部長は、セミコンパークを車窓から案内してくれて、ＴＳＭＣの巨大な工場を見て空港近くのＡＫエアラインの本社に向かった。

本社では、社長室に案内されて、２人は山本社長に挨拶した。社長からは、よく来ていただいた。と感謝の言葉があり、今回お二人に来ていただいた理由を次のように説明した。

当社は、10年前、新日本航空の地方路線航空会社として新日本航空の１００％出資の子会社として設立しました。当初は、国内路線中心に、羽田、中部国際、大阪に運行してきました。３年前に、大阪からの便が着陸に失敗し、３人の死亡と15人のけが人を出してしまいました。その後、コロナウィルスの影響があり、業績は急降下しました。そして、昨年、車椅子の乗客に飛行機に乗っていただく際に、当社社員が無視し、タラップを這ってのぼったことがマスコミに取り上げられ、信用も大きく落ち込んでしまいました。このままでは、倒産やむなしの状態が近づきつつあります。遠山さん、橋本さん、なんとか再起できますようご指導お願いします。

私どもも企業戦略総合研究所の山西所長から、ＡＫエアラインが再起できるように応援するようにと承っておりますので、できる範囲で応援します。

社長室を出たあと、経営企画室、経理、総務、パイロット、客室乗務員などの部屋に案内されそこにいたメンバーに挨拶をして、応接室に戻った。そして今日は、お二人の歓迎会として食事会を企画したいが、会社がこのような状況なので、社長の自腹で質素にいきたいとの話があり、一旦、ホテルに入り、18時に迎えにきてもらうことになった。18時5分前にホテルのロビーに下りていくと、橋本典子も下りてきていて、近藤部長がすぐに迎えに来てくれた。向かった先のレストランは、ＪＲ豊肥本線の肥後大津駅に近い場所にあった。レストランの店員に案内されて入った部屋は、こぢんまりとした落ち着きのある部屋であった。お通しが出て、生ビールで乾杯し、会話が始まった。すでにコース料理を頼んであったのか、何も注文しないのに料理がはこばれて来た。当然馬刺しが出てきて、真っ白な「たてがみ」が食欲をそそった。やはり地元で食べる馬刺しは格別である。典子も「たてがみ」が珍しく、興味津々で見ながら食べ始め、脂っぽいと思ったけど、まったく脂っこくなく、おいしいを連発した。

ビールのあとは、焼酎に替え熊本の料理と焼酎を堪能した。

話題は、最初出身地の話から、スポーツの話まで多岐にわたったが、終わりごろには、地元の話になってきた。２０１６年４月に起きた熊本地震の話題となり、今も地震のキズ跡は残っており、熊本城の修復もまだ時間がかかりそうとの話であった。最近の話題では、セミコンパークに台湾のＴＳＭＣが巨大な半導体工場を建てる話になり、半導体の話題となった。ここで典子が勉強してきた知識を披露し、山本社長と近藤部長からよく勉強しているねとおほめの言葉をいただいた。ＴＳＭＣの話題から台湾と中国の関係に話が移り、中国のかってな現状変更を許すわけにいかないと山本社長は熱弁した。

この日は、このあとホテルまで送っていってもらい、２人は各々のホテルの部屋に入って就寝した。

翌日、３月10日金曜日は、２人はＡＫエアラインの本社の会議室で、会社の帳簿から取締役会議事録、営業戦略会議議事録などの書類に目を通した。

そこでわかったことは、やはり、3年前の着陸失敗による3名の死亡や15名のけが人、そしてその時の搭乗者80名に対する補償問題、基本は保険でまかなわれているが、お詫びのために時間がとられたり、今までAKエアラインのファンであった人も他の航空会社を利用するようになり売上が落ち込み、そこにコロナがきて手の打ちようもない状況に陥った。さらに昨年、そこに車椅子のお客様の機内への乗込み事件が発生し、今では、赤字のフライトがほとんどとなっていた。

夕方、山本社長と近藤部長に時間をとってもらい、社長室で面談した。そこで遠山が2人に質問したことは、AKエアラインの再建に向けた考え方とAKエアラインの強みについて話し合いをした。そこで社長は、当社の再建案として、親会社への吸収合併しかないのではないかと言った。近藤部長からは、社員教育をもう一度徹底し、当社のドル箱路線の大阪―熊本間の利用客を取り込むことを言った（羽田―熊本間は大手飛行機会社が運行している）。

次に、AKエアラインの強みについては、社長から、運行可能な飛行機がある、パイロットも、客室乗務員もいる。ただ、このままだと、減給、休暇が多くなり、将来への不安からやめていくものも出てくる。だから、早期に対策を打つ必要がある。近藤部長からは、3年前の事故を反省し、事故対策は万全でありその点の心配は要らない。TSMCが工場建設に入ったあと、外国人の搭乗者が増えているように思う。との話があった。これを受けて遠山と典子は会社を後にして、ホテルに戻り、ホテルのレストランで食事をとることとした。

ホテルのレストランでは、赤ワインと赤牛のハンバーグステーキを食べて、ティールームに移動した。

ティールームでは、今日、山本社長と近藤部長の話を受け、どう思ったかを話し合った。典子は、社長から話があった親会社への吸収合併は、そうすれば簡単ではあるが、それでは私たちが来た意味がなくなる。なんとしてでも、今の社員でこの困難を乗り越える策を講じなくてはならない。そこで、典子さんは、13日月曜日に、会社の決算書や財務諸表を見て、企業戦略総合研究所で開発した企業分析ツールを用いて分析し、問題点を洗い出してください。

私は、経営戦略としてどんな手が打てるか検討してみます。と言って月曜日からの役割分担を確認した。そして、土日の過ごし方について話し合い、土曜日は、2人でレンタカーを借りて熊本城など熊本市の中心部に行くことにした。日曜日は自由行動ということに決まった。

その後、遠山はホテルの自分の部屋で、ウィスキーを取り寄せて飲みながら、AKエアラインの改善策を考えてみた。ポイントは、売上の増加による利益確保と信用回復であることには間違いないが、はたして、どんなことをすれば売上が増えるかだ。

この会社のことを言えば、飛行機に乗ってもらう人を増やす、それもVIP客をつかむことだが……。そのためには、新たな顧客開拓と航空路線の開拓が必要だと思う。信用回復のことは、社員、パイロット、客室乗務員の接客態度、サービスの改善と、時間厳守、安定した運行状況を確保することも重要だと思った。

新たな顧客開拓は、熊本空港を利用するお客様となると……、セミコンパークにTSMCの大きな工場ができるが、グループの本社は台湾にあり、日本での研究開発を行う拠点は、つくば市と大阪に開設することが決定している。となると、国際便は台湾と、国内便は、羽田、大阪便の充実は効果があるか……などを考えて寝てしまった。

翌3月11日土曜日は、天気もよく遠山は土日2日間のレンタカーを借りて10時に典子を乗せてホテルを出た。最初に熊本城に行き、場内を散策、地震のあとの修復状況も確認した。熊本城は１５９１年、戦国武将の加藤清正が築城し、加藤家のあとは細川家の居城として幕末まで使われた。１８７７年西郷隆盛と明治政府が戦った西南戦争では、政府軍の拠点となり激しい攻防戦が行われその時に天守などが焼失してしまった。現在の天守は立派なものだが、再建されたものである。幸い、その他の櫓や石垣、長壁などは当時のものが残り、13もの建造物が国の重要文化財に登録されている。しかし、２０１６年の熊本地震により、熊本城の多くの建造物が大きな被害を受けてしまい、今も修復作業が続けられている。

熊本城の観光を終えて、次に熊本城の敷地の一角にある加藤神社を訪れた。この加藤神社は加藤清正を祀っている。

昼食の時間が過ぎ、お腹がすいてきたので、典子に何が食べたいか聞いたところ、事前にリサーチしてあった、日本料理レストランの城見櫓に行きたいとのことで、電話で予約していくことにした。場所は熊本城に近く、レストランの窓からは熊本城がよく見える店だった。日本料理だったが、ここでも馬刺しが出て、板前の好みが出た大皿にきれいで芸術作品のような馬刺しであった。

食後は、車で少し行ったところの水前寺公園に行った。ここは熊本市街の南東方向にあり、面積69万平方メートルある公園で、阿蘇の伏流水が豊富で池泉回遊式の庭園として高く評価されている。この庭園は東海道五十三次にちなんだ配置になっていて、池を太平洋に見立て、富士山の築山も配置されている。

熊本観光はここで切り上げレンタカーでホテルに向かった。

ホテルに戻り、2人は月曜朝まで自由行動ということで別れた。遠山はシャワーを浴び、19時頃にレストランで軽く食事を取り、自分の部屋でウィスキーを飲みながら、新聞を見ていた。最近の新聞には半導体業界の記事が毎日のように載っているが、今日も、次世代半導体の国産化をめざしているラピダスが北海道に工場を建設している記事が載っていたり、台湾のTSMCが中国本土から半導体の製造を他の国に移動しつつあることなどが出ていた。航空業界の記事は、コロナ感染は収まりつつあり、飛行機の搭乗者が増えつつあることや、大手航空会社は、ショップや物流などの多角化を進めているなどの記事が出ていた。

明日はどこに行こうかと熊本の観光案内を見てスケジュールを立ててベッドに入った。

翌朝3月12日日曜日、ホテルの朝食をとり、阿蘇山方面に出かけようとした矢先、パトカーのサイレンが遠くに聞こえたかと思ったら、ホテルの敷地内で止まり、ホテル内に急行しているのを見て、急行先の部屋が1階下の8階のようだったので、エレベータでなく非常階段で1階下りて、警察官が見張りをしているところに行き、何があったのか聞いてみたが、この807号室のお客様が亡くなったと回答があった。詳しく聞こうとしたが教えてくれなかった。刑事が部屋から出てきたところを捕まえて聞いてみたところ、自殺を図ったようだとのことであったが、詳しい状況はわからないようであった。遠山は、ここにいても詳しい話は聞けないと思い、自分の部屋に戻り、予定通り、阿蘇山方面のドライブに出かけた。

ホテルから出てミルクロードを通り、最初に大観峰に行き、天気は最高に良く、阿蘇五岳が一望でき、360度の大パノラマが楽しめた。その後、阿蘇パノラマラインに入り、草千里ヶ浜、中岳火口を見て、白川水源で熊本に戻り、俵山峠展望所を見て戻った。ホテルに着いたのは2時近くなっていて、お昼を食べに、熊本桂花ラーメンの店に行った。そこでは、テレビのニュースで、ホテルで人が亡くなったニュースがあり、昨夜22時30分頃、青酸カリにより人が亡くなった、亡くなった方は、TSMCの社員で張建忠だったことがわかった。警察は自殺か事故か調査中で情報はまだこれしか発表はなかった。遠山は、桂花ラーメンをおいしくいただいて、レンタカーを返してホテルに戻った。

ホテルのカウンターで自殺した人のことについて聞いてみたら、警察によりホテルの関係者全員の調査があり、客室担当が21時頃にチーズ・クラッカーとワイングラス2個の依頼があり持っていったこと、ただワインの注文はなかったと証言したと言っていた。マスコミからの問い合わせもあって大変だった、防犯カメラは全て警察が持っていったとの話が聞けた。

翌朝3月13日月曜日、遠山と典子はAKエアラインの本社に行き、典子は経理担当者に決算書、財務諸表の提出をお願いして、分析に取り掛かった。遠山は山本社長と近藤部長に社長室で面談し、会社を立て直すためには、社長に対して親会社への吸収合併はまだ待ってほしい、最後の手段としたい。そのために、今できることをきっちりとやったらどうか。それは、搭乗者数の増加と採算の取れる航空ルート便の確保かと思います。搭乗者数の増加については、この熊本空港の近くには半導体関係の会社が集積しているので、ソニーや東京エレクトロンなどと、今度台湾から来るＴＳＭＣに行って、飛行機便の利用を増やすためにどうしたらよいか、相談しに行ってこようと思う、社長、一緒にいかがですか。

遠山さんが私どものためにそんなに動いていただけるなんてもったいないです。ぜひ、私も行かせてください。じゃあ、行きましょう。

遠山と山本社長の２人は最初に、ソニーに行くこととした。ソニーは、この熊本を含めた九州以外は、東京のほか関東圏と愛知県に拠点が複数あり、半導体のセミコン工場は、鹿児島、大分、長崎と山形、宮城に工場がある。このことから、空港路線としては羽田─熊本、名古屋─熊本、山形─熊本があれば便利との回答を得た。海外は、特に希望は無いようであった。

ＡＫエアラインとして常時利用していただけるのであれば、ビジネスクラスの特別割引サービスの提案をしたところ、ソニーの負担がないのならぜひ提携して利用させていただきたいとの申出があり、大阪―熊本、名古屋―熊本、の２ルートで提携を進めることとなった。東京エレクトロンでは、熊本空港が利用できることはありがたい。路線は羽田と仙台空港があるとありがたい。海外は、台湾路線があるとありがたい。ビジネスクラスの特別割引も検討することとなった。

次のＴＳＭＣでは、熊本の工場出荷開始に向け急ピッチで工事が進んでいた。工場現場には、工場建設メンバーがいたが、台湾からはそんなに多くの人が来ているのではないことがわかった。ただ、半導体の技術部門の人は、日本が半導体製造に関して世界一の技術が少なくなく、今は、それを持ち合って新たな製品開発につなげる必要があり、人材が熊本に集まっているので、台湾からも技術者が何人かは来ているはず、との情報を得た。遠山は、企業戦略総合研究所の山西所長に電話して、ＴＳＭＣ熊本の技術部門のトップと話をしたいので連絡をとってほしいと依頼した。２時間後に山西所長からスマホに電話が入り、王志明TSMC熊本開発部長と佐々木淳TSMC熊本開発部次長の2名の紹介を受けた。佐々木開発部次長の電話番号まで教えてもらったので、早速アポイントの電話を入れてみた。すると、たまたま、熊本空港の近くのホテルにいるとのことで、夕方16時にホテルに行くアポイントをとった。16時にホテルに出向くと、王志明TSMC熊本開発部長と佐々木淳TSMC熊本開発部次長が出迎えてくれた。お互い自己紹介や挨拶があったが、佐々木次長から、山西所長からの紹介ですと、遠山さんは、経営コンサルタントのほかにも顔をお持ちだと聞きました。それも、警察を助ける名探偵だとお伺いしました。はあぁ、伯父が警察庁長官なもんで、少しお手伝いをしたことがある程度です。今日のAKエアラインの話のあとに、相談に乗ってもらいたいことがあるんですがよろしいですか？　はあぁ、私にできることであればです。

それでは、本題のAKエアラインの話ですが、TSMC JAPANは横浜ですので、羽田便を利用される方が多いですね。はい。AKエアラインの羽田便は、今はルートがないのですが、あれば利用いただけますか？　もっと利用していただきたいために、ビジネスクラスの割引サービスの契約をご提案させていただきたいのですがいかがでしょう。それは願ったりかなったりです。もうひとつ、熊本—台北路線を新たに開設したら利用されますか。それは勿論です。飛行便の選択肢が増えることは結構なことです。

ただ、利用者はどの程度になりますか？　月にもよりますが、30名程度は見込めるのではないでしょうか？　30名ですか？　微妙な人数ですね。それでは、とりあえず、ビジネスクラスの割引サービスの契約の検討を進めてみます。

2人からよろしくお願いします。ということでAKエアラインの話を切り上げた。

次の話題は佐々木次長から切り出した。実は、昨日当社の社員が自殺しまして……ええぇ！

それは、私が泊まっている熊本阿蘇空港ホテルではありませんか？　あっ！　そういえば亡くなった方はＴＳＭＣの社員だとテレビで言っていました。そうか、それでは社内が大変ですね。

そうなんですよ。ただ、亡くなった社員は張建忠で、彼が自殺するとは思っていなかったのでびっくりしています。彼は半導体のことにある程度詳しく、日本語も普通に話すことができていました。ソニーや東京エレクトロンにも顔を出していたようでした。ただ亡くなったのが3月11日22時30分くらいと警察からは聞いていますが、その日の夕方17時30分頃、王志明さんが亡くなった張建忠さんの部屋を訪れているのです。それもソニーに行った結果を聞きにワインを持って行っているのです。張さんは来客があると言って一緒に飲まなかったけれど、ワインは置いてきました。まだ、警察からは何も言ってきませんが、少し心配です。

その時の様子はいかがでしたか？　ソニーからの情報では、この熊本に新たな工場を作る話を聞いてきたと喜んで私に話してくれました。とても、これから自殺する人には見えませんでした。そうでしたか、と言って2人はホテルを出た。山本社長とはここで別れ、遠山は熊本県大津警察署に向かった。大津警察署では、特命調査官であることを告げ、署長に面談を申し入れた。署長は自ら署長室から出て遠山を迎え入れてくれた。遠山は、挨拶のあと、熊本阿蘇空港ホテルでの自殺の件の状況を教えてほしいと伝え、署長のことばを待った。署長は、刑事課長を署長室に来るように電話し、署長室に来た刑事課長から現状報告をさせた。刑事課長からは、殺害日時は、3月11日土曜日の22時30分、熊本阿蘇空港ホテル8階807号室で人が一人青酸カリ入りのワインを飲んで亡くなった。亡くなったのは、TSMC社員の張建忠で、部屋のパソコンに自殺をほのめかす遺書があり、現在は、自殺と見て捜査中との報告があった。

ただ、ワインをどこで手に入れたかや青酸カリの入手方法を確認中とのことであった。これに対し、遠山から、防犯ビデオもチェックしていると思うのでもうすでに目星はつけていると思うのですが、亡くなった張さんの部屋にワインを持って行った人は、TSMCの王志明さんです。王さんは、17時30分頃、張さんがソニーに行って来た情報を聞きたくて張さんを訪ね、その時にワインを持参したと言っています。ただ、張さんにこのあと来客があるということでワインは飲んでいないということです。

ありがとうございます。防犯ビデオで17時30分にホテルに来た人の特定をしていたところです。捜査がはかどりありがとうございます。早速、王さんを事情聴取させていただきます。遠山は、署長と刑事課長に対し、亡くなった張さんが勤務しているTSMCの社員からは、自殺するような人ではないと言う人がいます。また、17時30分に会った王さんには、ソニーの情報を喜んで話してくれ、自殺するような人ではなかったと言っています。拙速に遺書だけで自殺と判断しないように慎重な捜査をお願いします。

ホテルに戻り、18時に橋本典子に電話し、ホテルのレストランで夕食を食べながら、今日の成果を話し合った。遠山からは、今日の経緯を説明し、典子からは、決算書や財務諸表の分析を行っているが、今日はまだ方向性を導き出すまでには至らなかったと報告があった。

翌朝3月14日火曜日、遠山は、朝、新聞を読んでいる中で次のような記事を見つけた。

新聞記事によれば、日本の熊本に次世代半導体の工場ができることは、中国本土にとって日欧米に半導体で遅れをとってしまうということで中国側が危機感を強め、習近平国家主席が半導体にも注目していて、台湾を手中におさめ、日本と台湾の関係を分断するのではないかとの意見もある。今回のＴＳＭＣの工場建設も日本と台湾にくさびを打つ動きとして、台湾から日本に工場長として赴任を予定していた崔氏が、行方不明になっている。また、トヨタ、NTT、デンソーなど8社が出資して発足したラピダスがロジック半導体などの次世代半導体の国産化をめざしているが、その研究者に高額金を握らせて技術を盗む動きがあるとの記事が出ていた。

亡くなった張が11日土曜日の21時頃にホテルの自分の部屋に呼び入れてワインを飲んだのは誰だろう？　防犯カメラには、20時に女性が1人部屋に入って22時に出て行ったと警察は言っていた。この女性は誰だろう？　気になったので朝、大津警察署に行き、亡くなった張のパソコンやスマホがないか聞いてみたが、パソコンはデータが全て消されていて、スマホは無かったと報告を受けた。遠山が来ていると聞いた署長が署長室に案内するように刑事が迎えに来た。署長室で署長から、朝一番で警察庁国際部から連絡があり、ラピダスの研究者に接触した中国人のルートから亡くなった張建忠の名前が出てきたとの連絡があり、張建忠のPCやスマホを確認するよう連絡があったと署長は遠山に言った。もうすでにうちの刑事が調査済みだが、パソコンはデータが全て消されていて、スマホは無かったと先ほどと同じ結果の報告があった。

遠山は、そうするとラピダスの研究者に接触した中国人というと、中国本土からのスパイかもしれませんね。と言って自分の考えを述べた。署長からは、亡くなった張も中国のスパイですかね。遠山は、その可能性が強くなってきましたね。これは、私の推理ですが、張は、中国本土出身で、中国本土のある組織からの命令で以前から台湾のＴＳＭＣに半導体の情報収集担当として送り込まれ、日本語も堪能なことから、ＴＳＭＣの熊本進出にあたり、半導体情報の収集担当として熊本に送り込まれてきたのではないか。今までの情報は全て中国本土に送られていると思います。

また、ラピダスは最先端の半導体ということで、中国本土でも喉から手が出るほどほしい情報です。これにも張はかかわっていて、ラピダス担当と連絡を取り合っていたと思います。しかし、日本の警察がここに目をつけ、ラピダス担当を追い詰めていたことを知った中国本土の組織から、中国がこのようなスパイ活動を行っていることを隠すため、刺客が送り込まれたと考えられます。張が亡くなる前にホテルに入れたのは、この刺客は女性だったのではないでしょうか？　そうかもしれませんね。至急、中国人女性でホテルの防犯カメラに写っている女性と思われる者の入出国情報を捜査させます。

遠山は、大岡警察庁長官に連絡して、警察庁国際部が追っているラピダスの研究者に接触した者が、中国本土からの刺客で殺されるかもしれない、刺客は中国人女性です。至急身柄を確保してください。と連絡した。3時間後、警察庁国際部から連絡があり、2人がホテルに入ったことを確認して、刑事が管理人からの鍵を借りて部屋に入ったところ、2人は情事の最中であったが、女が男に発砲し男は亡くなり、女も自殺しようとしたが、なんとか取り押さえることができた。今、熊本中央警察署に向かっているとのことであった。遠山は急ぎ、熊本中央警察署に向かった。

熊本中央警察署では、警察庁特命調査官であることを名乗り、殺人犯で逮捕した女の取り調べを鏡越しに聞いていた。女は李依諾という中国人であることは確認が取れたが、黙秘を貫いていた。しかし、今日の殺人事件は警察官の目の前で行われた犯行なのでじっくり取り調べするとして、遠山は、大津警察署の署長に連絡して、張の殺害関与を熊本中央警察署で行うよう連絡してあって、大津署の刑事が到着して3人で取調室に入った。取調べでは李依諾は同じように黙秘をしていたが、遠山が、あなたがこの警察から出ればあなたと同じような刺客があなたを殺しにきますよ。そんなにあなたは中国を愛しているのですか？　あなたはもう中国から見放された人間です。しばらく間をおいてから、これを見てください。といって張と一緒にホテルに入る写真を見せ、これだけは教えてくださいと言って、あなたが青酸カリをワインに入れたのですね。と言ったら、うなずいて、張は、私がホテルの部屋を出て行ったら必ず残ったワインを飲むことを知っていたので入れたのだと言った。私も熊本に来た時は、張とはよく会っていたとも言った。遺書については張が風呂に入りに行った時パソコンに遺書を打ち込んだと言った。ただ、中国本土からの命令とは彼女の口からは一言もなかった。

遠山は熊本中央署の署長にお礼に署長室に行ったら、署長から逆に、「遠山さん、男は最初から李依諾に殺される運命にあったが、彼女が自殺せずに確保できたことはよかった。ありがとうございます」と逆にお礼の言葉をいただき、署長は加えて、大岡警察庁長官にもお礼の連絡をしておきます。と言われ署長室を出た。遠山はその足で大津警察署に向かった。

大津警察署では、署長室に案内され、熊本中央警察署での李依諾の事情聴取の件、犯人逮捕の件のお礼があった。署長からは「少し間違えれば自殺として処理されるところを犯人逮捕することができ、ほんとうにありがとうございます」と過分なお言葉があり、付け加えて、大岡警察庁長官にもお礼を言っておきます。遠山から、張にワインを持って行ったTSMCの王志明さんは無実ということでいいですね。そばにいた刑事課長から、それはもう王さんは事件に無関係で結構です。ありがとうございます。と言われ大津警察署を後にした。

続いて、王志明TSMC熊本開発部長と佐々木淳TSMC熊本開発部次長が泊まっているホテルに行き、ホテルのラウンジで、コーヒーを飲みながら、王さんの無実の話や半導体技術の中国本土への情報流出について話し合いをした。王さんからは、「危うく殺人犯にされるところでした。ほんとうにありがとうございます」とのお礼があった。佐々木次長からは、よく中国本土の女が犯人と突きとめ、犯人逮捕につなげることができましたね。どんな手を使ったのですか？

いやぁ、警察に顔見知りがいるので捜査を依頼しただけですよ。と言って言葉を濁した。

遠山は、先日お願いしたＡＫエアラインの提案はいかがでしょうか？

王さんは、そりゃもう遠山さんの依頼ですもの契約しますよ。と言ってくれた。

この日は、ホテルに戻り橋本典子に電話をしたら、今日は、ＡＫエアラインの女性同士で食事して帰るとの連絡があった。遠山は仕方なく、ホテルで食事してベッドに入った。

翌3月15日水曜日は、遠山と橋本典子はＡＫエアラインの本社に行って、会議室を借りて打ち合わせを行った。最初に橋本典子から決算書、財務諸表の分析の結果の報告があった。次の4項目が大きな課題だと報告があった、その1として、売上の減少で、コロナ前の30％まで落ち込んでしまった。そのため、固定費が賄えず、特に、社員の給料に対し給料に見合う利益が出ていない。その2は燃料費高です。飛行機のジェット燃料はケロシンと呼ばれる燃料でコロナ前より25％値上がりしています。その3は、空港利用料です。1機あたりの利用料（着陸料、停留料、保安料）がかかっています。その4は、借入過多です。金利自体は以前と比べれば安いですが、それでも利息負担は大きいです。

それでは、その課題の打開策を考えてみましょう。まずその1の売上の減少ですが、典子さん何か対策はありますか？

これは、売上を上げるしかないと思います。

その方法はなにかある？

そのためには、私は、2つあると思います。その1つは、本業の搭乗客を増やすことです。もうひとつは、本業以外のことで売上を増やすことです。たとえば、機内販売の増加などです。なるほど、ではその2の燃料費の高騰については何か対策はありますか？

ロシアのウクライナ侵攻により日本の原油の輸入価格が高騰しているので良い対策はなかなか見つかりません。

その3の空港利用料はどうですか？

これも、AKエアライン側での対応は難しいと思います。

そうですか、それでは最後の借入過多の問題は解決策がありますか？

これも、処分する資産も見当たらないので親会社に頼らざるを得ないと思います。

そうですか。あまり良い打開策が見つからないようですね。

それでは、あまり山本社長や近藤部長を待たせてもいけませんので、そろそろ社長室にいきましょうか？

はい。

失礼します。山本社長、近藤部長おはようございます。

遠山さん、橋本さんおはようございます。遠山さん、ＴＳＭＣ社員が死亡した事件では大活躍でしたね。

いやぁ、私が泊まったホテルで、それも1階下の階での出来事でしたので、それに、山本社長もご存知ですが、亡くなったのが訪問したＴＳＭＣの社員で、あやうくＴＳＭＣの王志明ＴＳＭＣ熊本開発部長が犯人にされるところでした。犯人が中国本土から来た刺客の女だったと判明してよかったです。

近藤部長から、遠山さんご苦労様でした。それで、本題に移りますが、ＡＫエアラインの経営改善策は何かあてが出てきましたか？

遠山は、今日は、橋本典子さんが分析して課題にあげた4点について説明しようと思っています。その1として、借入過多の問題です。ＡＫエアラインは、今の売上が落ち込んだ時は勿論、このコロナ前でも借入過多だったと思います。山本社長、この借入過多について何か対策はお持ちですか？

ＡＫエアラインは新日本航空の子会社なので親会社に支援を要請するしかないと思います。

遠山は、そうですね、親会社への支援要請は続けるべきだと思います。ただ、親会社もこのコロナの影響を受けているので、子会社支援は簡単ではないと思います。どこからかまたお金を借りても借入過多、金利負担の改善はできません。そこで、親会社の了解を得て、ほかの企業の協力を得て資本増強を提案したいと思います。その協力会社は、ファンドなどでなく、この地元の半導体企業の協力企業を募ったらどうかと考えています。新日本航空は50％以上の資本は残すが出資企業は10％程度で3～4社で構成すれば、出資会社は持分法を適用せずに済みます。ただし、それだけでは出資の意味がありませんので、ＡＫエアラインの運行面でのサービス提供が必要になります。これは、後ほど説明しますが売上増の話にもなりますので、詳しくはその時にお話しします。問題は親会社の了解が得られるかと出資する企業があるかどうかにかかっています。

山本社長から、説明の主旨はわかりました。検討します。

次にその2として、空港利用料ですが、1機あたりの利用料（着陸料、停留料、保安料）がかかっていますが、この利用料金を安くするように交渉しても最近の利用状況からしてそれは無理です。この利用料金を支払っても1便あたりの利益を確保できるフライト料金にしなくてはいけません。そのためにも、搭乗者数を増やさなければなりません。もうひとつの対策としては、無駄な便を減らすことです。この対策についても、後ほど説明します。

山本社長、わかりました。

それでは、その3ですが、燃料費の高騰です。これについては何か対策はありますか？　ご存知の通り、ロシアのウクライナ侵攻により日本の原油の輸入価格が高騰しているのでなかなか良い案が見つかりません。ただ、言えることは、燃料価格は上がっていくことは間違いないと思うので、ジェット燃料ケロシンの利用量を効率よく使うことしか考えられません。それには、売上、搭乗者数の増加などの対策が必要です。

山本社長から、そうですね、具体的な何か良い対策はありますか？

遠山から、それでは、その解決策の案、つまりその4である、売上増、効率的な搭乗者数の増加について説明したいと思います。それには3つあります。それは、①お客様、搭乗者数の増加、②効率の良い運行、③ニーズのある航空路線の開拓です。

①として、お客様、搭乗者数の増加を図るため、お客様の組織化として、地元大手半導体業界の会社と契約を結び、ビジネスクラスの割引販売、優先座席確保サービス契約を結びます。

この契約を結んでくれる会社に、ＡＫエアラインが今後取り組む課題や、地元企業への貢献、社会的責任などを説明し、その1の出資のお願いをするものです。そうすることにより、ＡＫエアラインがこの熊本空港から撤退することなく、地元に根づいた地方航空会社として存続ができ、地元企業や地域住民の移動手段に大きく貢献できると思います。

次に②の効率の良い運行ですが、羽田―熊本間には親会社など大手航空会社が1日片道18便、往復で36便運行されています。やはり、朝夕の便はいつも満席ですが、昼の便には空席があります。そこで、親会社に話をして、空席が多い便の中から4便か6便を共同便にしてもらうよう提案するのです。親会社のメリットは、効率の良い運行です。AKエアラインのメリットは、便数を増やさずに運行ができることと搭乗者数を増やすことで、効率的な利益確保ができることです。また、運行便が増えることで、①の提携した企業のお客様にもサービス向上につながります。また、これにより、航空燃料の高騰や空港利用料の問題も改善されます。

コロナはまだ終息が見えていませんが、外出が緩やかになってきています。旅行も増えてきていますので、利用者は増加してくると思います。

次に③の運行ルートの問題です。親会社が許可してくれれば、ほかの路線も共同運航便にできれば良いと思います。羽田便にAKエアラインが独自便で参入するのは難しいと思います。

それでは、どこが良いかですが、半導体企業からの要望では、仙台便があると便利と聞いています。また、運行便がない札幌千歳便の開設も良いと思います。国際便も台湾—熊本便もあるとよいと思います。新たな路線の開設は国土交通省の許可が必要ですぐの開設は難しいかもしれないけど、地元企業や近隣住民、あるいは、全国の旅行者に熊本に来てもらうことも大切だと思います。

最後に、ＡＫエアラインのブランドを高めるための施策です。当然ながら、お客様サービスの向上は徹底的に行わなければいけませんが、それが、お客様と接する部署だけでなく、全社で取り組まなければなりません。その率先垂範として山本社長や近藤部長の意識改革から変えていかなくてはいけません。会社の都合でなく、お客様が何を望んでいるのかだけでなく、何を考えているのかまで踏み込んでお客様に添ったサービスを提供しなくてはなりません。ただ、お客様のエゴや無理難題を言ってくることもありますので、判断は一般常識を持って判断し、お客様への言葉は、とげのないように丁寧に話しかけることが大切です。ブランド価値の点で言えば、まずは、安全であることをわかりやすくアピールしてください。それとＡＫエアラインが地元企業や地域住民のために存在することを大いにアピールしてください。そのための航空ルートの開拓や利用しやすい時間帯の設定などを行うとともに、地元企業や住民の方にメリットのあることを提供していくことを考えてください。

以上が、私が考えた改善案です。

ありがとうございます。しっかりと検討させていただきます。

あ！　すみません。もう一つありましたがよいでしょうか。それは、人材の有効活用です。機内販売はすでに実施済みかと思います。その仕入れルートを活用して、行った先の野菜果物や鮮魚、そこでしか作っていない小物や工業品などを仕入れて、機内や、当地の食品卸会社やレストランと契約をして、人以外に物を運ぶ事業も行ったらどうでしょうか？

山本社長からいい案ですね、ぜひやってみたいと思います。

遠山は、わかりましたと言って、典子とともに社長室を出た。

その日の午後、遠山と典子は、熊本県庁にいた。観光戦略部、販路拡大ビジネス課の課長と面接し、熊本の特産品をＡＫエアラインで東京・大阪・名古屋などに空輸で運び熊本の特産品を全国に知らしめて、熊本の良さを知ってもらいたいと思っています。特産品名と取扱い業者の紹介をお願いしたいと申し込んだところ、課長から、よろんでお教えします。商品としては、車海老、晩白柚《ぼんぺいゆ》、馬刺し、からし蓮根、などです。課長は自分の席に戻ってきて、それぞれの業者名一覧を出してくれた。次に、東京・大阪・名古屋にある熊本県の出先機関で商取引斡旋している担当者を紹介いただきたい。

次に、産業支援課の課長に面談して、AKエアラインがこのままでは熊本撤退となってしまうので、県としてもご支援お願いしたい。と申し込み、具体的には、熊本県にある大手半導体企業にスポンサーとして資金協力をいただきたいのです。熊本県にはその後押しをお願いしたいのです。大手半導体メーカーに協力してもらえるように一声かけていただきたいのです。紙かメールでお願いしていただけるとありがたいです。

AKエアラインをぜひ、熊本の地域航空会社として地元企業、地域住民の足となるように育てていきたいのです。よろしくお願いします。

課長から、わかりました。できる限りのことはさせていただきます、との返事があった。

夕方、ＡＫエアラインの本社に戻り、山本社長と近藤部長を交え打ち合わせを行った。

そこで、山本社長から、親会社の新日本航空より、地元企業からの資本参加の件は、親会社も資金繰りは楽でないため、前向きに進めるように指示があったことが報告された。

遠山からは、熊本県庁での、大手半導体企業へのスポンサー協力依頼の承諾と県庁でもらった熊本特産品の仕入業者リストを見せ、機内販売担当に交渉してもらうようにお願いした。そして、東京・大阪・名古屋にある熊本県の出先機関で商取引斡旋している担当者に、ＡＫエアラインで運んだ、車海老、晩白柚、馬刺し、からし蓮根を販売する業者探しの協力依頼を行い、すぐに動いてもらえることになった。そして、これからは、機内販売担当者と打ち合わせをするように依頼した。

遠山は山本社長に対し、熊本特産品の販売は、これから忙しくなるので増員を依頼した。

そして、翌日、大手半導体会社にスポンサーの協力依頼に山本社長と一緒に行くことを約束してホテルに戻った。

翌3月16日木曜日は、遠山と山本社長の2人で大手半導体メーカーにスポンサー協力依頼に出かけた。

訪問先は、ソニー、東京エレクトロン、三菱電機、NEC、平田機工、TSMCで、訪問した企業からは、それぞれ、昨日、熊本県庁からも支援の要請があったので、前向きに検討する旨のお言葉があった。

AKエアラインの本社に戻り、山本社長と近藤部長と打ち合わせを行い、遠山から、私のできることはこのくらいになります。明日、東京に帰りたいと思います、と言った。

山本社長から、遠山さん、ほんとうにありがとうございます。それでは最後の夜になりますので、今夜、橋本典子さんとともにお礼の食事会を開催させてください。18時にホテルに迎えにいきます。

わかりました。と言ってホテルに戻った。

18時に迎えに来た近藤部長とともに、レストランに行き、会食が始まった。

山本社長からは、最初は当てにしてなかったなどと本音も出たが、殺人事件の犯人を捕まえる話では、遠山の活躍を述べ、大いに話題を盛り上げた。

最後に、山本社長からお礼の熊本焼酎が遠山に、ワインが橋本典子に送られてお開きとなりホテルに戻った。

翌日は、10時30分のフライトで熊本から羽田に帰り、その足で企業戦略総合研究所に行き、事務所の人にお土産を渡した。

山西所長から、ご苦労様、今回は半導体業界を助けたようだね、いつも遠山君はすごいよ。

佐藤直樹事務長からは、ご苦労さん、それでAKエアラインは立ち直るの？

たぶん、大手半導体企業や熊本県も応援してくれているので大丈夫かと思います。

同僚の会田静子からは馬刺しのおみやげありがとうね。でもその包み紙だと馬刺しではなさそうね。でもお菓子でもいいわ。それより、典ちゃんはどうだった？

典子は、おいしい食べ物いっぱいいただきました。遠山さんの活躍すごかったです。と報告した。

やっと自宅に帰って自分の布団で眠れる幸せを感じて寝入った。

3月20日月曜日に大岡警察庁長官に呼び出され、長官室に行ったところ、長官から、金ちゃんはいつもすごいね。今回も、熊本中央警察署と熊本大津警察署の署長から、金ちゃんの活躍で大変助かった、とお礼の報告があったよ。ありがとう。

伯父さん、警察庁国際部への連絡ありがとうございます。おかげさまで、中国人の女の刺客を押さえることができたいへん助かりました。ありがとうございます。

なにを言うか。それは警察の仕事だよ。金ちゃんはいつも警察の先回りをしているのね。まぁ、いずれにしても、警察を助けてくれてありがとう、これからもよろしくね。伯父さんも元気でね。と言って長官室を出た。

3月27日月曜日にAKエアラインの山本社長から電話があり、大手半導体企業からのスポンサー支援と契約が5社でまとまりました。これで資金繰りも楽になります。親会社の新日本航空から、羽田便の共同便について了解がもらえ、4月20日から共同便の運行が始まることになりました。仙台ルートや国際便の台湾ルートも交渉中で前向きに考えてもらっています。熊本特産品の航空輸送販売もお互いの業者が積極的でこれからが楽しみです。それに、各地の特産品を熊本に輸送して販売することも検討し始めています。社内の雰囲気も大変よくなり、みんなの目が輝いています。遠山様、ほんとうにありがとうございます。

企業戦略総合研究所に出社すると、待ち構えていたように、山西所長より、ＡＫエアラインの山本社長から電話があり、遠山さんの指導通り行ったら、改善の目処が立ち、先行きが明るくなったとすごく感謝していました。遠山さんありがとうね。これからの熊本、それから半導体業界の復活、楽しみですね。

遠山は、ロシアによるウクライナ侵攻を見てきただけに、中国による台湾侵攻が心配で、もし台湾侵攻が現実的なものになった場合、半導体業界はどうなるのか、ひいては日本と台湾、中国の関係はどうなるのか、心配でならなかった。

親子をつなぐゲームソフト

人天堂（京都のゲームソフトやおもちゃ製品製造販売会社）

主な登場人物

遠山金次郎……経営コンサルタント、警察庁特命調査官、遠山金四郎と二宮金次郎の末裔
大岡忠則……警察庁長官、遠山金次郎の伯父
山西裕一郎……企業戦略総合研究所コンサルタント所長
会田静子……企業戦略総合研究所同僚コンサルタント
菅原　隆……人天堂第1ソフト開発課
安西加奈……人天堂総務課（菅原隆の恋人）
上条隆康……トンダ自動車の技術部教育担当
井上政文……人天堂第1ソフト開発課長
木村　靖……人天堂第1ソフト開発課主任
松田祐司……トニーソフト開発社員
須藤武雄……仙台ゲーム開発社長
須藤聖子……仙台ゲーム開発取締役（須藤武雄の妻）

トンダ自動車の技術部教育担当の上条隆康は、現在50歳で23歳の時に、すでに今の奥さんと結婚することが決まっていたが酔った勢いで、同じ会社の女性と一夜を過ごした。その女性は、以前から上条に好意を持ち、上条が他の人と結婚するとは知らなかった。その女性菅原京子は身ごもったところで上条隆康に子供ができたことを伝えたが、上条からは、一緒になれないと断られて、おろすことも考えたが、産む決断をした。会社には体調不良を理由に会社を退職していった。菅原京子には両親はすでにいなく、菅原隆を出産半年後に病気により亡くなり、生まれた子は施設に預けられた。

人天堂は、ゲームソフトを中心に業績を大きく伸ばしてきた企業だが、ここに来て、新しいソフトもなかなか出ず、業績が下降気味であった。社内では、なんとか新しいソフトを開発し挽回を図らなければならないと幹部社員は気がいらだっていた。そんな中、第1ソフト開発課では、次のゲームソフト prime move evolution. プライム ムーブ エボリューション略してＰＭＥ（原動機の進化）を開発中であった。

ＰＭＥ（原動機の進化）とは

①原付自転車―②自動二輪―③軽自動車―④普通自動車―⑤大型トラック―⑥ハイブリッド自動車―⑦電気自動車―⑧燃料電池車―⑨自動運転自動車―⑩空飛ぶ自動車

この、原動機の進化に合わせて、部品組み立て、原動機の構造や機能、デザイン、使用上の法律など、原動機の鬼と言われる研究者が問題を出し、ソフト上のアバターを操作して回答しながらソフト上でその段階の車を作り上げ、研究者の合否の判断で、合格すれば自動二輪から軽自動車に軽自動車から普通自動車にとステップアップしていくようにして、最終的に空飛ぶ自動車の完成をめざす。原動機の鬼が不合格を出した場合には、「もっと勉強してこい！」と言われ2段階下からの再チャレンジなども指示される。

このソフトを開発したのは、人天堂社員で第1ソフト開発課の菅原隆26歳である。

菅原隆は、人天堂のWOOなどのゲーム機を小さい時から使いこなしていて、子供の頃から自動車にも興味を持ち、このゲームソフト上で車ができないか考え続けていた。幸いにも高校を卒業後、人天堂に就職し、上司に、この開発を行いたいと申し出て、受け入れられて開発を続け、やっと完成にこぎつけたところである。私生活では、人天堂総務課の安西加奈と1年前から交際を続けていて、近々、プロポーズをしようと思っていた。

人天堂のソフト開発は、第1ソフト開発課の井上課長のもと、木村主任、菅原など8名で構成されている。課の仲間は仲が良く、協力体制はでき上がっていた。

人天堂のライバル会社は、トニーソフト開発、ヤマナミエンタテイメント、仙台ゲーム開発などひしめき合っている。どの会社もライバル会社がどんなソフトを開発するか戦々恐々としている。

トニーソフト開発の松田は同じ業界ということで、新年祝賀パーティーで知り合った人天堂の木村主任とは交友関係があり、時々情報交換を行っていた。その木村主任は、見栄っ張りでギャンブルでサラ金から借金をしていて、返済に苦労している。そのことは、人天堂社員には隠していた。

ある時、木村はサラ金の取立てが厳しく松田にPMEを金に換えてくれるところがないか相談した。松田は、仙台ゲーム開発など小規模な開発業者であれば、開発データを買ってくれるかもしれないといって、仙台ゲーム開発社長の須藤を紹介した。木村主任は早くお金がほしく、人天堂の開発室で、菅原がいない時にデータをコピーして須藤に300万円で売買した。

仙台ゲーム開発社長の須藤が東寺の境内で死体で発見されたのはそれから5日後のことであった。須藤は、木村主任から買った開発データを自分のものにすべく、動作確認を行ったが、どうしても動かないところがあり、それも、このソフトの重要なキーポイントのところで、木村主任に動かす方法をしつこく確認していた。

それは、菅原が、途中でソフトを盗まれる場合を想定して、未完成にしていたものだった。

木村は須藤から動かす方法を菅原から聞きだすよう責められていた。しかし、木村がそれを菅原に聞いた時点で、ソフトを盗んだことがばれるので聞きだせずにいた。

一方、トニーソフトの松田は、木村を須藤に紹介したものの、木村から聞いたこのPMEソフトがすばらしく、須藤がソフトをマスターした時点でトニーソフトが須藤から買い取るまたは仙台ゲーム開発を丸ごと吸収合併させようと考えていた。

切羽詰まった須藤は、直接菅原隆に未完部分の操作方法を教えるように隆を東寺の境内に呼び出して迫った。

菅原隆は、会ったことがない人からの呼び出しだったのでナイフを持参した。

そして事件は起こった。


4月5日水曜日、人天堂総務課の安西加奈（菅原隆の恋人）は、第1開発課の木村主任に誘われ、人天堂の女性社員2人とともに夜桜見物に誘われ出かけた。

夜21時頃木村から2次会に誘われ、カラオケに出かけた。

一方、菅原隆は、井上課長に誘われて軽く駅前の居酒屋で飲み21時には店を出た。自宅に着いたのは21時30分で、ひと休みしたところにスマホの電話が鳴り出てみると見知らぬ声で恋人の安西加奈は俺の手の中にいる。無事に帰してほしければ22時30分に東寺の五重の塔の前に来い、そして、ＰＭＥソフトの未完成の部分の説明書をよこせ。うそかどうかは今、安西加奈に電話してみろ、電話に出ないから。と言ってきた。

隆はすぐに加奈に電話したが出なかった。しかたなく、ナイフを持って東寺に出かけた。歩いて20分の距離なのですぐに着いたが、相手はまだいなかった。

22時30分に相手が現れ、説明書を寄こせば加奈の居場所を教えると言ってきた。このソフトは俺が長年考えてきた大切なものだ、そうやたらに他人に渡すことはできないと言ってナイフを取り出し、相手を脅しにかかった。ただ、隆は、ナイフで人を脅すなどは初めてでただ振り回して迫力はなかった。そこに後ろから人が来て、隆からナイフを取り隆に当て身を打ち、そのナイフを相手に刺して立ち去った。しばらくして隆は気がつくと相手はナイフに刺されて気を失っていた。状況をよく確認するため刺された相手をよく見たところに、夜回りをしていた駐在員がかけより、現場を見て「人殺し」と叫び、応援の連絡を入れた。そして集まってきた警察官によって隆は逮捕された。

取調室では、隆は自分の犯行でないと言い続けたが警察は理解してくれなかった。そして、恋人の安西加奈が誘拐されている、と言ったが、警察で確認したら誘拐などしていないと言われ、何がどうなっているのかわけがわからなくなった。そして殺されたのは誰かと聞いたところ、仙台ゲーム開発社長の須藤武雄だと言われた。警察には、仙台ゲーム開発の須藤という男は初めて会った人で知らない人だと言った。ただ、私が開発したソフトの未完成の部分の説明書がほしいと言っていた。説明書はあげるわけにはいかない、安西加奈の居場所を教えろと言ってナイフを持ち出したことは認めた。

4月6日木曜日、朝になって警察では関係者をリストアップして22時30分〜23時のアリバイを固めていった。

恋人の安西加奈はこの時間、木村主任に誘われて京都市内のカラオケ店で女性社員2人とカラオケを楽しんでいた。木村主任もここにいたことが証明された。

菅原隆の上司である井上政文は隆と別れたあと自宅に帰り妻と一緒だった。

亡くなった須藤武雄の妻は、自宅でもう寝ていたと証言した。ただ、最近は、夫の武雄が飲み屋の女に夢中で夫婦仲はよくなかったと証言した。

この時点での関係者から見て、犯人は菅原隆と見て捜査方針は変わらなかった。

4月7日金曜日、朝、遠山金次郎は企業戦略総合研究所の自分の席で新聞を読んでいたところ、山西所長から呼ばれ、所長室に行くと、山西所長から、今度は京都に行ってほしい、京都の人天堂が新しいソフト開発で困っているらしい、そのソフト開発の関係で殺人事件も起きているみたいだよ。遠山さんの出番を待っているようだね。行ってきてくれるかね。

遠山は、わかりました。さっそく4月10日月曜日から取り掛かってみます。

今回は、橋本典子さんは連れて行かなくていいかね。

遠山は、たぶんいいと思います。東京で情報収集をお願いします。と答え、自分の席に戻り橋本典子に、人天堂の会社情報、有価証券報告書などの財務状況の報告書を集めるように依頼した。

同僚のコンサルタントの会田静子は、遠山さんはまた出張ですか？　今度はどちらですか？

遠山は、今度は京都だよと言うと、会田は、京料理はおいしいわよね。昼は湯豆腐、夜はおばんざいもいいわよね。遠山さんあまり食べすぎでぽんぽこ狸にならないようにね。おみやげは、八ツ橋は飽きたのでビスキュイサンドがいいわ。遠山は何それ？フランス語でビスケットという意味よ。なんだ、ビスケットかわかったよ。遠山は、この時点でビスキュイサンドがすぐ売り切れになるとは知らなかった。

夕方、橋本典子から人天堂の情報書類を受け取って、4月8日、9日は自宅で情報書類の確認に没頭した。

4月10日月曜日、朝ののぞみに乗り京都に向かった。京都駅は桜の花見客でにぎわっていた。

タクシーで人天堂に着き、受付で企業戦略総合研究所の遠山と名乗ると、よう、おこしやす、お待ち申し上げておりました。どうぞこちらへと応接室に案内された。しばらくして応接室に入ってきたのは、経営企画担当取締役岸本純一と井上政文第1ソフト開発課長であった。東京からわざわざおいでいただきありがとうございます。と月並みな挨拶があったあと岸本取締役から、今この人天堂では、2つの大きな問題を抱えています。その一つは、新たなソフト開発の問題で、業績が下降気味のところにあり、その挽回策として新たなソフトを開発しているのですが、ライバル社からのへッドハンティングや開発中のソフトの盗難などがあることと、その開発中のソフトをもっと良いものにして、他社が追随できないものにしたいということです。そしてもう一つは、そのソフト開発を中心的に行ってきた担当者が殺人の疑いで警察に逮捕されてしまったことです。警察では、まだ、うちの社員の犯行だと決めつけています。遠山さん、この2つの課題を何とか解決してください。企業戦略総合研究所の所長さんに聞きましたが、遠山さんは、コンサルタントの他にも名探偵でもあらせられると聞きました。うちの社員を助けてください。よろしくお願いします。

遠山は、できる限りのことはさせていただきます。まずは、殺人事件のことから詳しく聞かせてください。

わかりました。と岸本取締役が受け、井上課長に、遠山さんに今までのことを詳しく教えてあげてください。井上課長はわかりましたと言って、岸本取締役は席を外した。

そして、井上課長から次の内容で事件の説明があった。

ソフトの開発担当は、私の部下で菅原隆26歳です。彼は、4月5日水曜日、私と居酒屋で21時頃まで飲み自宅に帰りました。私も自宅に帰りました。警察からの話では21時30分頃に家に着き、ひと休みした21時50分頃にスマホの電話が鳴り出てみると見知らぬ声で恋人の安西加奈は俺の手の中にいる。無事に帰してほしければ22時30分に東寺の五重の塔の前に来い、そして、PMEソフトの未完成の部分の説明書をよこせ。と言ってきた。電話を切ったあと、安西加奈に電話したがつながらなかった。

22時20分頃に東寺に行き、相手は22時30分丁度に来たそうです。相手から「ソフトの説明書をよこせ」と言われたが、ソフトの説明書をよこせと言われても、大事なものなので渡すわけにいかない。と言って持ってきたナイフを取り出し、安西加奈の居場所を教えろと脅しにかかったところ、後ろから来た男にナイフを取られ、当て身を受けて気を失っているうちに、その男は相手をナイフで刺し、その場を立ち去ったが、隆が気づいた時にはその男はいなくなっていて、倒れていた相手を確認するために近づいたところ、夜回りしていた警察官に見つかり、緊急連絡で多くの警察官が集まってきて現行犯で逮捕された。誘拐されたと思っていた安西加奈は、上司で主任の木村靖に誘われ、同僚の女性2人とでカラオケで唄っていたことがわかり、主任の木村もここにいたことが証明されアリバイ成立となった。

ナイフで刺されたのは、小規模なゲーム開発を行っている仙台ゲーム開発社長の須藤武雄43歳であった。ナイフは心臓に届き、時間は10時45分でほぼ即死状態だった。ナイフには隆の指紋しかついていなく、これが現在隆の犯行の決め手になっている。

須藤武雄には、奥さんがいるが仲は良くなく、この日のこの時間にはもう寝ていたと証言している。隆は、亡くなった須藤武雄とは面識がなく初めて会った人だったと言っている。

私が、面会に行った時も自分はやっていない。とさかんに無実を訴えています。あと隆はなぜ亡くなった須藤武雄が開発中のソフトPMEを知っていたのかがわからない。また、隆が安西加奈と付き合っていることをなぜ知っているのかも疑問だ。隆は、自分を監視しているやつがいるのではないかと心配していた。これが事件の概要で、私が知っているのは以上です。

遠山は、井上課長にお礼を言い、そして、新しいソフト開発のことを教えてください。と言った。

井上課長は、引き続き次の内容を話してくれた。

最近の人天堂は、過去のゲームソフトのおかげでここまで来ているがここに来て業績が低迷し始めている。その挽回策として菅原隆君が開発している prime move evolution. プライム ムーブ エボリューション略してPMEは原動機の進化といって、原動機付自転車から自動車、電気自動車、自動運転車、空飛ぶ自動車まで、ゲームをしながら自分が操作するアバターが問題を解いてソフト上でその段階の自動車を作り上げていくものです。このソフトを人天堂は早期に完成させ販売していきたいと思っています。ただ、ソフトの内容にもう少し専門性を持たせたいと思っていることと、だれかがこのソフトを盗みだそうとしていることが気になるところです。というのも、今回、菅原隆が警察に捕まったことも、亡くなった須藤武雄がこのソフトのことを知っているような口ぶりだったからです。

遠山は、なるほどと言って、重ねて教えていただいたことにお礼を言った。

遠山は、その後、京都府警に行き、捜査状況を聞いてみた。

捜査一課長から教えてもらったことは、井上課長から聞いた内容がほとんどだった。

また、現場検証や聞き込みから新たにわかったことを教えてくれたが、その内容は大きな進展は見られなかった。

関係者への事情聴取も、人天堂の井上課長は、21時頃まで居酒屋で菅原隆と飲んでいたが、21時頃店を出て別れた。その後、自宅に帰りカミさんに文句を言われながら風呂に入り寝た。家族以外はアリバイを証明してくれる人はいないと言った。新しいソフトについては、菅原隆がほぼ1人で開発を担っていて、途中の開発が終了したところは確認していた。

木村主任は、前日が誕生日だったが、奥さんが体調を崩したので、会社の女性3人を誘い居酒屋に行き、その後カラオケをして23時頃カラオケ店を出て自宅に帰った。23時30分頃、自宅前で隣の人とおやすみの挨拶をして家に入ったということでアリバイは成立しています。

新しいソフト開発は菅原隆がやっているので知らないとのことであった。

恋人の安西加奈は、木村主任に誘われて女性社員2人と居酒屋とカラオケに行ったと言いました。加奈自身は総務課でソフト開発にはタッチしていませんのでまったくわかりませんとのことでした。そして彼女は、隆さんは人を殺すような人ではありません。よく調べてくださいと言っています。

カラオケに一緒に行った女性社員2人も23時頃までカラオケにいてその後別々に自宅に帰りました。

他の開発メンバーの聴取では、やはり、今回の開発ソフトは、菅原隆が中心で私たちは、背景や主人公の複製などを担当していました。

また、亡くなった須藤武雄の奥さんは、私たち2人には子供がいなく、武雄は、よく飲み屋に行って、何しているかわかったもんじゃない。もう別れる寸前の状態だといって、当日はもう私は22時30分頃には寝ていたと主張しています。アリバイは確認とれていません。

そして、遠山は、捜査一課長に、犯人を菅原隆でないことを前提に考えてみてほしい。今回の事件は、人天堂がというより菅原隆が開発中のゲームソフトがその背景にあるかもしれません。

なぜ亡くなった須藤武雄は人天堂の菅原隆が開発中のゲームソフトPME（原動機の進化）を知っていたのか？

菅原隆が呼び出された理由が、恋人の安西加奈を拉致したような理由で呼び出されている。このことも、何か理由があると思います。

ですので、亡くなった須藤武雄と知り合いの人間、および須藤武雄の会社や自宅の捜査、特にパソコンやHDD、USBメモリをよく捜査していただければと思います。また、須藤武雄、菅原隆の出身地とどんな人生かを調べてほしいと言って警察を出た。

人天堂に戻り、総務課の安西加奈と面談した。加奈さんは、菅原隆さんが警察に捕まって心配ですね。ええ、隆さんが人をナイフで刺すなんか絶対できないことです。どうか助けてください。

遠山は、落ち着かせるために、ゆっくりと加奈に対し話をして、そのためにも一つだけ教えてほしいな。加奈さんは、事件のあった夜、同僚とカラオケに行っていたのですね。ええ。カラオケに行く前は、どうしていたの？　女の同僚2人と木村主任と4人で居酒屋に行っていましたけど。居酒屋に行こうと言ったのは誰ですか。はい、それは木村主任が誘ってくれました。

普段から木村主任と一緒に居酒屋に行くことあるの？　たまにしかありません。年に何回くらい？　そうですね。半年に1回くらいですかね。今回も半年ぶりです。それも、昨日が木村さんの誕生日だったのですが、奥さんが寝込んでしまって誕生日会ができなかったので今日皆とやりたいと言って誘われました。カラオケに行こうと言ったのは誰ですか？　それは、木村主任が乗りに乗っていたので、その流れで木村主任が行こうと言って4人で行きました。そうですか。カラオケに行ってから、木村主任はどこかにスマホで連絡とっていませんでしたか？

あっ、そういえば家に連絡しなくっちゃと言って、カラオケ店についてすぐメールしていました。

なるほど。加奈さん、ありがとう。隆さんはきっと帰ってくると信じていてください。

遠山は京都府警に連絡して、亡くなった須藤の最近の連絡相手がだれかを質問したところ、人天堂の木村主任とトニーソフト開発の松田の名前が出てきた。

遠山は、京都府警でこれから、木村主任の事情聴取を行うということを聞き、事情聴取に同席することとした。事情聴取の中で木村は、警察の「安西加奈たちをカラオケに誘ったのは須藤とあらかじめ連絡し合っていたのではないか」との質問に、最初は、居酒屋で飲みすぎたからと言っていたが、スマホの履歴を警察から要求されるに至って、あの日、カラオケに入ったところで、須藤にメールしていることが判明したことで、事実を語り始めた。

木村は、人天堂の菅原隆が開発中のゲームソフトのデータを盗み、須藤に売ったのではないか？　との質問についても、そうです。と言って認めた。そして、須藤との関係については、トニーソフト開発の松田にこのソフトを買ってくれる人の紹介依頼をしたところ、小規模なゲームソフト会社なら買ってくれると思うと言って仙台ゲーム開発の須藤を紹介されて須藤と会ってソフトを売ったと自供した。いくらで売ったのかの質問には3００万円だといった。さらに、そのお金はどうしたとの質問には、サラ金からの借金を返したといった。須藤とは、その後も連絡を取り合っている記録があるが、これはどんなことを話したのか？　の質問に、木村は、3００万円で売ったソフトが、一部動かないところがあり、それを須藤からしつこく追及されたといい、自分ではわからないので、直接菅原隆に聞くように話したが、どうやったら菅原隆に聞けばいいかとしつこく言われ、菅原隆の電話番号を教えた。

ただ、電話じゃ教えてくれないので、一度会いたいが、その段取りをつけろと言ってきて、しかたなく、菅原隆の恋人、安西加奈を誘拐したように俺が連れ出すので、その間に、須藤が菅原に会い、脅して聞き出すことを思い付き、2人で話し合い、あの日に実行したものだと言った。その後、松田とは、会っているのかの質問には、その後は会っていないと言い、俺は須藤を殺してはいない。ソフトを盗んだことは認めるが、殺していないことを強調した。

遠山は、捜査一課長と今の事情聴取のことから、木村の言っていることは間違いないと思うと言い、木村が殺人を犯していないことは事実です。ただ、これで菅原が疑問に思っていた須藤がどうしてソフトのことを知っていたのかがわかりました。ただ、誰が須藤をナイフで刺し殺したかは、まだ不明です。捜査一課長は菅原隆の犯行がまだ有力候補に違いありません。と言った。そして、次に事情聴取するのは、トニーソフト開発の松田です。遠山は松田の事情聴取も立ち会わせてもらった。

警察からの事情聴取はトニーソフト開発の会議室で行われた。この事情聴取で松田は、警察が事情聴取に来るだろうと思っていたと言った。人天堂の木村から相談があり、人天堂で開発中のソフトを買ってくれるところを紹介してほしいと頼まれ、仙台ゲーム開発の須藤を紹介した。それ以外は何も知らない。4月5日水曜日のアリバイは、自宅でもう寝ていたと主張した。警察はこれで引き揚げようとしたが、遠山は、次の質問をした。あなたは、菅原隆が開発したPMEソフトをどう思いますか？　すばらしいソフトだと思います。特にアバターが自動車を段階的に作り上げていくところはなかなか真似ができません。あなたはこのソフトがほしいと思いませんか？　松田は、あのソフトは人天堂のものなのでどうしようもありません。次に、松田さんの出身はどちらですか？　神奈川県横須賀市です。実家は何をしているのですか？　父と母と兄が児童養護施設を経営しています。と言った。そうですか、と言って質問を切り上げた。

警察に戻り、捜査一課長から、須藤武雄、菅原隆の出身地とどんな人生かを調べた結果の報告があった。須藤武雄は仙台出身でゲームソフトにのめりこみ、人天堂の地元の京都に下請けが多いことから、京都に移り、妻の聖子と25歳で結婚、子供はいなかった。

菅原隆は、未婚の母の菅原京子が、菅原隆を生んで6ヶ月で病気で亡くなり、神奈川県横須賀市の孤児院で育ててもらい、高校を卒業し、人天堂に就職した。遠山は、隆の父親はわかっていないのですか？　との質問に、警察ではまだつかめていません。遠山はなるほど、と言って、捜査一課長に松田についてもう少し調べる必要がありそうですね。と言った。

4月11日火曜日、朝、鴨川沿いでジョギングをしていた若い夫婦が、首を絞められた死体を発見した。警察が急行し、死体が、松田祐司と判明した。

遠山は京都府警に行き、捜査一課長から話を聞いた。捜査一課長からは、遠山さん、一歩遅れてしまいました。残念です。遠山から手がかりは何かありますか？　との質問に対して一課長は、殺害現場は鴨川の鴨川デルタと呼ばれる高野川と賀茂川が合流する三角州で、殴られたあと首を絞められ殺害されていました。死亡時刻は、昨夜、

22時45分頃です。遺留品は特になく、財布も携帯も無くなっています。遠山さん、これは須藤武雄殺人と関係があるのでしょうか？　遠山はまだ何とも言えませんが、連続殺人の可能性は高いと思います、と答えた。そして、松田の自宅のパソコンは警察でしっかりと確保しておいてくださいね。いずれ、そのパソコンに保存されている内容を確認させていただきたいと思っています。その時には、先に亡くなった須藤武雄の部屋から押収したパソコンも見せてください。と言って警察を出た。

その後、遠山は人天堂の井上課長と人天堂本社の会議室で面談し、菅原隆と木村靖が警察に連れていかれ大変ですね。と話を向けると、井上課長は、そうなんですよ、新しい開発ソフトの担当者2名が警察に連れていかれ、大変困っていてどうしたらよいかわかりません。

警察からの連絡を待つしかないのでしょうか？

遠山は、ひと呼吸おいて、井上課長、落ち着きましょう。井上課長は、今朝、鴨川の鴨川デルタで殺人があったことをご存知ですか？　いえ、初めて聞きます。今朝、鴨川デルタでトニーソフト開発の松田が殴られたあと首を絞められ殺されました。この松田は、木村が御社（人天堂）が開発中のゲームソフトのデータを販売した先、仙台ゲーム開発の須藤を紹介した人です。警察での事情聴取をした際に、御社の新製品ソフトPME（原動機の進化）の内容をよく理解していたように思えました。井上課長は、えええ、それはえらいことです。今、そのソフトデータはどこにあるのですか？

遠山は、今は、警察が預かっています。そこで、井上課長、警察の準備ができ次第、警察が預かっているパソコンのデータ確認をお願いしたいのですがよろしいですか。はあ、大丈夫ですが。それでは、後で、警察に確認してみます。井上課長、私は、コピーされた開発ソフトは、木村から須藤にわたり、この内容を木村から聞いていた松田は、コピーされた開発ソフトの売買が終わったあと、松田から須藤に指示し、再コピーしているものと思っています。ただ、菅原隆は、このソフトを盗まれる恐れがあるため、重要な部分はまだ頭の中にあり、ソフトに反映していないそうです。これを教えろといって、須藤が菅原隆を呼び出して、脅そうとして、何者かに須藤が殺されたと私は見ています。井上課長は、え！　菅原隆は須藤を殺していないというのですか？　はい、そうです。菅原隆も自分は殺していないと無罪を主張しています。そうですか。

あと、このソフトＰＭＥ（原動機の進化）の開発ですが、ソフト開発側の人間だけだと原動機の専門分野のことが不十分ではありませんか？

井上課長は、そうなんですよ、菅原隆からもそのことで相談があったのですが、あてがなくて困っていたところです。

遠山は、そしたら、明日、自動車の専門家と会ってみませんか？　たまたま、トンダ自動車の技術部教育担当の人が、社内教育でこのようなソフトを研究してみたいと言って、私の勤務先の企業戦略総合研究所に連絡があり、山西所長から、それなら、人天堂の開発しているソフトを研究してみたらどうかということで、明日会うことになっています。

大手自動車メーカー、トンダ自動車の技術部教育担当の上条隆康は、若手社員の教育ツールとして遊びと融合したソフト開発を上司から開発するように指示を受けて開発に取り組んでいる。

井上課長は、トンダ自動車の教育担当の方を紹介いただけるなんて願ってもないことです。

明日、よろしくお願いします。

遠山は少し時間をおいて京都府警に電話して、須藤と松田のパソコンを見せてもらえるか確認し了解を得た。そして井上課長に連絡して一緒に京都府警に行くことにした。

2人は京都府警に着いてパソコン2台を借りて、確認したところ、2台とも、人天堂が開発中のソフトPME（原動機の進化）が入っていたことを確認した。

遠山はそのことを捜査一課長に報告し、やはり松田はPMEソフトのコピーを自分のパソコンに入れていたことがわかりました。捜査一課長は、やはりこの事件はPMEソフトに関係する事件でしょうかね。遠山は、その可能性が高まりました。と言った。

遠山は、捜査一課長に次のお願いをした。それは、菅原隆が育った横須賀市の孤児院と松田の実家の児童養護施設は同じかどうかと同じだった場合、松田が、児童養護施設で菅原隆が育った経緯を知っているか、そしてできれば父親がだれかがわかれば確認していただきたいと依頼した。

翌日、4月12日水曜日、遠山は、京都駅でトンダ自動車の教育担当の上条隆康と待ち合わせ、タクシーで人天堂の本社に行き、経営企画担当取締役岸本純一と井上政文第1ソフト開発課長に応接室で会った。井上課長は、上条隆康と挨拶した時、私は上条さんとどこかで会ったような気がしますが、会うのは初めてですよね。上条は、初めてですといった。

その後、遠山は人天堂さんがソフト開発中のPME（原動機の進化）は、菅原隆を中心に開発を進めてきているが、ゲーム内容の原動機の発展経緯の中で、自動車の進化や技術面での専門的な知識をもう少し取り入れて、自動車会社に勤務している人にも参考になるようなソフトにしたいと人天堂さんは考えています。一方、上条さんは、トンダ自動車の教育担当として、このソフトを利用できればと考えています。いかがでしょうか、岸本取締役、人天堂とトンダ自動車がコラボしたゲーム&自動車研修ソフトで売り出したらいかがでしょうか？

岸本取締役は、井上課長、私は良いと思うが君の考えはどうかね。井上課長は、私も今のソフト内容では専門性がないと感じていたので良いと思います。

遠山は、わかりました。それでは、私の方で、秘密保持契約を含めた契約書を作成しますが、両社それでよいですか。

両社ともそれでよいとの回答で、この話は進めることになった。

その後、4人で雑談となり、最近の自動車業界、EV化の推進、空飛ぶ自動車の開発状況の話があったあと、上条の個人的な話となり、出身や家族構成を井上課長が質問した。

上条は、出身と今の住まいは同じで横浜市で、家族は、妻と子供が2人いて、長男は結婚して、長女は、妻と横浜にいると答えた。

遠山は、上条さんはいつ京都に来られて、いつ横浜に帰られるのか質問した。

上条は、4月11日火曜日に来て、14日金曜日に横浜に帰る予定です。と回答した。

そして、4人は、これからの日程調整をして、14日の金曜日まで人天堂で打ち合わせをすることを約束して京都スイートホテルに向けて上条をタクシーに乗せ送り出した。

その後、井上課長と遠山は会議室に戻り、少し話し合いをした。

井上課長からは、上条さんをどこかで見たことがあるけどどこで会ったかが思い出せないと言った。

夕方、京都府警に立ち寄り、菅原隆が育った横須賀市の孤児院と松田の実家の児童養護施設の件と、松田が、児童養護施設で菅原隆が育った経緯を知っているかの件、および、隆の父親が誰かの件、の調査で進展があったか確認した。

そして、菅原の孤児院と松田の児童養護施設が同じであること、松田は、菅原がその施設で育ったことを知っていると思うと、松田の母親の副施設長から言質を得た。

ただ、菅原の父親が誰かはわからなかった。

次の日、4月13日木曜日、遠山は、横須賀市にいた。そして、菅原隆の母親の母校である横須賀中央高校に行き、学校の職員から菅原隆の母親の友人を教えてもらった。

そしてその友人を訪ねて、隆が出産する前にお付き合いしていた男性を聞いた。その友人からは、名前はわからないが、相手は妻帯者でどこかの自動車会社に勤めていると言っていたと情報を得た。そのほか3人の友人に聞いたが父親はわからないとの回答であった。

ただ遠山は、自動車会社勤務というと上条を思い出したが、まさかとの思いでもあった。

一応、事件があった、4月5日と4月10日の夜のアリバイを確認するため、京都に戻り、京都スイートホテルに行き、上条がこの日前後にホテルに泊まっていないか確認した。

結果は、4月5日夕方16時にチェックインして4月6日9時にチェックアウトしていることがわかった。そして、4月10日夕方17時にチェックインしていることも判明した。

遠山は、昨日、上条が京都に来たのは4月11日に来たといっていたがあれは嘘だったのか。

その時、井上課長からスマホに電話が入り、上条をどこかで見たと言っていたが、思い出したんです。4月5日、隆と居酒屋で飲んだ時にカウンターで一人で飲んでいたんです。それから、会社を出る時に彼がこちら側を見ていたことを思い出したんです。

井上課長、わかりました。ありがとうございます。と言って電話を切った。

遠山は、京都府警の捜査一課長に電話し、上条のことを簡単に説明し、今上条がいる人天堂に来るよう依頼した。

遠山が人天堂に着くと同時に京都府警の捜査員も到着した。そしてすぐに上条のところに行き、警察が上条の任意同行を求めた。これに対し上条は、少し待ってくださ い、と1本電話させてくださいと言って、トンダ自動車の技術部教育担当次長に電話し、人天堂さんとの教育ソフトのコラボレーションについて、私の代わりに次長が進めるように指示し、人天堂の井上課長を訪ねるようにと電話した。その後、井上課長に私の後任は次長に指示しましたので、今後は次長と打ち合わせしてくださいと言った。その後は、何も言わずに警察に従った。

京都府警に着いて取り調べが始まり、遠山から、上条さんは、昨日、京都に来たのは4月11日に来たといいましたが、ホテルに確認したら10日からホテルに泊まっていたことがわかりました。まず、ここから説明してください。

上条は、申し訳ない、確かに10日から京都に来ていました。その理由は、ある人と会うために10日に来ました。ある人とは誰ですか。それは……

遠山が、松田ですか？　と投げかけると、上条は、はいそうですとうなだれた。

さらに、松田を鴨川デルタで殺したのはあなたですね。と言うと、これもはいそうです、とうなだれた。

遠山は、どうして松田を殺したのかを聞くと、上条は、松田から須藤を殺したのはお前だ、１０００万円よこせば黙っていてやる、と言って、12時に南禅寺の山門で会った。松田からは、須藤を殺したのは、菅原隆の父親であるお前しかいない。金をよこせと言ってきたが、今はない、と言ったら、22時までにかき集めて鴨川デルタに持って来いと言われた。

遠山は、なぜ、須藤を殺したのはあなただと松田は決め付けたのですか？　と言ったら、上条は、昔、一夜を過ごした女に子供ができ、出産後半年で病気で亡くなり子供は孤児院で育てられたと言うことを知っていたが、何年も経ち忘れていた。ある時、その孤児院の経営者の次男の松田という者が現れ、お前の子供を俺の孤児院で育てた、その子は菅原隆といい、今は、京都の人天堂でゲームソフトを開発していると言われた。その菅原隆が開発した新しいゲームソフトを、同僚の木村がコピーしたものが須藤の手に渡ったが、重要な部分が動かない状態だった。そこで須藤は菅原隆から直接動かすにはどうしたら良いかを聞き出すために松田に相談した。松田は、私（上条）のことをしゃべり、須藤からお前が子供の菅原隆にゲームソフトを動かす方法を聞きだせ、さもないと、お前の妻や子供にお前に隠し子がいると言いふらすと脅された。私は今の家族は仲がよく、今の家族の仲を崩壊させたくないという思いが強く、なんとかしなくてはと思った。

そして、4月5日京都に来て、京都スイートホテルに入り、夕方、松田から渡された菅原隆の写真と見比べながら人天堂本社の出口付近で、菅原隆の出てくるところを待った。そして、隆が2人で居酒屋に入ったのを確認して居酒屋に入った。

2人の話し合いに聞き耳を立てて聞いていて、話の中で、隆から横須賀の孤児院での話が出てきたので、隆がこの男に間違いないと確信した。それから2人は居酒屋を出て帰ったが、隆の自宅がどこかを確認するため、隆の後をつけた。隆が自宅に入り少ししたところで電話があり、「どうして俺が行かなくてはならないのか」「加奈をどうした」と言って電話を切り、今度は隆から電話していたようだったが、つながらなかった。そしてもう一度、さっきかかってきた電話にかけたみたいで、「どこに何時に行けばよいのか」と聞き、「22時30分に東寺の五重の塔の前だな」と言っていた。そして後をつけて22時30分に東寺に行くと、隆が、お前が須藤武雄だな、加奈はどこにいるんだ。と言った。上条は「あっ！　こいつが須藤かと思った」、須藤は、あの開発したソフトの動かない部分の説明書をよこせといったが、隆は、そんな大事なものをそう簡単に渡すわけにいかない。とつっぱね、ポケットから折りたたみ式のサバイバルナイフを取り出し、加奈はどこだと、逆に脅しにかかろうとしたが、慣れていないため迫力がなかった。このままでは、ナイフを取られると思い、隆の後ろから手袋をした手でナイフを取り上げ、隆には当て身を打ち、須藤にナイフを突き刺して逃げた。その後、後悔したが、相手が須藤で、あのままでは、家族に隠し子のことがばれてしまい、今、円満な家庭が崩壊すると思い、ナイフを刺したことを自分で正当化した。

この自供を受け、捜査一課長は、拘留中の菅原隆の釈放を命じた。

遠山は、捜査一課長に相談したうえで、菅原隆に対し、今回須藤をナイフで刺した犯人は、上条隆康であること、そしてこの上条隆康があなたの父親であることを伝え、上条も須藤から脅されていたことや、あなたが殺人を犯さないように、彼があなたの手からナイフを取って刺したのだということを伝えた。

菅原隆はびっくりして少し動揺したが、会わせてください。と自分から言ってきた。

遠山は、捜査一課長と相談し親子の顔合わせをさせることとして、廊下ですれ違うように手配した。そして、2人が顔を合わせた場で、上条隆康は、涙ぐんで、隆、済まなかった申し訳ないと謝った。隆も涙ぐんで、お父さん、ありがとう。と言って2人は別れた。

遠山は、人天堂の井上課長に電話して、菅原隆の身柄拘束が釈放された、安西加奈に迎えに行ってあげるように言ってくださいと伝えた。

遠山は、捜査一課長にこれで一連の殺人事件は解決しました。お疲れ様といって帰ろうとしたところ、京都府警本部長がわざわざ、遠山のところに来て、このたびは、京都府警があやうく冤罪になるところ真犯人を見つけていただきありがとうございましたと丁寧なお礼があり、遠山さんの伯父さんにもよろしくお伝えくださいとの伝言も授かった。

遠山は、京都府警を後にして、人天堂本社に出向き、井上課長が警察から帰るのを待った。

しばらくして、警察から帰ってきた井上課長と面談し、課長から、このたびの殺人事件の解決、ありがとうございました。菅原隆は警察から釈放されて感謝していました。それと、紹介された、上条さんですが、あの人が菅原隆のお父さんだなんてぜんぜん知らなかったのでびっくりです。隆も急に父親を知りびっくりでそれも、自分を守るために相手を殺害したということにもびっくりでした。

それから、新しいゲームソフトＰＭＥですが、結局、隆の頭の中の操作ができない限りソフトは思い通りに動かないということがわかり、他社に盗難されていないこともわかりました。これからは、隆と上条さんのところの次長とでソフトを現実的なものにレベルアップさせてソフトの完成に向けて進めていきます。遠山さん、ありがとうございます。

遠山は、やっと東京に帰れる、あとはお土産だけだと思った。そのお土産、ビスキュイサンドを買い求めにネットで販売店を探したが、お店があることはあったが、売り切れでなかなか手に入らなく途方にくれていた時、人天堂の菅原隆から電話がありお礼をしたいとの申し出であった。街中の喫茶店で待ち合わせて店に入ったら、菅原隆と安西加奈がいて、2人から丁寧なお礼の言葉があった。遠山は、隆に上条さんは、この世でただ一人血のつながった人なので大切に、警察から帰ってくるのを待ってあげてくださいね。上条さんの家族にとっては、急で不幸なことでしたが、しっかりと話をして現状を見つめなおせば、元通りになると信じています。と話をして、コーヒーを飲みながら時間をすごした。

別れ際に遠山は、今、私が困っていることがあるのです。それは、京都のお土産で、ビスキュイサンドを頼まれたのですが、どこに行っても売り切れで困っています。と話したところ、2人は顔を見合わせ、笑い出した。遠山さん、はい、これお礼の品です。と言ってビスキュイサンド入りの手提げ袋を渡した。えっ、ほんとうですか？助かります。と言って遠山は大変喜んだ。これを見て2人も笑い出した。最後に、2人からありがとうございました、とお礼の言葉があり別れた。

東京に戻った遠山は、企業戦略総合研究所に戻り、お土産を配った。会田静子は、ビスキュイサンドを遠山が買えないものと思い注文をしたが、見事にお土産を買ってきてくれてびっくりした。遠山も、このお土産を買うために努力したことを話し、でもこれを手に入れたことを自慢した。みんなもおいしいおいしいと言って食べた。会田静子からは、京都では遠山さんはぽんぽこ狸にならなかったみたいだから、今度は、金沢や中部圏のお土産がほしいわと言ってみんなを笑わせた。

3ヶ月後、ニュースで、人天堂が、新しいゲームソフトprime move evolution.プライム ムーブ エボリューション略してPME（原動機の進化）を発売すると発表し、これは、トンダ自動車とコラボレーションした作品と大きく宣伝した。遠山はこのソフトを買ってみたくなりネットで注文した。

二重の恋のあとしまつ

イッセイ薬品工業（長野県松本市の医薬品製造会社）

主な登場人物

遠山金次郎……経営コンサルタント、警察庁特命調査官、遠山金四郎と二宮金次郎の末裔
大岡忠則………警察庁長官、遠山金次郎の伯父
山西裕一郎……企業戦略総合研究所コンサルタント所長
会田静子………企業戦略総合研究所同僚コンサルタント
間島慎一郎……イッセイ薬品工業社長
新貝次郎………イッセイ薬品工業社長室長
近藤翔太………イッセイ薬品工業研究開発室研究担当
山田慎二………松本警察署警部
井川浩次………タカダ製薬開発担当
加賀壮太………第三協和薬品開発担当
田中純一郎……松本総合病院医師
内藤京子………松本総合病院看護師
遠藤貞夫………センコーイプソン勤務でコロナの症状で松本総合病院に入院
山梨真美………センコーイプソンの総務課

一時小康状態になっていたコロナウィルスの感染状況は、2022年の暮れにかけてまた猛威の牙をむき出しにしてきた。政府は、感染しても症状が以前に比べ重くないことから、外出禁止などの対策はとらない方針に切り替えていた。その影響もあり、2023年の新年を迎えた人の動きはコロナ前には届かないものの増加した。厚生労働省は、3月からマスク着用は個人の判断とし、5月からはコロナウィルスの感染症の位置づけを2類感染症から5類感染症に移行することを決定していた。

令和5年4月3日月曜日、このような、コロナウィルスの患者で混雑していた松本総合病院で、一人の患者が死亡した。病院で死亡解剖したところ、検体から、今まで投与していない、毒物に近い物質、界面活性剤が発見され、これは異常と判断され病院から警察に連絡があった。

松本警察署の山田警部は、松本総合病院にかけつけ、田中純一郎医師から事情を聞いた。田中純一郎医師からは、次の内容で説明があった。

亡くなった方は、センコーイプソン勤務の方でコロナの症状で当病院に入院、コロナウィルスの臨床実験で、新薬を投与していた方です。新薬は、イッセイ薬品の新薬ですが、その新薬には、毒物に近い物質、界面活性剤は使用されていないのですが、亡くなった遠藤貞夫さんの検体からその界面活性剤が発見されたのです。

山田警部は、今はもうコロナウィルスの飲み薬ができているのですか？　ワクチンだけじゃないのですか？

田中医師から、そうなんですよ。

コロナウィルスの経口抗ウイルス薬は、新型コロナウィルス感染症の患者に投与できる治療薬（飲み薬）のことで世界各国の医薬会社が開発に取り組んでいます。令和3年12月24日に抗ウイルス薬「モルヌピラビル」（販売名：「ラゲブリオ」）が特例承認されました（令和4年9月16日から経口抗ウイルス薬「ラゲブリオ」は米国で発明されMSD社より販売されております）。令和4年2月10日に、抗ウイルス薬、ファイザー社の「ニルマトレルビル・リトナビル」（販売名：「パキロビッド」）が特例承認されました。令和4年11月22日に、塩野谷製薬が開発した抗ウイルス薬「エンシトレルビル　フマル酸」（販売名：「ソコーバ」）が緊急承認されました。現状、安定的な供給が難しいことから、供給が安定するまでの間、国において買い上げ、治療を行う医療機関および対応薬局に無償で提供しています。

そもそも新型コロナウィルスは、中国で見つかったウイルスで、従来あった6種類には当てはまらない新しい型で、国際ウイルス分類委員会は2020年2月に「SARS-CoV-2」と命名しました。ちなみにコロナウィルスを顕微鏡でみると、表面に突起がみられます。これが王冠に似ていることから、ギリシャ語で王冠を表す「コロナ」にちなんで名づけられました。いま、世界で猛威をふるっているのは新型コロナウィルスの変異株です。変異株とは、変異したウイルスのこと。変異とは、ウイルスが増殖する時にウイルスの遺伝情報（新型コロナウィルスの場合はRNA）の一部が書き換わることです。新型コロナウィルスは約2週間に1か所程度の速度で変異していると言われ、遺伝子情報の一部が変化した変異株が世界中で見つかっています。その中で従来よりも感染力が高い、重症化しやすい可能性のある変異株、ワクチンが効きにくい可能性のある変異株が問題になっています。

WHOでは、2021年5月31日に、変異株の呼び方を、α、β、γなどのギリシャ文字（ギリシャ語のアルファベット）で呼ぶことを発表しました。以前の「B.1.1.7」

などの表記は専門家以外にはわかりづらかったためです。ＷＨＯでは変異株のうち、最も警戒レベルが高いものを「懸念される変異株（ＶＯＣ）」に、２番目に高いものを「注目すべき変異株（ＶＯＩ）」、影響が不明な変異株を「監視下の変異株（ＶＵＭ）」としています。日本でもＷＨＯの暫定定義を準用し、国立感染症研究所が国内における変異株を以下のように分類しています。

β株（ベータ株）…南アフリカで最初に検出された変異株

γ株（ガンマ株）…ブラジルで最初に検出された変異株

δ株（デルタ株）…インドで最初に検出された変異株

o株（オミクロン株）…南アフリカなどで検出された変異株

α株（アルファ株）…イギリスで最初に検出された変異株

旧κ株（カッパ株）…インドで最初に検出された変異株

λ株（ラムダ株）…ペルーで最初に検出された変異株

μ株（ミュー株）…コロンビアで最初に検出された変異株

AY.4.2…デルタ株から派生。アメリカではデルタプラスとも呼ばれる変異株オミクロン株は南アフリカが２０２１年11月25日に新たな変異株を発見したことを発表し、翌26日にはＷＨＯがオミクロンと名づけ、「懸念される変異株（ＶＯＣ）」に分類しました。すでに日本でも感染者が確認されています。

オミクロン株についてはわかっていないことが多く、現在、世界中で研究が進められています。感染力や重症化度がほかの変異株に比べて強いかどうかもまだわかっていません。今、アメリカではやっているオミクロン株の１つ「XBB.1.5」は、複数のタイプの新型コロナウィルスが組み合わさった変異ウイルスです。

２０２２年春ごろから日本国内でも広がったオミクロン株の「BA.2」の２つのタイプが組み合わさった変異ウィルス「XBB」に、さらに変異が加わっています。日本での感染は時間の問題かと思われます。

コロナウィルスの治療薬を開発しているイッセイ薬品工業は、初期のオミクロン株までのコロナウィルス治療薬を開発しました。

一般的な薬を開発して販売するまでは、９年〜17年かかるといわれています。その

工程は、

・最初に、基礎研究に2～3年

天然素材からの抽出や、化学合成・バイオテクノロジーなどさまざまな科学技術を活用してくすりの候補の化合物を作り、その可能性を調べる研究です。

・次に、非臨床試験で3～5年

くすりになる可能性のある新規物質の有効性と安全性を、動物や試験のために人工的に育てた細胞を用いて確認します。

・次に、臨床試験で3年～7年

非臨床試験を通過したくすりの候補が、人にとって有効で安全なものかどうかを調べるのが臨床試験（治験）です。

・最後に、承認申請と審査で1～2年

くすりとして有効性・安全性・品質が証明されたあと、厚生労働省に対して承認を得るための申請を行います。

以上の工程を経て厚生労働大臣が許可すると、医薬品として製造・販売することができます。

今回のイッセイ薬品は、従来のインフルエンザの治療薬を分解して、どの薬品がコロナウィルスに効果があるかをコロナウィルスが日本で初めて蔓延した3年前から研究をして、オミクロンまでの新種のコロナウィルスに効くかどうか、数多くの化学実験や動物実験を行い、一部臨床試験を実施し、効果があったことがわかった。基本的には、インフルエンザの治療薬を分解して、コロナウィルスに効く部分やあまり効果のない薬品を増減させることに加え、コロナウィルスにかかると体力が低下するため、滋養強壮に効く薬品を配合した薬を開発したものだった。臨床試験をもう少し実績を積んでから、治験を行い、承認申請を半年後に実施したいと計画しているものだ。

そろそろ特許申請に持ち込もうとしているところであるが、臨床試験を実施していた患者が1人、死亡した。死体検案書によると、死亡した患者には投与していない毒物に近い物質、界面活性剤が発見され、警察による調査が始まったところである。警察では、本来あってはならない界面活性剤が体内から検出されたということは、考えられることは次の3つである。そのひとつは、本人が、わかって飲んだ自殺である。

二つ目は、本人または看護師あるいは医者が、間違って投与した事故、三つ目は、第三者による殺人である。そこで現在わかっているのは、点滴から体内に界面活性剤が注入されて死亡したこと、その点滴バッグには注射針がさされたあとがあったことがわかっている。

遠藤貞夫は勤務先のセンコーイプソンに入社8年目の30歳である。会社では、持ち前の明るさやさわやかな笑顔を振りまいて、お客様から気に入られ営業成績はいつも上位の成績を上げていた。会社は、この遠藤を評価し2023年4月の春の人事異動で東京勤務を内定していた。また、遠藤は、人付き合いはよく、会社の仲間と会社帰りに食事に行ったり、休みには、数人でドライブや旅行に行くことが好きであった。このようなことから会社の中で、女性たちからはあこがれの的だった。そんな中、2021年4月大卒で入社した、山梨真美が2022年7月頃から遠藤に対し猛烈にアタックしてきた。電話番号やメール交換を実施し、会社の仲間との飲み会にはいつも参加、気の合う仲間とのドライブにもいつも参加するようになっていた。

11月頃には、2人でのデートやドライブにも行き、そして、年明けにはホテルにも通うようになっていた。

コロナウィルスの影響がここまで広く、長引くとは誰も予想はしていなかったため、このコロナウィルスの経口薬の開発は、業界全体が浮き足立ち、他社の動きが気が気でなかった。

そんな中、タカダ製薬開発担当の井川浩次は、イッセイ薬品の開発状況を知りたく、大学同窓のイッセイ薬品工業研究開発室研究担当の近藤翔太に情報を聞きに連絡をとってきていた。近藤翔太から松本総合病院での臨床実験に入ったことを聞き、井川はもうそこまで開発したの？　とびっくりしていた。

井川浩次は、タカダ製薬の上司から、他社に後れを取るな、特にイッセイ薬品には絶対に後れをとるなと厳命されていた。

また、第三協和薬品開発担当の加賀壮太も、上司から、他社に先駆けて開発するようにとの厳命を受けていた。

加賀壮太は、業界の会合で知り合ったイッセイ薬品工業社長室長の新貝次郎にアプローチし、イッセイ薬品が臨床実験まで行ったことを知り、ショックを受けていた。そして、臨床実験の病院はどこかと新貝室長にしつこく確認し、松本総合病院であることを知った。

タカダ製薬開発担当の井川浩次と第三協和薬品開発担当の加賀壮太は、ともに、松本総合病院担当の医薬品販売業者を通して、イッセイ薬品が臨床実験を行った遠藤貞夫の患者名を聞きだしていた。

松本警察署の山田警部は、遠藤貞夫がどのようなルートで界面活性剤を体内に入れたかを田中純一郎医師に確認したところ、点滴からと思われると回答し、遠藤貞夫の担当看護師の内藤京子に当時の状況を確認した。京子は、田中医師から指示された薬を点滴で患者に投与していた。当日の朝、患者を見にベッドに行くともうすでに息を引き取っていた。京子は最初に山田警部からの質問の際に、遠藤貞夫との関係は、病院内でも内緒にしていたので何も言わないでいた。

山田警部は、遠藤が亡くなる前日の様態についての質問をした。京子は、熱は平熱に戻り、体調は改善に向かっていたと思うと話した。また、山田警部は、遠藤が亡くなる前日、病院、特に遠藤のベッドがある3階の病棟に来た不審な人はいませんでしたか。と確認したところ、内藤京子は、1日に病棟に来る人は多いし、私がずっとそこで見ているわけにもいかないのでわかりません。ただ、病棟には監視カメラがあるので録画画面で来た人がわかると思います。山田警部は、一緒に来た刑事に監視カメラのビデオを確認し、誰が来たかを特定するように指示を出した。

次に山田警部が話を聞いたのは、センコーイプソンで遠藤の上司の山並課長で、山並課長からは、遠藤は、入社8年目の社員で営業を担当し成績も良い優秀な社員でした。社内では、人間関係も良好で、今後を期待していた人材でした。個人生活はあまり知らないが、恋人はいたと聞いています。

恋人は誰か聞いていますか？　の質問に、女性社員の間では、総務課の山梨真美とお付き合いしていたと聞いています。

次に、話を聞いたのは、看護師長で、看護師長からは、この病院の看護師は約120名で、3階病棟の看護師は12名でうち5名が夜勤勤務を行っている。界面活性剤などの毒物は、鍵のかかるキャビネットに保管していて、管理簿はつけていないとのことであった。その鍵は、看護師であれば誰でも開けられることになっている。看護師の外部の人との接触は、仕事中は極力控えるように伝えてあるが、仕事以外のことは、病院側では関知していないとのことであった。

次に、日直の看護師7名のヒアリングを行ったが、遠藤貞夫が亡くなった日に、界面活性剤などの毒物が入ったキャビネットを開けた看護師は一人もいなかった。7人全員が変な人の出入りはなかったと言った。また、遠藤貞夫を内藤京子以外に看護した看護師2名、沢井看護師と滝沢看護師に確認したが特におかしな兆候はなかったと言った。

次に、病院の管理センターに行き、管理センター長に確認したが、遠藤貞夫が亡くなった前日に変な動きは特になかったと言われ、監視カメラのビデオを確認してくださいと言われた。その監視カメラのビデオを見ていた刑事からは特に不審な人の出入りはないとの報告を受けた。

季節は、春、東京の桜が満開のピークを過ぎ、桜吹雪も舞い散るところも出てきて、紺色のスーツを身にまとった男女の新入社員の動きが目立つようになった。

企業戦略総合研究所コンサルタント所長の山西は、コンサルタントの遠山金次郎を誘い、日本橋にある日本そばの船場に来ていた。ここでは信州の更科そばが有名で、その更科そばは、そば粉をひいた時、初めに出る白いそば粉のことで、これをおいしくいただいた。蕎麦湯をゆっくり飲みながら、そば粉談義をしていたところで、山西は、遠山に、信州そばはおいしいね。そう思うでしょ金ちゃん。遠山はええ、としか言えずにいると、山西から、金ちゃんに本場の信州そばを食べに行ってほしいんだ。と遠まわしに松本出張の話を持ち出した。松本市にイッセイ薬品という会社があるのだが、今、コロナの経口薬の開発で困ったことができたみたいで、何でも人が殺されたというような物騒な事件らしいんだが行ってくれるかい。

遠山は、わかりました。ぜひ行かせてくださいと言って承諾した。

翌4月7日金曜日、遠山は、企業戦略総合研究所に出社して、総務課の橋本典子に、松本市のイッセイ薬品の会社概要をまとめておくように依頼した。典子からは、今度は信州ですか？　春の信州ははまだ寒いんじゃないですか？　体気をつけてくださいね。と言われた。その話を聞いていた、同僚コンサルタントの会田静子が、遠山さん今度は信州に行くのね、信州はいいわよね。お土産は、てまりやの「てまりん」がいいわ。少し変わったバームクーヘンでとってもおいしいの。それか、開運堂の「ポルポローネス」でもいいわ。スペインのお菓子で日本人の口に合うように作られたお菓子なの。早く食べたいわ。遠山さん、いつから行くの？

遠山は、来週の月曜日から行くつもりです。と答えた。

今回も、土日は、イッセイ薬品の会社概要を頭にたたきこむことにした。

4月10日月曜日、遠山は、いつもは6時にベッドから出ることにしているが、この日は5時に目が覚め、朝食をとって、予定の7時にマイカーのＲＡＶ4に乗り込み自宅を出て、首都高から中央道に向かった。

高速道路の双葉サービスエリアでゆっくり休憩をとって松本に向かったので、松本のイッセイ薬品の駐車場に着いたのは丁度11時を回った時間となった。

イッセイ薬品では、新貝次郎社長室長が出迎えてくれて、応接室に入った。しばらく、この会社に来るまでの話や、松本の桜の開花状況などの話をしていたところ、間島慎一郎社長が社長室にどうぞ、ということで、遠山と新貝室長は、社長室に移動した。

間島社長からは、このたびは遠いところおいでいただきありがとうございます。との長距離ドライブの慰労の言葉から話はスタートした。

間島社長からは、コロナウィルスに対するワクチン開発や罹患した場合の対策、経口医薬品の開発状況など医薬品業界の現状、の話があった。その次に話をされたのは、イッセイ薬品の現状で、なかなか新薬の開発が進んでいなく、業況もジリ貧の状態の中、コロナウィルスの経口薬品の開発に目処がつきつつあるところまで来た。他社も当社の開発状況を戦々恐々と見ていて、当社も他社の開発状況は気になるところであるとの話があった。そして、やっと臨床実験までこぎつけたところだが、その臨床実験の患者が、病院で死亡してしまった。それも、不審な死に方で、ひょっとしたら殺されたかもしれない。これがもし、マスコミに漏れ、イッセイ薬品の臨床実験を行っていた患者が死亡したという触れ込みで情報が流れたら、当社には大きなマイナスイメージとなってしまう。そもそも、その患者に投与している薬品でない、猛毒の界面活性剤が体内から検出されたのだから、殺人に間違いないと思う。そんなわけで、当社が開発したこの経口薬品を厚生労働省の認可をとり販売し、会社を立て直ししたいのでぜひお手伝いをお願いします。また、企業戦略総合研究所の山西さんが言っておられましたが、遠山さんは、あの江戸の町奉行、遠山金四郎の末裔で、今までに警察が手に負えなかった殺人事件などを解決してきた、優秀な探偵さんだと聞いております。なんとか真犯人を見つけて当社を助けてください。お願いします。

遠山は、山西所長からもしっかりイッセイ薬品の問題解決を図るように仰せつかっていますので精一杯、やらせていただきます。よろしくお願いします。とのことで、社長室を出た。

遠山と新貝室長は、再び、応接室に戻り、今後の進め方を打ち合わせした。打ち合わせを始める前に、新貝室長は研究開発室研究担当の近藤翔太を呼んで同席させた。

遠山から新貝室長に、新薬開発について説明をお願いします。

新貝室長は、近藤翔太に開発経緯を説明するように指示した。

近藤翔太は、次のように新薬開発について話をした。

イッセイ薬品は、飲み薬や貼り薬なども開発しているが、最近ではなかなかヒット新薬が開発できていなかった。そのため救急・応急用具・布マスク・睡眠対策グッズなどに力を入れて製造販売を行っていて、業績が伸び悩んでいました。そこに、今回、コロナウィルスの経口薬を開発しようと、開発部長の提案で新薬開発に取り組むことになりました。ただ、コロナウィルスは感染スピードが速く、また、新種の変異株が続々と登場してきているので、新薬開発も時間との勝負です。そんな中、既存のインフルエンザ薬を改良して開発したため短時間で開発ができ、臨床実験にこぎつけたところでした。このコロナウィルスの経口薬は他社も積極的に開発していて、どこが早く認可を取って販売するか、各社が戦々恐々としています。その中で、塩野谷製薬が開発した「ソコーパ」がもうじき販売されると聞いています。うちは、二番煎じにならないように、「ソコーパ」に比べ何らかの効果があるものでないといけない、そのために、以前から「ソコーパ」の開発経緯や関連情報を当社も集めていて、今回開発した新薬は、「ソコーパ」よりも後遺症を少しでも抑えることができる薬を開発したものです。当社が開発した新薬に対しても、他社からも情報を聞き出す動きが当社にも来ています。特にタカダ製薬や第三協和薬品などが積極的に情報収集のためアタックしてきています。開発は臨床実験まで来ているのであと1ヶ月程度で治験を終わらせ、厚生労働省への申請を行うところでした。しかしその臨床実験の検体が殺害されてしまいました。

遠山は、ありがとうございます。それでは、臨床実験の検体が亡くなった事件について説明してください。

新貝室長は、その件は私から説明します。と言って、次の説明があった。

検体は、遠藤貞夫さんといって、松本市在住でセンコーイプソンに勤務し30歳独身の方でした。コロナの症状で松本総合病院に入院されました。丁度その時、先ほど近藤が説明した臨床実験の検体を探す時期で松本総合病院に相談したところ、この遠藤貞夫さんという患者を紹介されました。さっそく、遠藤さんに新薬の経口薬を飲んでもらい、経過を確認中でした。

令和5年4月3日月曜日、松本総合病院に入院していたこの遠藤貞夫さんが死亡しました。病院で死亡解剖したところ、検体から、今まで投与していない、毒物に近い物質、界面活性剤が発見され、これは異常と判断され病院から警察に連絡、警察の調査がはじまりました。警察では、まだ、事故か、自殺か、殺人かの判断が出ていないようです。

これが、マスコミから、当社の臨床実験の検体が亡くなったと発表されれば当社は大きなダメージを受けることになります。

遠山は、新貝室長に説明のお礼を言い、他社の動きは何かつかんでいますか？　と追加の質問をした。新貝室長からは、私のところにも直接問い合わせもあり、他社は積極的に情報収集を行っていると思います。特に松本総合病院で臨床実験を行っているることを知っているタカダ製薬や第三協和薬品は、病院にも調査の手が伸びていると思われます。

遠山は、なるほどと言って、では、私なりに調査してみます。ところで薬品の特許についても教えてください。

では、私からと言って新貝室長が話し始めた。

新薬の開発には、予期せぬ副作用の発現、既存薬に及ばない効果などの不確定要素が多くあるため、莫大な予算と時間が必要です。そのため、晴れて新薬の開発に辿り着いた開発者の権利（知的財産権）を守るため、特許が認められています。

医薬品の特許には、新しい化学構造の物質が医薬品に使用できることを発見した際に与えられる「物質特許」、既存の医薬品の新しい製造方法を発見した際に与えられる「製法特許」、錠剤からカプセル剤など既存の医薬品を新しい製剤によって処方すると有効であることを発見した際に与えられる「製剤特許」、既存医薬品の新しい効能や効果を発見した際に与えられる「用途特許」の4種類が存在します。

この4つの中で、製薬企業にとって特に重要で、価値が高いのは物質特許です。しかし、物質特許を取得するためには大きな費用と時間が必要となるため、上記のそれ以外の特許などで自社の知的財産を増やすのです。

遠山は、なるほど、そうすると、今度の新薬の特許は物質特許でいいですか？

はいそうです。と近藤翔太が答えた。ただ、新薬の特許が認められるには相当な時間を要しますので、この新薬の特許が認められるのは相当先になります。

遠山は、なるほど、そうですか、わかりました。あとひとつ教えてくださいと言って、イッセイ薬品は今後どうされるのですか？

新貝室長から、臨床実験は松本総合病院以外でも行っているので、そちらで臨床実験を続けていきます。

ありがとうございました。次に、経理や財務諸表を作成されている責任者の方とお話ししたいのでご紹介お願いします。

少し、時間をおいて、新貝室長が管理部長と経理課長の2名を連れて応接室に来て遠山に紹介した。

初対面の挨拶のあと、直近2期の決算書、財務諸表と、社内での経営計画作成資料を見せていただきたいとお願いした。

30分くらい経過後、場所を会議室に移動して、書類を揃えていただき、経理課長から過去2期の決算報告があった。特に不審な点はなく、続いて管理部長から、直近の実績から当期の計画および今後の中長期計画の説明を受けた。遠山は、その中で、新薬の業績への効果、当社が販売している救急・応急用具・布マスク・睡眠対策グッズなどの販売計画などを確認した。新薬についてはやはり売上期待が過剰であること、布マスクは従来の売上をそのまま見込んでいることなど、指摘すべき事項を頭に描いた。

一通り、決算書や財務諸表、当期および中長期計画を確認し、今日のところはこれで失礼することとした。

遠山は、イッセイ薬品を出たあと、松本警察署に行き、署長にお会いしたいと企業戦略総合研究所の名刺を出して申し出た。

受け付けた警察官は、アポイントしていますか？　どのような御用ですか？　と不審者でもみるような感じで受け付けた。用件は、松本総合病院での事件のことです。といったところ奥に下がって上司に報告していたが、その上司が遠山のところに来て、松本総合病院の件といわれたが、どんな情報なの？　とストレートに聞いてきた。

遠山は、署長はいないのですか？　あなたは誰ですか？

私は、この件を担当している山田警部です。それでどんな情報なんですか？

遠山は、ポケットから、大岡警察庁長官からいただいている警察庁特命調査官のカードを渡して、署長にこれを渡して面会に来ている旨伝えてください。と言ったところ、山田警部はそのカードを持って署長室に行った。そしてすぐに、署長が飛び出してきて、遠山さん、うちの署員が大変失礼な対応をしてすみません。山田警部、この方は、大岡警察庁長官から特命で調査官に任命された方で、近年発生した難事件をいくつも解決してくれている人なんだ。それに長官とは伯父・甥の仲なのだ。

遠山さん、どうぞ、署長室にお越しください。山田警部も一緒に来てください。

遠山は署長室に入り、初対面の挨拶をしたあと、お願いと教えていただきたいことがあります。お願いは、松本総合病院の件をマスコミに取り上げられるとイッセイ薬品にとって大きなダメージになるので情報は、事実が確定するまでは内密にしてほしいのです。署長はその場で山田警部に、この件は事実が確定するまで内密にするよう署長名で署内全員に伝えるよう指示した。

次に、この件の捜査状況を教えてくださいと依頼した。署長から山田警部に、現状報告をするよう指示があり、山田警部から次の報告があった。

亡くなった遠藤貞夫の勤務する会社の上司や同僚の話では、遠藤は、社内でも優秀な社員で、周りから恨まれるような人間ではない、女性から人気もある。最近、総務の山梨真美が猛アタックしていたので付き合っていたかもしれない。遠藤は栄転で東京に転勤になることが決まっていたとのことです。松本総合病院に入院する前は元気で、持病も特にないとのことだったが、コロナの熱が39度5分まで上がり、節々が痛いため松本総合病院に行ったと母親が言っていました。松本総合病院の監視カメラを確認した刑事の報告では、病院に来る患者や出入り業者の人数は1日、1000人以上で、老人や子供以外の成人を中心に来院者を確認していったところ、タカダ製薬の井川浩次と第三協和薬品の加賀壮太がいて、井川は看護師の沢井と加賀は看護師滝沢と接触していたことがわかりました。この看護師の沢井と滝沢は、遠藤の病室内に入っていくところも確認しております。この2人から事情聴取をしたところ、担当の内藤京子に代わり患者を診ていただけだと主張しています。亡くなった遠藤が点滴をしている時に病室に入っていますが、点滴を操作したことまでは監視カメラでは確認できませんでした。担当の内藤看護師にも事情聴取しましたが、特に怪しい言動はありませんでした。界面活性剤は、病院内ナースセンターのキャビネットに保管されていて、医師や看護師なら誰でも知っているとのことです。この界面活性剤を取り出した人物を特定するため監視カメラの映像を見ましたが、何人かの看護師がこのキャビネットを開け閉めしていて、そのキャビネットの中には、界面活性剤以外の薬品も入っているので誰が界面活性剤を持ち出したかは特定できませんでした。遠藤の死体を検視した監察医によると、高濃度の界面活性剤が点滴の針から注入されて死亡したと結論付けています。点滴を取り替えたのは、22時頃で夜間の点滴を取り替えたあとすぐに亡くなったと思われます。その時の看護師は夜勤担当の滝沢で、いつもの手順どおりに点滴を替えたと言っています。

問題は、誰が点滴液に界面活性剤を注入したかですが、今のところはわかっていません。

遠山は、署長と山田警部にお礼を言って警察を出てホテルに入った。

ホテルのレストランで食事をとってシャワーを浴びてから、机に向かい、今日のいろんな人からの説明を整理してみた。

まず、イッセイ薬品の経営改善コンサルについて考えてみることとした。決算書や財務諸表を見たが、不審な点は気がつかなかったが、利益率が低いように感じた。また、新貝社長室長から説明があった中期計画だが、今回開発中の新薬の販売予想が大きめに設定されていることや、布マスクの売上は、今後、コロナが2類から5類に変更されることが決まっているので、マスクの利用は大きく落ち込むと予想され、計画では従来どおりの売上を計画していて修正する必要がある。あと、特許の問題も対応が遅いように思われる。これらの課題について、説明するため、明日、企業戦略総合研究所の橋本典子に依頼して、同業他社の利益率、2類から5類に移行した場合の影響や必要となるグッズ、医薬品の特許申請状況などを調査してもらうこととした。

次に、松本総合病院で遠藤貞夫が死亡した事件だが、自殺でも事故でもないと思われ、殺人となると、殺人動機を持つ人を探すか、殺人の実行方法を見つけるかが、犯人を見つける有効な手段であるが、今回のケースは、今日の聞き取りの中では、殺人動機を持つ人も、実際に殺人のためどのように点滴に界面活性剤を注入したかがわからない。

ただ、動機の面では、同業他社のタカダ製薬の井川と第三協和薬品の加賀が、松本総合病院に出入りして、看護師と接触しているので怪しいかもしれない。でも殺人を犯してまでやるかが疑問だ。

殺害方法の面では、遠藤の点滴に触ることができるのは、病室に入った者だけで、コロナの関係で見舞いに来た人はいなく、看護師の3名だけだ。亡くなる直前に点滴を担当したのは滝沢看護師で警察が当然集中的に事情聴取を行ったが犯行につながるものは何も出てこなかった。そうすると、滝沢看護師が点滴をセットしたあとに界面活性剤が注入されたのか、セットする前の点滴バッグに注入されていたのかが問題か。注射の針の穴があったことから注射針で点滴バッグに界面活性剤を注入したのは間違いないだろう。

ここまではすぐに考えられたが、その後がなかなか難しく、眠ることにした。

4月11日火曜日、遠山は6時に起き、はみがき、髭剃り、洗顔などを済ませたあと、新聞を読み始めた。ロシアとウクライナの戦争は、NATO各国から戦車の提供を受けたウクライナ側が反撃に出て、ロシア国内もプーチン大統領への支持率も大きく下がってきて、やっと収束が見え始めたかに見えたが、プーチン大統領も最後のあがきとして、原子爆弾を使うとの観測もあり、まだ、すぐの解決は難しいとの論調で記事が載っていた。

遠山は、食事をとったあと、イッセイ薬品に向かった。新貝社長室長に面会を入れ、応接室で打ち合わせを開始した。遠山から、臨床実験の検体が死亡したことは、会社にとって大きなショックだと思います。しかし、悔やんではいられません。警察には私からマスコミに情報が流れないように署長に依頼し、すぐ指示を出してくれていま す。加えて、警察では、自殺、事故ではなく殺人で捜査していますので、犯人が捕まるのを待ちましょう。臨床実験は他の病院で進めていることでいいですよね。はい、他の病院で進めています。いつごろ結果が出るのでしょうか？

新貝社長室長は、４月末には結果を出し、厚労省に申請したいと会社は考えています。

では、それまでには必ず犯人を見つけなくてはいけませんね。遠山は新貝社長室長に亡くなられた遠藤さんのご両親にお会いしたいのですが、紹介は可能ですか？　との質問をした。

新貝室長からは、あいにく、遠藤さんのご両親は、子息の貞夫が亡くなったのはイッセイ薬品のせいだと、お通夜に行ったのですが、焼香もさせてもらえませんでした。そうですか、それはお気の毒に。では、警察のほうから遠藤さんのご両親に当たってみますといって、イッセイ薬品を出て、松本警察署に向かった。

松本警察署で山田警部にお願いして、遠藤のご両親の家に連れて行ってもらった。遠藤のご両親は、いまだに貞夫が亡くなったのは、イッセイ薬品が変な薬を体に入れたのが原因だとして憤っていた。

遠山は、ご両親に落ち着くよう促したあとに、警察としても早く犯人を捕まえたいと思っているので協力いただきたいと話を進めた。その中で、貞夫さんは、その人柄から皆さんからほめられていましたが、誰かとのトラブルを抱えていたことはありませんか？

母親から、そんなものはないよ！

では、特定の女性とお付き合いしていたとの話は聞いていましたか？

貞夫は、男2人兄弟の弟で、大学を出てから2年は家から会社まで通っていましたが、3年目からアパートに引っ越し、年に2～3回くらいしか会わなくなってしまって、ほんとうのところは、どんな彼女とお付き合いしていたかはよくわかっていないのです。

お付き合いしていたのはご存知でしたか？

ちらっと言っていたこともありました。

どんなお相手か、何か聞いていませんか？

ええ、何も聞いていません。

お付き合いしていたと聞いたのはいつ頃のことですか？

そうねえ、もうかれこれ3年になると思います。

そうですかと言ってこの他に2、3質問して遠藤の実家を後にした。

遠山は、その足で山田警部にセンコーイプソンに行きませんか？　と誘い、センコーイプソンに向かうこととした。その途中、山田警部に、遠藤のアパートも捜査したと思いますが、何か恋人につながるようなものは出てきませんでしたか？　と質問した。

センコーイプソンの関係者の情報は出てきまして、特に山梨真美との写真などは出てきています。

携帯やスマホはいかがですか？

それが、病院に持っていったはずなのに、病院で見当たらないのです。

それはおかしいですね。

センコーイプソンに着いて、山梨真美の上司である総務課長に面会を申し入れた。総務課長が応接室に入ってきたので、遠藤のお悔やみを申し上げ、捜査に協力をお願いした。まず、山梨真美に話をしたいと申し入れをして、本人に来てもらった。

山梨真美は、遠藤が亡くなったことにショックを受けたが、徐々に平常を取り戻しつつある状態だった。

遠山は、遠藤が亡くなった当日の行動について確認したが、特段不審な点はなく、コロナでの入院なので、病院に行くことはできなかったが、スマホで亡くなった夜も電話していたことを話した。

また、真美は、遠藤さんが4月の異動で東京に転勤になることを言われ、東京についていきます。とその日も電話で話したと言った。

遠山はさらに、真美さんは遠藤さんを憎んでいる人に心当たりはないですか?

真美は、遠藤さんを恨んでいる人はいないと思います。

では、遠藤さんは、真美さんと付き合う前に誰かとお付き合いしていたかご存じですか?

いいえ、知りません。

そうですか、と言って、お礼を言い、総務課長にもう一度来てもらうように依頼した。

総務課長には、遠藤さんが親しくしていたお友達に面談したいとお願いした。総務課長から2名の同期入社の男を紹介してもらい、応接室に来てもらった。

友達2人対し、遠藤さんがトラブルに巻き込まれ、恨まれていた事実がないか質問した。

2人は、特に恨まれていた事実はないと思うと回答した。では、最近は総務の山梨真美さんとお付き合いをしていたようですが、ご存知ですか？

ええ、もうそれは社内ではほとんど知っているのではないでしょうか？

そうですか。

それでは、山梨真美さんとお付き合いされる前に誰かとお付き合いしていたことはご存知ですか？

名前は知りませんが、お付き合いしていたようです。社外の人なのでよく知らないのですが看護師さんだと聞いたことがあります。

そうですか、ありがとうございますと言って、引き上げてもらった。

この日は、山田警部に送っていってもらいホテルに戻った。

ホテルの部屋に入り、パソコンを開いたら、橋本典子からのメールが来ていて、同業他社の利益率、2類から5類に移行した場合の影響や必要となるグッズ、医薬品の特許申請状況などの調査結果が届いていた。これらの確認に時間を要し、確認が終わりパソコンの電源を切ったのは、午前0時を回っていた。

翌4月12日水曜日、この日は、昨夜の確認作業に手間取り寝るのが遅かったため、目が覚めたのは7時を回っていた。ゆっくりと起きてホテルのレストランで、洋食の朝食をとった。自分の部屋に戻り、昨日確認した内容を噛み砕いてわかりやすくイッセイ薬品の新貝社長室長に伝えるにはどのように話を持っていくかを考えた。ある程度方向性が見えてきたので、9時過ぎにホテルを出て、イッセイ薬品に向かった。イッセイ薬品には、出かける前に、会社経営について話をしたいと新貝社長室長に伝えてあったので、社長、2名の部長、と新貝室長の4名で話を聞くことになっていて、遠山が来るのを待っていた。

遠山は、イッセイ薬品に到着後、簡単な世間話のあと、本題に入った。

まず、最近の業界動向だが、コロナの影響が大きく、業界全体では増収となっているが、逆に、コロナの影響が大きくほかの医薬品の販売が伸び悩んでいるところもあり、コロナにかかわる医薬品を扱っているところは、増収となり、政府の援助もあることから利益も増益となっている。

従って、今はいかにコロナの飲み薬の認可をとって売っていくかが企業の業績に大きくかかわってきます。次に、政府が打ち出している2類から5類への移行による影響は、政府の負担が減り、個人負担が増えることになり、予防薬や、病院にかからないようにするための経口薬が必要になってきます。ですので、今、イッセイ薬品が取り組んでいる経口薬の開発は、医薬品業界の喫緊の課題となっています。一方、当社が売上を伸ばしてきた、コロナグッズの中で、マスクは、3月13日から政府が個人判断としたことにより、売上は大きくダウンすることが予想されます。ただ、感染防止の観点から石鹸や消毒液のニーズは高まります。加えて、今まで無料だった入院費用が3割とはいえ個人負担になることは、病院に行かずに自宅で熱を下げ、体力回復する医薬品の需要は増えると予想されます。

コロナの経口薬の特許については、申請は世界で数社ありますが、認可されるまでにはまだ時間がかかります。そのためにも、自分たちも特許申請を行うとともに、早期に製品開発を終わらせ、販売していくことが得策です。これができれば、当面のイッセイ薬品の経営は安定すると思います。

社長や部長から2、3の簡単な質問があったあとお礼の言葉があった。

その後、社長から、イッセイ薬品の検体であった遠藤貞夫についての話になり、警察はまだ犯人を絞り込んでいないようだと伝えた。

お昼になり、社長が用意してくれた昼食を食べてイッセイ薬品を出て、警察に行った。

松本警察署では、山田警部に昨日のお礼を言ったあと、その後何か進展はありましたか、と尋ねたところ、特に進展はないとのことであった。遠山は、昨日の確認した中で何か心にひっかかっているのですがなかなか思い出せないところです。山田警部は何か思いつくことがありますか？　私は、頭が弱いもんで思い当たらないのです。松本総合病院で頭の中を見てもらおうかなぁ。どの看護師さんにお願いしようかな？

山田さん、いいヒントをいただきありがとうございます。頭に引っかかっていたものが取れました。遠藤貞夫が山梨真美と付き合う前に、看護師と付き合っていたとセンコーイプソンの友達が言っていましたよね。そして、点滴の袋に界面活性剤を注入できるのも看護師ですよね。加えて、遠藤貞夫のスマホを持ち去ることができるのも看護師です。

もう一度、松本総合病院の看護師を当たりましょう。

山田警部は、そうか！　早速当たります。遠山は、山田警部、ちょっと待ってください。遠藤を担当した3人の看護師の中で遠藤との接点がある者がいるかがポイントですが、直接聞いても知らないと言うでしょう。今回は外堀から埋めていきましょう。他の看護師からこの3人が男性と付き合っていたかどうか、いたらどの男性かを確認していきましょう。

山田警部は、わかりました。早速他の看護師から聞き込みを行います。山田警部、できれば3人に気づかれないように聞き込みしてください。わかりました。

遠山は、松本総合病院に行き、田中純一郎医師に面談を申し入れた。たまたま、田中医師は休みに入るところで、面談に応じてくれた。

遠山は、松本総合病院で起きた、遠藤貞夫の不審死について、ねぎらいと早期解決を祈っていることを伝え、次の質問をした。

界面活性剤は、どんなもので、それが体内に入るとどのような症状を起こすか、この松本総合病院では、どんな時に使われ、どのような管理をされていたか、点滴の袋に注射針で注入できるタイミングはどんな時かを確認した。

界面活性剤は、分子内に水になじみやすい部分（親水基）と、油になじみやすい部分（親油基・疎水基）を持つ物質の総称。両親媒性分子と呼ばれることも多い。ミセルやベシクル、ラメラ構造を形成することで、極性物質と非極性物質を均一に混合させる働きをする。また、表面張力を弱める作用を持つ。石鹸をはじめとする洗剤の主成分である。

この界面活性剤が、高濃度で血管に入るとタンパク質から成る血管や臓器に作用して中毒を起こし、死に至ることもあります。この松本総合病院では合成洗剤など身近な製品や病院で日常的に保管している消毒液にも用いられています。保管場所はナースセンターに保管されていて、数量管理はされていません。この界面活性剤を、ナースセンターにある点滴袋に注射針で注入してテープで止めておくことはできます。

しかし、この場合は、その点滴が遠藤さんの点滴になるかは不明な状態です。次に考えられるのは、ベッドの横に吊るした時です。その後は、点滴をしている最中に注射針で点滴袋に注入する場合です。遠山は、ナースセンターにある点滴袋に注射針で注入しておく場合は、その点滴が、遠藤さんに処方することがわかっている場合に限られるということ。ベッドの横に吊るした以降に注射針で注入できるのは、担当看護師の滝沢しか考えられません。それは、監視カメラが他の看護師が立ち入らないことを証明しています。その滝沢は断じて自分ではないと主張し、その後も何も進展がありません、この旨を田中医師に伝え病院を出てホテルに戻った。

4月13日木曜日、遠山が朝食後の新聞を読んでいた時に山田警部から電話が入り、その他の看護師から事情聴取をしたところ、沢井看護師と滝沢看護師にはそれぞれ恋人がいて、友人の中には紹介された人がいて、そのお相手もわかりました。内藤京子については、恋人がいるのはわかったのですが、その彼を特定するには至っていません。わかりましたと言って御礼を言って電話を切った。

遠山はもう一度センコーイプソンへ行き、遠藤の友達に彼とお付き合いしていた人を知らないか聞いてみたが、付き合っていた人がいたことはほとんどの友達は知っていたが、社外の人だったので相手の人がどんな人かはわからないという回答しか得られなかった。最後に、恋人であった、山梨真美を呼んでもらい話を聞くことができた。山梨真美は、やっと落ち着きを取り戻したが、なんで遠藤が殺されなければならなかったのか、とすぐにそのことを考えてしまうと言っていた。遠山は、早く犯人を捕まえたいと言って、山梨さんが遠藤さんとお付き合いする前、遠藤さんは誰かとお付き合いしていなかったか、どんなことでもいいので教えてほしいと言って考えてもらった。

少し時間が経った時に、真美は、そう言えば、よく医者や看護師の話をしていました。医者は不倫が多く、先生はすぐ看護師に手を出す、とか、風邪にかかった時に飲む薬は市販薬より病院の薬のほうが安くよく効くとか、採血は常にやっていないと失敗する場合がある、というようなことを言っていたので、今思うと前の彼女は看護師さんではなかったかなと思います。

どこの病院かはわかりますか？

そこまではわかりません。

わかりました。どうもありがとう、と言ってセンコーイプソンを後にして警察に向かった。

松本警察署では、山田警部と打ち合わせして、今朝の警察からの報告や、山梨真美の話から内藤京子の犯人説が浮上した。そこで、内藤京子の事情聴取を行うこととした。

2人は、松本総合病院に行き、内藤京子と話をした。遠山は、亡くなった遠藤さんのアパートから、あなたへの思いを綴ったメモや旅行の計画書が出てきました、はったりで話を進めた。あなたは、遠藤さんが入院される前から知っていましたね。

はいそうです。

どうして最初から知っていたと言わなかったのですか?

ごめんなさいと言ったあと、泣き崩れた。しばらくおいて、内藤京子は次のことをしゃべり始めた。

内藤京子は遠藤と2019年に合コンで知り合い付き合い始め、2021年春頃から時々ホテルにも行くような間柄になっていたが、遠藤の勤務先のセンコーイプソンは、完全週休2日制で土日はいつも休みだったのに、内藤京子の病院は土曜日が出勤日で休みが取れなかったこともあり、2人の間は最近疎遠になりつつあった。さらに遠藤は最近は山梨真美と仲良くなり、仲間と金曜日の夜飲みに行き、一旦はみんなと別れて、その後、待ち合わせてホテルに行っているようだった。そんな中、遠藤からコロナにかかったので松本総合病院に入りたいと連絡があり、私が受け付けたように病院には伝え、入院手続きを進めた。入院をしたら、イッセイ薬品工業からコロナウィルスの経口薬の検体になってもらえないかと話が来て、本人も、早期に経口薬を完成させてほしいと検体になることを承諾した。その後、タカダ製薬や第三協和薬品からの検体の状況を知りたいと接触があった。そんな状況の中、ある日、遠藤のスマホに山梨真美から電話があり、たまたま、周りに人がいなかったので、遠藤は、俺の東京への人事異動の話は聞いているよね。真美は聞いているよ、一緒に東京に行くからね、と言って甘えた声で電話をしていた。この遠藤の転勤の話は3月下旬に遠藤から話があり、私はびっくりして聞いたのですが、遠藤からは私にも将来は東京に来てほしいというものでした。

私は、この電話の話を聞いて頭に血が上り、遠藤への怒りが頂点に達し、殺そうと思いました。そして、その夕方、トイレで点滴袋に注射針で界面活性剤を注入し注射針のあとはテープを貼り、他の人の点滴状況を確認、次の点滴の順番が遠藤であることを確認して、監視カメラに顔が映らないように点滴袋の保管場所に行き一番とりやすい位置に戻して帰宅した。

朝、出勤すると夜勤の滝沢看護師が遠藤の死を確認したところであった。担当看護師として現場に行き、点滴袋のテープをはがし、死体を検死室に移動させた。

内藤京子が話し終えると、山田警部は、そのまま警察に連れて行こうとしたところを、遠山は少し待ってといい、田中医師を探し簡単に事情を説明して、3人で警察に戻ることとした。

警察での事情聴取は、遠山が聞き取りした内容を重複するものであった。

遠山は、警察を出て、センコーイプソンに行き、総務部長に会い、遠藤が亡くなった事情を説明し、山梨真美と話をした。

遠山からは、今回の事件は、真美さんにとっては、悲しい出来事でした。遠藤さんが内藤さんとのお付き合いをきっぱり断ち切っていればこのような悲惨な事件にならなかったことが悔やまれます。真美さんはまだ若いのでこれからの人生を大切にしてください。と言って別れた。

次にイッセイ薬品工業に行き、間島社長と新貝社長室長に会い、今回の事件の概要を説明し、検体が亡くなったことは残念でしたが、マスコミに間違った内容で報道されなかったことが良かったとし、遠山からは、早期に、コロナウィルスの経口薬の認可をとって会社を立て直すよう依頼した。間島社長からは、経営コンサルとして適切なアドバイスをいただいた上に、当社の検体の不審死事件を解決しほんとうに感謝しています。ありがとうございます。くれぐれも、山西企業戦略総合研究所所長にもよろしくお伝えください。とのお言葉があり、会社を後にした。

最後に、松本中央署により、署長と面談した。署長より、遠山さん、今回も警察が恥をかくことを防ぎ、早期に事件解決していただきありがとうございます。伯父さんの大岡警察庁長官にもよろしくお伝えください。とのお礼の言葉をいただき警察を失礼した。

帰りに、研究所の皆さんへのお土産は何にしようかと迷ったが、みんなには「そばかりんとう」でいいや。典子には特別に、てまりやを探して「てまりん」を買った。

4月14日金曜日、研究所に出社してみんなにお土産を配ったところ、期待はずれとブーブーと言われた。休み時間に橋本典子にそっと「てまりん」を渡し、調査の御礼を言った。

所長室にも顔を出し、出張報告を行ったが、山西所長からは、今回もコンサルよりも探偵の仕事のほうがウェイト高かったね。でもありがとう。イッセイ薬品工業の間島社長からも丁寧なお礼の電話があったよ。

その後、出かけてくると言って警察庁に出かけ、大岡警察庁長官室に案内された。大岡長官から、今回も警察を助け、事件解決に協力してくれてありがとう。今後もたのむよ。

松本警察署の署長からもお礼の言葉があったよ。でも、金ちゃんもそろそろ嫁さんを見つけなくちゃね。がんばってね！　と言われ署長室を後にした。

自宅に戻り、遠山は、嫁さんを見つけるのは大変だなぁとつくづく思い、今回のケースを思い返し、二股は絶対にかけないことを誓った。

料金受取人払郵便

新宿局承認

2523

差出有効期間
2025年3月
31日まで
(切手不要)

郵便はがき

1 6 0-8 7 9 1

1 4 1

東京都新宿区新宿1－10－1

(株)文芸社

愛読者カード係 行

お名前《ふりがな》		明治 大正 昭和 平成 年生 歳		
ご住所《ふりがな》	□□□-□□□□		性別 男・女	
お電話番号	(書籍ご注文の際に必要です)	ご職業		
E-mail				
ご購読雑誌(複数可)		ご購読新聞 新聞		

最近読んでおもしろかった本や今後、とりあげてほしいテーマをお教えください。

ご自分の研究成果や経験、お考え等を出版してみたいというお気持ちはありますか。

ある　ない　内容・テーマ(　)

現在完成した作品をお持ちですか。

ある　ない　ジャンル・原稿量(　)

書　名				
お買上 書　店	都道 府県	市区 郡	書店名	書店
			ご購入日	年　　月　　日

本書をどこでお知りになりましたか?

1.書店店頭　2.知人にすすめられて　3.インターネット(サイト名　　　　　　)

4.DMハガキ　5.広告、記事を見て(新聞、雑誌名　　　　　　)

上の質問に関連して、ご購入の決め手となったのは?

1.タイトル　2.著者　3.内容　4.カバーデザイン　5.帯

その他ご自由にお書きください。

(　　　　　　)

本書についてのご意見、ご感想をお聞かせください。

①内容について

②カバー、タイトル、帯について

弊社Webサイトからもご意見、ご感想をお寄せいただけます。

ご協力ありがとうございました。

※お寄せいただいたご意見、ご感想は新聞広告等で匿名にて使わせていただくことがあります。

※お客様の個人情報は、小社からの連絡のみに使用します。社外に提供することは一切ありません。

■書籍のご注文は、お近くの書店または、ブックサービス(0120-29-9625)、セブンネットショッピング(http://7net.omni7.jp/)にお申し込み下さい。

銀座のお金のものがたり

みつぼし銀行銀座支店（東京都中央区の都市銀行支店）

主な登場人物

遠山金次郎……経営コンサルタント、警察庁特命調査官、遠山金四郎と二宮金次郎の末裔
大岡忠則……警察庁長官、遠山金次郎の伯父
山西裕一郎……企業戦略総合研究所コンサルタント所長
会田静子……企業戦略総合研究所同僚コンサルタント
橋本典子……企業戦略総合研究所事務員
山川裕一……みつぼし銀行銀座支店支店長
佐藤浩二……みつぼし銀行銀座支店融資課長
石井和也……みつぼし銀行銀座支店融資課担当
中谷正次郎……築地警察署警部
大嶋壮介……深川警察署警部
前野英一……前野建設社長
前野真一……前野建設専務（英二の長男）
前野健二……前野建設部長（英二の次男）
河北　誠……東京建設工業常務取締役
小杉清二……暴力団起誠会の幹部構成員

5年前、前野健二は、高校を卒業後、横浜や江ノ島、鎌倉を中心にバイクを乗り回し、仲間とともに暴走族の兄貴として、地域のやっかいものになっていた。2018年4月17日、1台の車を追い越したところ、クラクションとパッシングをしたため、20台のバイクで取り囲み、なんでクラクションをならしたか問い詰めようと車から降りろと威勢よく言った。車から降りてきた人を見て、健二は「これはやばい」と気がつき、仲間を制して、降りてきた人に対し、「これは、これは、稲吉会の小杉さんでしたか、大変失礼しました」と言って謝った。

小杉からは、「お前元気がいいのお」名前は何ていうのだ。

前野健二です。

前野健二だな、今日の落とし前はきっちりさせてもらうぞ、と言って車に乗り先に出た。

前野健二は、仲間に、あの人は暴力団起誠会の幹部で怖い人だ。あとで、何か言ってくるかもしれない。今日はおもしろくないから解散だ、と言って仲間と別れた。

2日後、居酒屋で飲んでいたところ、チンピラ3人が来て、顔をかせと言ってきた。

3人についていくと、マンションの一室に連れて行かれた。そこにいたのは、おといの起誠会の小杉で、「先日は失礼しました」と言ったが、小杉は、「俺は数十台のバイクに囲まれ怖い思いをした。ごめんなさいで済むと思うなよ」

健二は「どうしたらよいでしょう」と言った。

「それはだな、俺はお前が嫌いではない、俺たち起誠会の仲間になれ。さもなければ、お前の仲間を一人ずつ謝らせてやるかどっちかだ」

健二は、「わかりました、起誠会の仲間になります」と言って、小杉の子分となった。その後、小杉の指示でパチンコ屋やキャバレーで働いていたが、3年経った頃、父親の前野英一から、「健二もいつまでも定職につかず、遊んでばかりいるんじゃない、真っ当な働き口がないなら、うちの会社に入れ」と言われ、会社に入った。その後、健二は、前野建設で働き始め、肩書きも部長の肩書きをもらった。

会社勤めが落ち着いてきた頃、チンピラが来て、小杉の兄貴から健二を連れて来いと言われてきたと言った。健二はしかたなく、少し出かけてくると言って会社を出たが、夕方まで戻ることはなかった。夜、兄の前野真一が健二の家に行くと、健二がキズの手当てをしているところであった。どうしたのかと真一が尋ねると、なんでもない、けんかしただけだ、もう大丈夫だからと言って、真一を帰した。次の日の朝も健二は会社に出社するが午後4時頃、またチンピラが来て、健二は先に失礼すると言って、チンピラと出かけた。

この日も、兄の真一は心配になり、健二の家に行くと、昨日と同じように殴られたところをシップ薬を貼っていた。さすがの真一もこの状況を見てただ事でないと感じ、健二に何があったかをただした。健二は、泣きながら、「兄貴、申し訳ない、俺は、起誠会の組員になってしまったんだ」真一は、なんかそんな気がしたんだ。どうすれば抜け出せるんだ。今、それを起誠会の幹部に相談しているんだが、認めてもらえないんだ。真一は、わかった、俺が相談に行ってくる。と言って場所を聞いた。翌日、真一は、起誠会の事務所に行き、健二の兄であることを伝え、小杉に会った。真一は、小杉に会から抜ける方法を教えてもらいたいと言ったが。小杉は、それは無理だ、1億円積めばなんとかなるがね。真一は即座に小杉さんわかりました。1億円積みます。それで健二を解放してください。小杉は、自分で言ってしまったことを反省しつつ、じゃあ、1億円、耳を揃えて持ってこい。真一は、わかった、と言って事務所を後にした。

前野建設に帰った真一は、社長室に行き、父親である英一に事の次第を話した。英一はそうか、わかったと言い、1本電話を入れた。相手は、東京建設工業常務の河北だった。英一は、河北に、「河北さん、今日はお願いで電話した。理由を聞かず1億円貸してください。返済は、事業で必ずお返しします」河北はわかりました。明日お届けします。と言って電話を切った。英一は、真一に、明日1億円用意するから、必ず、健二を起誠会から抜けさせてくれ、頼む。

翌日、真一は1億円持って起誠会の事務所に行き、小杉に渡し、小杉から起誠会からの破門状をもらい会社に帰ってきた。社長室に入り、英一社長、健二の3人で話をして、健二に対し起誠会からの破門状を見せ、これからは、この前野建設の事業に精を出し頑張れといって家族の絆を深め、今後の事業発展を期した。

このことがあってから2年間は、前野建設の事業も順調に推移し、業容も拡大していった。

当然ながら、東京建設工業との取引も増加していった。しかし、3年目に入り、取引銀行のみつぼし銀行銀座支店の佐藤浩二融資課長と石井和也融資担当とが会社に来て、英一社長の次男で今この会社の部長をやっている健二が反社会的勢力の起誠会の組員とわかったので、今までのような取引はできない。新たな貸出は難しく、今ある貸出金も期限には返済してほしいとの話であった。英一社長と真一専務は、何！ そんなばかな、健二は3年前に起誠会から破門されたと言って、銀行の方針を撤回するように求めたが、みつぼし銀行には本社審査部からの指示で撤回はできないと言われ、英一社長と真一専務は、みつぼし銀行銀座支店に行き、山川裕一支店長に面談を申し入れたが、来客中で会えないという回答があった。それでは、来客が終わるまで待ちますといって、ロビーの椅子に腰掛けた。時間が午後3時を過ぎ支店のシャッターが閉まってもロビーで待っていた。この間銀行側は、支店長に会わせるかどうかでもめていたが、支店長自らが、俺が会うと言って支店長室に2人を通すよう命じた。支店長室に5人が座り、前野建設の真一専務が、貸出できない、返済しろとはどういうことか説明してください。と言うと、支店長は、みつぼし銀行は、反社会的勢力と関係のある取引先とは、取引できません。このことは金融庁からのお達しで、本部の融資部からの命令でもあります。

銀行は昔も今も、暴力団や総会屋の反社会的勢力と取引しているじゃありませんか？

ですので、これからは、反社会的勢力とは取引しないことにしたのです。

健二は、今は部長ですが、部長をやめさせればよいのですか？

いやいや、健二さんは英一社長の次男ですよね。反社会的勢力の家庭とみなされます。

じゃあ、どうしたらいいんですか。

銀行としては、取引できないとしか言えません。

このあと、同じことを数回繰り返して話をしたが、らちがあかないとして、前野親子はあきらめて帰った。

春から夏に向かう少し蒸し暑くなってきた5月14日日曜日、遠山は気仙沼から来た友人と豊洲の中央卸売市場の見学に行った。魚市場は活気にあふれ、おいしそうなマグロのトロやうに、あわびが並べてあった。今夜の酒のつまみにと刺身を買って市場を出た。

豊洲の駅の周りは、大規模開発が盛んで、大規模工事現場が数箇所あった。友人と東京の建設業はまだまだ建設需要があっていいですねといった会話をして自宅に向かう地下鉄に乗った。

友人は、気仙沼の方は、震災復興で一時は建設業も盛り上がったのですが、少し落ち着くと、やはり、人が少ないので厳しい状況が続いていると思いますよ。と言っていた。

5月15日月曜日、企業戦略総合研究所に出社したところ山西所長から呼び出しがあった。

所長室に行くと、山西所長は、遠山さんは、以前、谷田薬品工業の事件でやくざとの取引の経験があるよね、今度の依頼会社もやくざに関係していてね、うちの研究所では、やくざに立ち向かうコンサルタントは遠山さんしかいないのでまたお願いしたいけどいかがですか？

ええ！　やくざですか？　私も苦手なんですが。

金ちゃん、まあ、そう言わずにお願いしますよ。

で、どんな会社ですか？

前野建設という銀座の建設業の中小企業です。何でも、東京建設工業の下請けをやっていて、業況はなんとか毎年利益計上はしているが、この会社でやっかいなことが起きているみたいなんだよ。会社は、前野英一社長が設立して40年の会社で、英一の長男の真一が専務で次男の健二が部長をやっていて、社員は総勢26名の会社なんだよ。問題はだね、次男の健二が、３年前までやくざで、暴力団起誠会の元構成員ということがわかったんだよ。そしたら、取引銀行のみつぼし銀行銀座支店が、前野建設は反社会的勢力との関係があるとのことでこれ以上融資はできないと言うんだよ。すでに、前野建設はみつぼし銀行銀座支店から６０００万円の借入があり、それも、返済してくれと言うんだよ。そんなの急に返済しろと言われても無理なのはわかっているのに返済してくれとしつこいんだよ。ほかの銀行から借りてもいいので返済してくれと言うんだよ。ほかの銀行といっても取引はほとんどないので、申し込みに行っても、なしのつぶてらしいよ。でも、東京建設工業は、前野建設に下請け工事を委託したいと思っていて、今回の依頼は、東京建設工業の河北常務からの依頼なんだよ。そうですか。東京建設工業さんには、当研究所もたいへんお世話になっているので断るわけにいきませんよね。わかりました。前野建設に行ってみましょう。

金ちゃん、行ってくれるかね。ありがとう。

所長室から出て自分の席についたところで、同僚の会田静子と橋本典子事務員が席まで来て、遠山さん、今度はどこに出張ですか？　北ですか？　南ですか？

お二人さん、残念でした。今回は東京です。

なぁんだ、東京ですか？　じゃあ、おみやげありませんね。

2人が席に戻ったあと、遠山は、東京建設工業の河北常務に電話を入れ、アポイントを翌日10時にとった。

5月16日火曜日、遠山は、日本橋にある東京建設工業の本社に出向いた。東京建設工業は東京証券取引所のプライム銘柄で従業員が3000名の準大手の建設会社である。

受付で河北常務にアポイントしてある旨を伝え、応接室に案内された。

応接室で、お茶を飲みながら少し待っていると、背広姿の河北常務が来て、初対面の挨拶や、日ごろから企業戦略総合研究所を利用していただいている御礼を申し上げた。

河北常務からは、いえいえこちらこそお世話になっていて、また今回はやっかいなお願いで申し訳ないと、丁重な申し出から話は始まった。

河北常務からは、東京建設工業と前野建設は長いお付き合いの中、助け合ったり助けたりして今日の取引基盤を作り上げてきたもので、新たに、前野建設のようなフットワークのよい建設業者を探すとなると大変です。で今回は前野建設の次男とやくざを切り離すことと銀行取引を正常に戻すことが課題かと思っているとの説明があった。

その後、河北常務とともに前野建設に行き、前野英一社長と真一専務を紹介してもらった。前野英一社長からは、最近の銀行はひどいことをすると銀行批判がまず飛び出してきた。確かに健二は3年前にやくざの仲間であったが、起誠会とはきっぱり縁を切ったので、何でこんな仕打ちに遭わなければいけないのかと強い憤りを言葉にした。この日は、挨拶程度で遠山は引き上げた。

5月17日水曜日、遠山は直接前野建設の会社に行ったところ、会社内があわただしかった。何事かと社員に聞いたところ、前野健二が亡くなったとのことだった。自宅がどこか確認し、担当の警視庁築地署に行くことにした。

築地署で警察庁特命調査官のカードを見せて、署長に面談を申し入れした。すぐに、署長室に案内され、署長に面談した。署長からは、日頃の警察業務へのご協力に感謝します。大岡長官は元気ですか？　などの話があり、ところで今日は、何かありましたか？

遠山からは突然すみません。昨日、前野健二という人がこの築地署管内のマンションで死亡したのですが、その件でお伺いしました。

では、少し待ってください。と言って刑事課に電話を入れ、前野健二死亡の担当者にすぐ署長室に来るよう命じた。しばらくして、署長室に、担当の中谷ですと言って入ってきた。

署長は、遠山に向かって今回の担当は中谷警部ですと紹介してくれた。署長、中谷警部に教えてもらっていいですか？　署長から、中谷警部、この遠山さんは、大岡警察長長官の甥ごさんで、過去に、警察が解決できない事件を何件も解決してくれている方で、警察庁特命調査官です。いろいろと説明して協力してもらってください。中谷警部はわかりました。と言い、会議室に移動した。

会議室では、遠山は、私は警察庁特命調査官でありますが、本業は、経営コンサルタントです。今回、前野建設のコンサルタントを行うことになり、会社に着いてみればこの件で大騒ぎでした。人が死んだということなので、急遽警察にお寄りした次第です。

続いて、中谷警部から次の現状報告があった。

亡くなったのは、前野健二で前野建設の前野英一社長の次男です。これからの話は親の英一から聞いた話です。

健二は子供の頃から気が荒く、バイクに乗るようになってからは、バイク仲間を作り暴走族のようなことをやって、健二はそのトップをやっていた時期があり、その時、起誠会幹部の小杉の車を取り囲んではやし立てたんだが、車から降りた人を見て、これはまずいといってすぐに謝ったそうだが、後日、起誠会のチンピラが迎えに来て、起誠会の事務所に連れて行かれ、起誠会の組員にさせられたそうだ。最初の頃は親の英一も知らなかったが、チンピラが会社に来るようになっておかしいなと思っていたら、ある日の夜、長男の真一が健二の自宅に行ったところ、殴られて痛々しい健二を見てどうしたかを聞いた。喧嘩したと言っていたが、それが2日も続いたので、真一が問い詰めたところ、起誠会の組員になって、やめたいと申し出したが、受け入れてもらえなかった。そこで、真一が起誠会に乗り込み健二を組員から抜ける方法を聞きだし、それが1億円だったそうだが、英一が知り合いに頼み1億円を用意して渡し、起誠会の破門状をもらったそうだ。しかし、それが2~3年経った時また会社にチンピラがときどき来ていた。これとは別に、前野建設は取引銀行のみつぼし銀行銀座支店から、家族に反社会的勢力の者がいるということで、今後の融資はできなくなり、今ある融資残高6000万円もすぐに返せと言われていた。そんな中で健二は自殺したんだ、と言っている。

警察の捜査状況は次の通りです。

前野健二の遺体が自宅マンションで見つかった。発見者は妻の良子で、居間の椅子から崩れ落ちてフロアの上で仰向けに倒れていた。発見時間は5月16日夜の23時30分でその時には健二の息はすでになかった。死体の近くには割れたウィスキーグラスが床に落ち水が広がっていた。良子はすぐに警察に連絡して事件が発覚した。

通報を受けた警視庁築地署の捜査員が、健二のマンションに急行。現場検証した時点では、健二が一人で寝る前にいつも飲むウィスキーに青酸カリのようなものを入れて飲んだ自殺ではないかと思われた。

捜査を進めると、毒物は青酸カリでなく、亜ヒ酸であることがわかった。亜ヒ酸は和歌山カレー事件でも使われた毒物である。また、前野健二は暴力団起誠会の元構成員で、やくざから足を洗おうとしていたことが判明し、しばらくは音沙汰がなかったが、最近、やくざと居酒屋にいたことが判明したため、起誠会から狙われた可能性も出てきた。

しかし、亜ヒ酸の入ったビンは、机の中にあったことや、グラスが1つであったことから自殺が濃厚と警察は見ていた。

しかし、自殺だと遺書があると思われるが見当たらない。自殺するのにお刺身のつまみがあるのも不思議だ。最近の本人の活動も仕事に熱心に取り組んでいて落ち込んでおらず、昨日会社を出る時は、営業担当と次の日の行事予定を打ち合わせていて、自殺するとは会社にいた人は誰も信じられないと言っていた。

現在の状況は以上です。

なるほど、今は、自殺か暴力団がらみの殺人かというところですね。わかりました。また何か進展がございましたら教えてください。といって警察を後にして自宅に帰った。

5月18日木曜日、前野建設の会社に行ってみたところ、会社は営業していて、社員と真一専務が出社していた。専務と話をしたところ、遺体が明日返ってくること、それに伴って通夜を20日の土曜日に行うことを決めたと報告があった。遠山はさりげなく、真一に、健二さんがどうして亡くなったかを聞いてみた。真一は、俺やお父さんに迷惑をかけたことを重々反省していて、それが、最近またやくざと会っていることから、これ以上迷惑をかけられない、また、銀行から借入ができなくなり返済しろと言われているのが自分のせいだとわかっているので自殺したんだと私は思っている。と言った。

遠山は、最近、健二さんがまた暴力団と付き合っていたことはご存知でしたか？と真一に尋ねたが、真一は知らないと言った。

遠山は、築地警察署の中谷警部に電話して、最近、健二と付き合っていた暴力団がだれか確認してほしいと依頼した。その結果は、3時間後に中谷警部から電話で、暴力団起誠会の小杉の子分でまだチンピラの三木純太だと教えてもらった。普段の居場所も教えてもらったが、自分一人で行ってもまともな相手をしてくれないので、翌日、中谷警部に同行を依頼し了解を得た。

この日はその後、亜ヒ酸の知識を得ようと、パソコンや書籍に目を通したいと思い企業戦略総合研究所に行った。

自分の席に座るとすぐに、会田静子と橋本典子がやってきて、遠山さん、大丈夫ですか、やくざとけんかすることはないですか？　心配しています。と会田静子が言えば、殴られたりしてケガをしたらすぐに介抱に行きますからね、と橋本典子が続けた。遠山は、大丈夫ですよ。そんな危ないまねはしませんからね。と言って2人を安心させて調査に入った。

亜ヒ酸は、三酸化二ヒ素As_2O_3を水に溶かした時（20℃の水100ミリリットルに2・0グラムまで溶ける）生成するとされる酸H_3AsO_3。ホウ酸と同じ程度の弱酸。亜ヒ酸塩は多く知られているが、遊離の酸は得られていない。塩酸酸性溶液から硫化水素によって黄色の硫化ヒ素As_2S_3を沈殿し、アンモニアを加えると亜ヒ酸塩となって溶解する。この反応は亜ヒ酸イオンの定性分析に用いられる。酸性溶液では安定であるが、アルカリ性では酸化されやすくなる。弱アルカリ性溶液でヨウ素によって定量的にヒ酸に酸化されるので定量分析に用いられ、有毒。三酸化二ヒ素を無水亜ヒ酸と俗称することがある。またさらにこれを単に亜ヒ酸とよぶことがあり、日本薬局方でも亜ヒ酸としてAs_2O_3＞99・5％と規定してある。ヒ素化合物として農薬の原料となるほか、ガラスの色消しや、変質剤、補血剤などとして医薬品に用いられる。猛毒で致死量は0・1グラムとされているが、活性炭やコロイド状の鉄などに吸着されるので、これらが解毒剤として用いられる。とネットでは出ていた。

遠山は、具体的に今回の事件ではどこから、どのように入手して毒薬として活用したか今のところは想像もできなかった。

5月19日金曜日、9時に中谷警部と三木純太が住んでいる北千住の駅で待ち合わせて、三木純太のアパートに行った。三木純太は眠たい目をして何ですかとドアを半開きにして顔を出した。警察のものだが、少し話を聞きたいといったところ、着替えるから待ってといい、着替えをして出てきた。3人で近くの公園に行き、話を聞いた。

遠山から、三木さんは前野健二さんを知っているよね。それとまだ暴力団起誠会の組員ですか？

ええ、知っていてまだ組員です。

前野健二さんが亡くなったのはご存知ですか？

ええ、聞きました。それで来られたんですか？　私は何もやっていませんよ。

早とちりしないでください、三木さん、今日お話を聞きたいのは、最近、前野健二さんにお会いになっていますよね、居酒屋で。

ええ、あれは亡くなる2日前の夜、新橋の居酒屋で2人で飲みました。それが何か？

健二さんは、起誠会から足を洗っていますよね。何で会ったのですか？

確かに、健二さんは起誠会から足を洗っています。健二さんに会った理由は、私は、健二さんが組員だった頃の弟分で、健二さんを兄貴のように慕っていました。そして、俺も彼女ができ、ガキもできたので、起誠会から足を洗いたいと思い、兄貴が足を洗った方法について教えてもらいに会っていたのです。この時、兄貴から聞いたのは、家族の援助があったので足を洗えたと言っていました。あとは、最近の近況を話し合っただけです。

遠山は、そうでしたか、今、起誠会がまた健二さんを元に戻そうというような動きはないのですね。

ええ、それは無いと思います。刑事さん、兄貴は自殺したんですか？　俺が会っていた時、近況報告したが、思い悩んでいる様子は無かったですがねえ。

そうですか。わかりました。ありがとうございます。と言って、三木と別れた。

北千住の駅に向かう途中で、遠山は、中谷警部に、三木はうそをついているようには見えませんでした。起誠会との関係の捜査は当面見合わせたほうがよいかもしれませんね。中谷警部も私もそのように思いました。そうすると、自殺の線が強くなりましたね。といって地下鉄千代田線でそれぞれに分かれた。

次に、遠山はみつぼし銀行銀座支店に行き、前野建設の担当者に面談依頼をした。出てきたのは、担当の石井和也といい、融資課の名刺を差し出した。

遠山は、このたび、前野建設のコンサルタントを引き受けた、企業戦略総合研究所の者ですといって挨拶した。

担当の石井は、今は課長も支店長も出かけていていません。と言った。

遠山から、前野建設の件では、融資ができなくなり、さらに、融資済の資金も返してほしいとのことですが、どうしてでしょう。

石井は、それは、経営者の身内に反社会的勢力の者がいる場合、取引はすぐに解消することが決まっているからです。

遠山は、わかってはいるものの、「それはどこに書かれているのでしょうか」

石井は、「融資する場合には、銀行取引約定書を融資先からいただくのですが、そこに書かれています」

遠山は、そうですか、それで、誰が反社会的勢力の者だったんでしょうか？

前野健二さんです。元暴力団起誠会の組員だったとわかりました。

みつぼし銀行は前野健二さんが亡くなったのはご存知ですね。

ええ、知っております。

そしたら、前野建設に反社会的勢力の者がいないということで、今までどおりの取引でいいのですね。

今、それを確認しているところです。

わかりました。それでは確認が取れ次第会社あてにご連絡ください。と言って失礼した。

その後、企業戦略総合研究所に寄って整理仕事を行って、自宅に帰った。

翌5月20日土曜日の朝、テレビをみていたところニュースの時間になり、そのニュースの中で、佐藤浩二、みつぼし銀行銀座支店融資課長が殺害されて東京湾で見つかったと報道された。遠山はあやうく見過ごすところだったが、みつぼし銀行銀座支店と聞いて、昨日行った銀行だと思い直し、注意深く内容を確認した。

佐藤浩二は、豊洲市場の近くの東京湾で頭を鉄の棒のようなもので殴られ殺害されていた。死亡時刻は、昨夜の21時30分で、犯行場所は近くの建設現場に隠れた人気の無い場所で、殺害後すぐに東京湾に投げ入れられた。発見者は、豊洲市場の仲買人で、タバコを吸いに出たところ人が浮かんでいるのを発見した。警視庁深川警察署は、殺人事件として捜査本部を深川警察署に設けた。との報道であった。

深川警察署では、殺害現場の特定、周辺の聞き込み、佐藤浩二の家族・友人、職場のみつぼし銀行銀座支店の関係者を重点的に捜査するように捜査本部が決定した。

その日の夕方、遠山は深川警察署長に警察庁特命調査官であることを説明して、捜査報告会に参加させてもらうように依頼して参加した。

殺害現場の特定は、豊洲のラピースビル20階建ての工事現場で、人が多く通る通りからはちょうど裏にあたり、夜は薄暗い場所だった。現場には、殺害に使った金属の棒も近くにあり、指紋は手袋をしており検出できなかった。倒れた場所には血痕もあり、殺害現場はすぐに判明した。足跡は、工事現場の足跡が多数残っていたが、革靴とカジュアル靴の足跡はわかったが、市販されているもので履いている人を靴から特定するには、難しいとの報告であった。所持品は、財布とスマホは抜き取られたか、海の中に落ちたかわからないが無かった。

本人の胃の中から、亡くなる前は居酒屋に行き、ビール、やきとり、餃子などを食べていたことがわかった。家族や友人、職場の聞き取りを行った担当に報告を求めた。

周辺の聞き込みは、殺害時間が21時すぎということで、繁華街からはずれているので人通りはまばらで、これといった情報はいまのところ出ていません。佐藤浩二の家族に会ってきた担当から、夫人は泣き崩れて話がほとんどできない状況で、妹さんが付き添っていて、妹から話を聞きだしました。その内容は、佐藤浩二は42歳、子供は13歳の男の子と10歳の女の子がいて、男の子は、重度の心臓病をかかえていて入院中で、海外でしか手術ができない。手術には3000万円がかかるとのことでした。10歳の女の子は親の近くにいました。妹の話では、浩二は、愛知県の私立大学を卒業後みつぼし銀行に入り、4つの支店を回って融資課長になり、銀座支店は、みつぼし銀行の中では大きな支店で、家族は将来を期待していたところでした。人柄は温厚ではあるが、ある程度はがまんできるが、度を越えると何をするかわからないという性格もあるとのことです。最近、誰かとけんかしているとかトラブルはなく心配事は息子だけだといっていました。友人は、高校、大学のテニス仲間が名古屋にいるそうで、4人の住所も教えてもらいました。今、愛知県警に確認を依頼しているところです。

東京には、銀行の友人が何人かいますが、そのうち特に親しいと聞いていた目黒に住む友人に聞いて来ましたが、やはり息子の件では悩んでいましたが、それ以外は特に聞いていないとのことで、ここ3ヶ月会ってもいなく電話もしていないそうです。

最後に、みつぼし銀行銀座支店に聞き込みに行った刑事から次の報告があった。

山川裕一支店長に確認したことを冒頭に説明があり、佐藤浩二は、銀座支店着任後1年を経過したところで、銀行の方針に則り、自分の職務を全うし優秀な行員だとのことです。支店内の職務は、お客様への融資業務の課長をしていて、部下は8人とのことです。基本的には業務上でのトラブルは特にありませんが、銀行の本部から、融資先の1社の経営者一族に反社会的勢力、実際には暴力団起誠会の元構成員がいたことがわかり、融資はストップ、今ある融資残高も回収するように指示が出て困っていたとのことです。その会社は前野建設で現社長の次男で会社では部長をされていた方が暴力団起誠会の元構成員だったそうです。

銀行内の人間関係は営業課長とのライバル関係はあるものの、殺人につながるような関係ではないとのことです。

家族関係は、妻と長男・長女の4人暮らしで、目黒のアパート住まいです。佐藤浩二は家族思いで近所では優しいお父さんというイメージがあるそうです。ただ、先ほども話が出ていましたが長男が重い心臓病で海外での移植手術でしか助からないらしく、費用は3000万円がかかると言われているそうです。

一通りの説明が終わり、追加の説明、質問、意見がないか確認のあと、引き続き担当業務を捜査するように指示が出て解散となった。

捜査本部解散後、遠山は、深川警察署署長室に入り、署長と同席した大嶋警部と話し合いをした。遠山からは、今の捜査本部の考えを尋ねたが、まだはっきりしないが、財布やスマホがないことから物取りの犯行ではないかとのことであった。怨恨の線も確認したが今のところはわからないとのことであった。

遠山は深川警察署を出て、みつぼし銀行銀座支店に向かった。銀行の支店長にお悔やみの挨拶をして、次の質問をした。

佐藤浩二さんは、亡くなられて退職金・弔慰金はどれくらい出るのでしょうか？

支店長は約４０００万円です。これで長男のアメリカでの心臓移植が可能となります。

遠山はそれはそれでよかったですね。もうひとつ教えてください。佐藤浩二さんは融資課長として前野建設の担当だったと聞きました。どんな方法で前野建設の社長と交渉したか教えてもらえませんか。

それでしたら、交渉は担当の石井和也と一緒に行っていますので、石井君から聞いてください。と言って、石井を支店長室に呼びだした。

遠山は、石井に対して、前野社長にどのような方法、話し方で融資ができないことや、今ある融資残高を返済するように迫ったのですか？

石井は、ほとんど、佐藤課長が交渉してくれて、社長の次男健二氏が暴力団起誠会の元構成員だったことから、反社会的勢力に関係する先とは取引できない。すぐに返済してください。と厳しく言いました。前野社長はむっとして、今まで問題なくやってきたのに急にそんなこと言われても困るとの一点ばりでした。

遠山は、佐藤課長は、取引を元に戻すための解決策について何か言っていませんでしたか。

石井は、思い出すように考え、健二さえいなくなればいい、というようなことを言っていました。

遠山は、いなくなるとはどういうことですか？

石井は、この世からいなくなるということです。

遠山は、死ねと言ったんですか？

石井は、そこまでは言いません。いなくなればいいということです。

わかりました。いつまでに返せとか、いつ返せるのか、などの期限は切っていたのですか？

いいえ、前野社長も「待ってください、納得できない」としか言わず。交渉は平行線のままです。

その後、佐藤課長の動きに気になるようなことはありませんか？

そういえば、亡くなる5月19日に、人に会うので先に失礼すると言って定時にその日は帰りました。

人に会うと言って帰られたのですね。誰だかわかりますか？　どこに行くかもわかりませんか？

いいえ、誰と会うのか、どこで会うのかはわかりません。

ありがとうございます。と言って銀行を出て、その足で、佐藤浩二の自宅に向かった。

自宅には、浩二の奥さんがいて、ここでは、警察庁特命調査官のカードを見せて話を聞くことにした。

遠山は、たいへん失礼な言い方ですみませんが、今日、みつぼし銀行銀座支店の支店長にお会いして聞いてきたところ、ご主人の退職金・弔慰金が出て、ご長男のアメリカでの心臓移植手術ができるようになりそうだとお聞きしました。この件は良かったと思いますが、犯人のめぼしはまだついていません。そこで奥さんに確認したいのですが、ご主人が亡くなる5月19日に誰かと会うとかどこかに行かなくてはというようなことを話していませんか？

ええ、何も言っていませんでした。

最近、ご長男の移植手術について何か言っていませんでしたか？

そういえば、亡くなる前日、移植手術代は俺がなんとかするようなことを言っていました。

具体的に、何をどうするとかは話していなかったので、また、夢物語を言って、へんな期待を持ちたくないので、すぐ忘れていました。

そうでしたか。犯人につながるようなことで気になることはないか確認したが、特にないということで、佐藤浩二の自宅を出た。

遠山は深川警察署に行き佐藤浩二が亡くなる5月19日に誰かと会うと言って出かけています。誰に会いに行ったか捜査を大嶋警部に依頼した。

そこで、特に関係者に当たることを提案し、関係者のリストをホワイトボードに書き始めた。

書かれた名前は、佐藤浩二の奥さん、銀行の山川裕一支店長、石井和也担当、融資先の前野建設の前野英一社長、前野真一専務、念のために暴力団起誠会の幹部構成員小杉清二も当たることとした。

聞き取り調査を行う場合は、特に、死亡時刻の5月19日の21時30分前後のアリバイ調査を重点的に行うこととした。

5月21日日曜日、この日は会社が休みなので、9時頃深川警察署に出向いてみた。昨日の関係者に当たった結果が出揃っていたので確認した。

まず奥さんは、この時間には自宅に居て、子供と一緒だった。特に証明する人はいなかった。

山川裕一支店長は、お客さまとの接待で新橋の料亭にいたことが確認された。石井和也は同僚3人と同じく新橋の居酒屋にいたことが確認されている。前野建設の前野英一社長は横浜のレストランで2人と会食していることがわかり、前野真一専務は、この日は22時まで会社で仕事をしていて、部下2名が一緒に仕事していたことを証明した。起誠会の小杉清二は、何で俺を取り調べするのかとしつこくいやみを言われたが、銀座のバーで飲んでいたことが証明された。

この結果を受けて、大嶋警部と相談したが、誰に会いに行ったかはわからないことが証明されたと2人で残念がった。

遠山は、深川警察署を出て、築地警察署の中谷警部を尋ねた。

その後、何か進展はありましたか？

中谷警部から、その後、いろいろなことがわかりました。

亜ヒ酸ですが、ビンを調べていったらずいぶんと古いものであることがわかりました。最近買ったものではなさそうです。指紋もついていなく手袋をはめて取り扱っています。しかしおかしいのは、そのビンに健二の指紋がついていません。おつまみのお刺身はヒラマサでスーパーにはあまり出ていないもので、ゴミ箱も探しましたがスーパーで買ってきたものでなく、誰かにもらったものだとわかりました。

遠山は、そうすると、今から自殺しようとして、手袋をはめて亜ヒ酸のビンからグラスに亜ヒ酸を入れて、ヒラマサの刺身をおつまみに自殺したということですか？少しへんですね。

中谷警部は、続けて、健二の亡くなった日5月16日の行動がわかりました。会社を

16時に出て、家の近くのラーメン屋でラーメンを食べて、16時50分頃に自宅に戻り、17時頃に誰かが来て30分くらいで帰っていった。何でもその人は釣りに行く時よく持っていくクーラーボックスを持っていたと近所の人が見ていました。

それは、つまみがスーパーでなく釣ったヒラマサに合いますね。その人は誰かわかりましたか？

今、道路の監視カメラなどで確認中です。

中谷警部と話をしている最中に、監視カメラを確認していた刑事が、クーラーボックスを持った男が、ちょうど17時頃、健二の自宅近くを歩いていた画像を見せにやってきた。

画像を確認するとそれは、父親の前野英一社長だった。

中谷警部は、重要参考人として前野英一を緊急手配するよう指示を出した。

中谷警部と遠山は、前野英一が犯人だと仮定して、犯行動機は何かを話し合った。

遠山から、前野健二は、暴力団起誠会の組員になったことで、前野建設が銀行から融資が受けられなくなったこと、やっと抜け出した暴力団とまた会っていたこと、このままでは、健二のために、前野建設がつぶれてしまうことを恐れて、父である英一が息子殺しをすることにしたのではないかと話した。中谷警部も、遠山さんのおっしゃる通りだと思います。

と2人の意見は一致した。

遠山は中谷警部に対し、殺害方法はどう考えますか？

中谷警部は、亜ヒ酸をどこから調達したのかがわかりませんね。それに、毒をどのようにしてウィスキーグラスに入れたかも謎です。

遠山は、自殺ではないので、毒が入っていないと思いウィスキーを飲んだということは、ウィスキーに毒を入れたか、氷か水に毒を入れたかになりますが、どれだと思いますか？

ウィスキーに入れるなら飲みかけのウィスキーがあればよいのですが、ない場合、口が開いているウィスキーでは不思議に思うでしょうね。水も時間がたてば生ぬるくなり、自分で注いでいないのでこれもおかしいと思うでしょう。そしたら氷かもしれませんね。クーラーボックスで氷を運んだと思いますね。

しばらくして、前野英一が重要参考人として取調室に入った。取り調べは中谷警部が行い、まず、5月16日の行動について質問した。

英一は、すでに調査済みと理解し、自分がクーラーボックスを持って健二のアパートに行ったことを認めた。次に、どんな話をしたかを確認したところ、最近、また暴力団と話をしたと聞いたが、どうなっているのかと問い詰めたが、暴力団にいた時の弟分が暴力団を抜けだしたいと言ってきたので話をしただけだと聞いた。また、暴力団にかかわるのかと心配したがそれは違っていて一安心したところだ。

どうしてクーラーボックスを持っていったのか、それは、伊豆で魚釣りをしてヒラマサが釣れたので刺身で食べさせようと持っていったんだ。それが何か悪いことでもあるのか？

今の話を聞く限り、健二が自殺するような話ではないように思われますが、英一社長は健二さんの死をどのように考えていますか？

健二は自殺したんだと思っています。それはおかしいですね。今の英一社長の話では自殺するように思われません。

もうひとつ不思議なことがありますが、健二さんが亡くなったのは亜ヒ酸を飲んで死んだんですが、その亜ヒ酸が入ったビンに指紋がふき取ってあって、手袋をはめてビンから注いだにもかかわらず、手袋は部屋から見つかっていません。つまり、これらを総合的に判断すると、健二さんは自殺でなく、他殺だと判断せざるを得ません。

そして、自殺でない場合、ウィスキーのビンの口が開いていない場合は亜ヒ酸を入れようがない。またウィスキーのにおいが好きで、注ぐ時にはよくにおいを嗅ぐくせがあると飲み屋のママが言っていました。水は、生ぬるくなり自分の入れたものかペットボトルのものしか入れないと思うし、健二さんはそもそも水割りでなく、ロックがお好きと聞いています。そうなると、亜ヒ酸入りの氷を健二さんの冷蔵庫の氷に入れておいたのではないかと思っています。違いますか？

英一は、それは警察の絵空事で私には関係ない。証拠があるのか、あったら見せてみよと言って開き直った。

取調室から出てきた中谷警部にご苦労様、とねぎらい、なかなか落ちませんねと言ってこの日は自宅に帰った。

自宅の風呂の中で、今回の2つの事件をつなげて考えてみた。すると、前野英一を犯人とした場合、すらすらとストーリーが見えてきた。

やはり、前野健二を亜ヒ酸で殺害したのは、父親の前野英一で、動機は、暴力団から切り離し、前野建設を銀行と正常な取引にするためにこの世から消えてもらった。

一方、みつぼし銀行銀座支店からは、反社会的勢力との取引はできないと厳しく言われ、銀行の若造になんでこんなことを言われなければならないのかと頭にきていたところに、たぶん、みつぼし銀行銀座支店融資課長の佐藤浩二が、健二を殺害したのは、英一社長だと脅しをかけたのではないか、佐藤浩二は、息子の心臓移植に多額の金が必要で、金を奪おうとしたのではないか、そして殺された。

この筋書きだと、佐藤浩二を殺害したのも前野英一となると連続殺人事件になる。しかし、この事件の流れを見ると、殺害現場が前野建設の工事現場であることなどから、前野建設の関係者であることが窺える。

もう一度、5月19日の21時30分前後のアリバイ調査を見直す必要がある。

風呂から出て、深川警察署と築地警察署の両署長に電話を入れたが、2人とも帰ったあとで、中谷警部と大嶋警部に電話して、連続殺人の可能性がある旨を伝えた。

5月22日月曜日、深川警察署に行くと、大嶋警部から、築地署に連続殺人事件の捜査本部の立ち上げを検討中との報告があった。

遠山は、前野英一の5月19日の行動をもう一度確認するように依頼した。

先日の確認では、前野英一は横浜のレストランで食事しているのが確認されたが、もう一度具体的に確認してください。

午後にこの調査結果が報告された。前野英一は横浜のレストランで21時20分までレストランにいたことが確認されているが、その後21時40分頃までトイレに行くといってなかなか帰ってこなかったことをレストランに同席したものから話があった。

大嶋警部は、21時30分頃には英一は横浜にいたことになると、英一には佐藤浩二は殺害できないことになります。と遠山に言った。

遠山は、21時20分から21時40分に姿を消したことに疑問を持った。大嶋警部、殺害現場は豊洲の前野建設の工事現場で殺害され、その後東京湾に沈め、翌朝、豊洲市場の近くで、水死体で発見されたのですよね。

大嶋警部は、そうですが。

遠山は、殺害現場を、豊洲の前野建設の工事現場に特定した理由は何ですか？

大嶋警部は、工事現場に争った跡があり、その場で佐藤浩二の血痕も見つかったからです。

遠山は、横浜のレストラン近くに前野建設の工事現場がないか確認してくださいと大嶋警部に依頼した。

大嶋警部から指示を受けた刑事は、前野建設に電話して出た事務員に、工事現場の情報を聞きだした。結果、横浜のレストラン近くに工事現場があることがわかり、遠山と大嶋警部はその横浜の工事現場に急行した。現場には工事トラックが入るスペースがあり、レストランからは2〜3分の距離だった。遠山は大嶋警部に依頼してこの工事現場に血痕が残っていないかと、豊洲の現場と同じ材質のパネルがないか調査するように依頼した。加えて、前野建設のトラックについて佐藤浩二の血痕が残っていないかも確認依頼した。

午後になり、結果が出て大嶋警部から報告があった。

やはり、横浜の工事現場からと、前野建設のトラックから佐藤浩二の血痕が出てきた。

そして前野建設の両現場には同じパネルが使用されていて、血痕がついたパネルと死体をトラックに載せて夜中に横浜の工事現場から豊洲の工事現場に移し、その後東京湾に沈めたと結論づけた。

これをもって、深川警察署と築地警察署は連続殺人事件として築地署に捜査本部を設置した。

築地署に重要参考人として取調室に入っていた前野英一に対し、深川警察署の大嶋警部は、横浜で佐藤浩二を殺害したのはあなただと判明したことを告げた。横浜の作業現場とトラックの中で佐藤浩二の血痕が見つかったことで、前野英一は観念し事件の真相を話し始めた。

事件の発端は、みつぼし銀行から反社会的勢力との取引はできないとのことで、前野建設がつぶれてしまうと危機感があった。健二さえこの世にいなければという、みつぼし銀行の佐藤融資課長の話も後押しし、健二を殺すことを考えた。

私は、2年前の11月、あるお客様の依頼で、個人病院の解体に携わることになり、旧病棟の解体を進めていた。その中に、医療器具や薬品はほとんど出されていたが、棚の奥に、ひとつのビンが残っていた。ビンの表示には砒素で、毒薬、危険と書かれていた。

すぐに捨てることもできず、とりあえず持ち帰ることとした。もう、古い病院でここ2年ほど病棟としては使われていなかったため、薬品の管理はできていなかった。砒素は和歌山カレー事件でも殺害に使われたことを思い出し、この砒素で殺害することを考えた。

どのように砒素を飲ませるかいろいろ考えたが、健二は毎晩ウィスキーをロックで飲むので、砒素入りの氷を作り、自分がグラスに入れて飲めば、自殺に見せかけることができると思い、自宅で砒素入り氷を作り、健二の家の冷蔵庫に入れておけば健二が自分でグラスに入れて飲むだろう。死因が砒素とわかった場合どこからグラスに注いだかが問題になるので、残った砒素をボトルごと健二の机の中に指紋を拭いて入れておいた。

健二の家に行く口実として、釣りに行ってきたように装うため、ヒラマサを築地市場で仕入れクーラーボックスに砒素入り氷とビンとともに入れて健二の家に行った。健二からは珍しいねと言われたが、違和感なく健二の家を出た。

その夜、健二は砒素入りの氷でウィスキーのロックを飲み亡くなった。亡くなったことが判明してからは、驚きとともに父親としての悲しみの態度をとった。

ところが、5月18日の夕方、みつぼし銀行銀座支店融資課長から変な電話があり、前野健二さんを殺したのはお父さんの英一社長ですね。私、わかったんです。と言って、次の内容のことを話してきた。

みつぼし銀行銀座支店融資課長の佐藤浩二は、5月16日火曜日、前野建設の前野健二から暴力団起誠会からの破門された経緯を聞こうとして17時に前野健二の自宅に向かった。前野健二の自宅には、先に一人の男が、釣りから帰ってきたようにクーラーボックスを持って立っていた。すぐに父親の前野英一とわかった。部屋の中から前野健二が出てきて部屋に入れたのを見て、佐藤浩二は、今日は健二から聞きだすことをあきらめることにした。

しかし、その後、前野健二が自宅で砒素を飲んで死んだと聞き、前野英一が暴力団とのつながりがある健二をこの世からいなくなるように殺したことを確信した。と言っていた。

私は、佐藤浩二が何を望んでいるかを確認したところ3000万円を口止め料でよこせとのことだった。そこで一旦電話を切り、対策を考え、19日21時30分に横浜で待ち合わせ殺すことを考えた。横浜の前野建設の工事現場近くに呼び出し、お金はトラックに載せてあると現場まで佐藤浩二を連れて行き、バッグを渡し開いている時に後ろから鉄パイプで殴り殺害した。死体はトラックの荷台に放置しレストランに戻った。22時すぎにレストランの会合がお開きになったあと、トラックを豊洲に運び、豊洲の前野建設の工事現場に血の着いたパネルなどの資材とともに死体をおろし、その後死体を海に沈めた。

と犯行の経緯を話した。

遠山は、前野建設に行き、前野真一専務に会い、警察の捜査結果を報告した。大変残念な結果になりました。みつぼし銀行とは取引しにくいと思いますので、東京建設工業常務の河北さんに相談して新たな銀行と取引したほうがいいかもしれませんね。といって、お役に立たなかったお詫びをした。

前野真一専務からは、健二の殺害は、親父ではないかとうすうす感じていました。最悪の結果になってしまいましたが、ここから私ががんばって前野建設を復活させてみせます。と心強い言葉をいただき、遠山は少しは安堵した。

その後、東京建設工業の河北常務に会いに行き、今回はお役に立たなくてすみません。とお詫びの言葉を言ったが、河北常務からは、難しい事件を解決していただき感謝しています。

社長が犯人とは残念な結果だったが、これが事実だからしかたないですね。でも前野建設はこれで暴力団との関係は断ち切れて、前野真一専務が会社を立ち直らせるでしょう。

遠山さんありがとうございました。と感謝のことばがあった。

次に向かったのは、築地警察署で、先に11時から連続殺人事件の捜査本部解散式が行うので出てほしいと言われていて、解散式の式場に入ると、築地、深川両署長も来ていて、解散式が始まった。両署長から、職員の活躍もあったが、今回は、遠山さんの力添えがなければ、もっと解決に時間がかかっていたでしょう。と2人から感謝の気持ちが伝えられた。

警察を出たあとは、企業戦略総合研究所の山西所長に結果報告に行き、すでに東京建設工業の河北常務から連絡がいっていて、今回もご苦労さまでした。でも暴力団とけんかしなくてよかったね。そうなんですよ。最初は暴力団がらみの殺人事件かとひやひやしていましたが、そうではなくよかったです。その他の苦労話を話したあと所長室を出て皆さんお疲れ様といって自分の席に着いた。着くと同時に、同僚の会田静子と橋本典子事務員が来て、暴力団とのけんかはどうだったの？　どこもケガしてないみたいだけど。

遠山は、私は紳士なので暴力団とはケンカはしていません。

そうなんですか、金ちゃんは今回は何か役得はあったの？

そんなもんは、ありませんし、あてにもしてません。

なあんだ、つまんないの！　と言って2人とも自分の席に戻っていった。

その日の夜、伯父の大岡警察庁長官から電話があり、また、大活躍したんだってね！築地と深川の両署長からお礼の報告があったよ。金ちゃんはたのもしいな。これからもよろしくと言われ電話を置いた。

その夜風呂に入りながら事件を考えてみたが、今回の事件では事象は自殺に見えなくないが、動機の面で自殺の目はなく、これは他殺だと最初から感じていた。初動捜査の中で、仮説がいろいろと出てそれがだんだんと絞り込まれていくのだけれど、その最初のひらめきが大事だなあとつくづく感じた。

南の島の悩みごと

石垣島ホテル（沖縄県石垣市の観光ホテル）

主な登場人物

遠山金次郎……経営コンサルタント、警察庁特命調査官、遠山金四郎と二宮金次郎の末裔
大岡忠則……警察庁長官、遠山金次郎の伯父
山西裕一郎……企業戦略総合研究所コンサルタント所長
会田静子……企業戦略総合研究所同僚コンサルタント
橋本典子……企業戦略総合研究所事務員
大浜孝之……石垣スイートホテル社長
砂川章一郎……石垣南国旅館社長
平良幸四郎……八重山警察署警部
下地康雄……石垣市海洋植物保護委員会会長
山崎将太……居酒屋八重山の店主
黒島あかね……黒島レストランとスナックあかねのママ

石垣市海洋植物保護委員会

気候温暖化の影響からか、沖縄のサンゴが少しずつ減っていくのが、海に潜るたびに感じてきたと、潜水漁師のことばがやけに頭に残っていた。今日の石垣市の海洋植物保護委員会での市が招待した、漁師代表のことばであった。この会の飲食店代表として参加した居酒屋八重山の店主山崎将太は、海洋植物保護の必要性を感じていて、ホテル進出は反対の立場であった。

大手ホテルチェーンの石垣スイートホテル社長の大浜孝之は、この会に参加して、石垣市の発展や進出してからの海への流出するものは、一旦、ホテル側で浄水してから海へ流すので、既存の中小ホテルから直接海に放出されるものと比べると格段にきれいな水である。石垣島に観光に来られる観光客も大手ホテルチェーンがあると安心して島に訪れることができるので、石垣市とともに win win の関係ができます。と力説した。

しかし、反対派は住民を巻き込み反対勢力を増大させていた。

石垣スイートホテル大浜社長は、このままでは石垣島にホテルを建設することができなくなると思い、グループ本社に相談した。

翌日、グループ本社から連絡があり、企業戦略総合研究所に相談し、コンサルタントが近いうちに石垣島に行くことになった旨連絡があった。

石垣島への出張依頼

6月8日木曜日、東京は梅雨に入り、鬱陶しい毎日が続いていたが、この日は梅雨の中休みで晴れて暑い日差しが差し込み、濡れていた植物から湯気が出そうな湿気が多い朝だった。

遠山金次郎は、いつものように、企業戦略総合研究所の自分の席に座り、業務開始の9時まで新聞を読むことにした。新聞には、石垣島に大手ホテルチェーンの進出が地元住民の反発で難航している記事が出ていた。しばらくしたところで、事務担当の橋本典子がお茶を持ってきて、遠山さん最近は出張無いですね。と言った。

遠山は、ああ、無いほうがいいね、こうして典ちゃんとお話できるからね。

それを聞いていた、同僚コンサルタントの会田静子が、遠山さん、お話できるのは典子さんだけですか？　と言って絡んできた。

遠山は、会田さんも最近出張ないですね。今は予定あるのですか？

いえ、今はないです。

9時を過ぎたところで、山西裕一郎企業戦略総合研究所コンサルタント所長から呼び出しの電話が入った。

所長室に入ると山西所長から、おはよう、やっと今日は梅雨が晴れたね。梅雨はじめじめしていやだねぇ。金ちゃんもそう思うだろう。

ええ、まあ、とにごして答えると、山西所長はこの時期梅雨がないところはいいよね。そう思わない？　金ちゃん。

遠山は、そうすると、梅雨がない北海道ですか？　とわざとかまをかけてみた。

山西所長は、残念でした。今度は南の島です。

遠山は、ほう、沖縄ですか？　それも石垣島だったり。

山西所長は、まさにその通り。と言って話し始めた。

大手ホテルチェーンのスイートホテルが今度、石垣島に進出することを計画しているんだが、地元の反対で進出が難しくなっているんだ。そこを何とか進出できるよううちの研究所に助けを求めてきたんだ。だから、今回は企業の業績建て直しでなく、進出サポートだよ。

遠山は、今朝、新聞で見ました。大手ホテルチェーンというのはスイートホテルだったのですね。地元では相当反対があるようですよ。私が行っても解決できるでしょうかね？

山西所長、スイートホテルは、うちの研究所も会議場の利用でお世話になっていて、ことわりにくいんだよ。やれるだけやって、できなければあきらめればいいよ。お金はたっぷりともらったんで、サポートとして2人つけてもいいよ。

遠山は、所長がそんなに言うなら行きますが、結果はどうなるかは、わかりませんよ。

山西所長、わかったよ、よろしく頼むよ。

所長室から出て、自分の席に着くと同時に橋本典子と会田静子が席に来て、遠山さん、今度はどちらに出張ですか？　と声を揃えて聞いてきた。

今度は、南の島の石垣島だよ。会社は石垣スイートホテルです。

2人は、石垣島……いいなぁ、私も行きたいな。と同時に言った。

遠山は、2人とも、石垣島に行きたいの？

2人は、当然でしょう。今は梅雨でなく、海がきれいでしょうね。

遠山は、今回予算に余裕があるので3人で行っていいと言われているんだけど一緒にいきますか？

2人は、えぇ、行きます。

では、6月12日月曜日に行きましょう。ホテルは、スイートホテルの系列ホテルを3部屋予約します。会田さんは、石垣島を中心とした海洋汚染問題について、橋本さんは、石垣島にあるホテルなどの宿泊施設と飲食施設の会社情報を集めてくださいと依頼した。

2023年6月12日月曜日、遠山は、普段より早く起きて、いつもの具沢山の味噌汁と鯵のひものと納豆で朝ごはんを食べ、8時に羽田空港に向かった。待ち合わせは、ANAの受付カウンター前にしてあり、そこに行くと、もう先に2人は来ていた。

出発便はＡＮＡ６５５便で羽田を11時35分フライトで石垣着が14時45分であった。

３人は時間があったのでＡＮＡラウンジに行き、遠山は朝からビール小とおつまみを頼み、女性２人は焼き魚の朝定食を食べ、コーヒーを飲みながら事前打ち合わせを行った。

会田からは、石垣島で起こっている環境問題と海の現状の報告があった。

石垣島の現状

環境問題のはじめとして赤土の流出があります。

沖縄の島々では、まとまった強い雨により開発現場や農地などの赤土が崩れ、川や海に流出して水を濁らせます。こうした現象は、沿岸海域のサンゴ礁生態系を破壊し、水産業や環境産業にも悪影響を及ぼしています。

そもそも赤土とは何かというと、赤土は石垣島では国頭マージと言われ、水が入り込みにくく、強い雨が降ると雨水の多くが土壌表面を流れて崩れやすいという特徴があります。

次に海洋汚染の問題があります。

沖縄県の調査によると、2010年3月に沖縄県の海岸で確認されたごみの量は、8640立方メートルで、ごみ袋に換算すると28万7987袋でした。

これは海岸に流れ着いただけの量なので、海面に浮遊していたり海底に沈んでいたりするごみを考えると、想像もできないような量になってしまいます。

こういった海洋ごみは、次のような問題を引き起こします。

①美しい景観を損なう

海洋ごみが増えることで、美しい景観が損なわれます。これにより、きれいなビーチがあることで知られている沖縄への観光客数が減少してしまう可能性もあるのです。

②回収が難しいところにごみがたまる

林の奥やマングローブ、海の底や海中の洞窟などに一度ごみがたまってしまうと、回収するのは容易ではありません。ごみがたまったままになると植物の光合成を阻害したり、動物の生活環境を悪化させたりします。

③ほとんどが分解しない

海洋ごみの多くは、分解しないプラスチック製品やその破片です。したがって人間が回収して処理しない限り、ずっと環境中に残って海を汚染し続けてしまいます。

④なくならずに海やビーチに広がる

プラスチックは紫外線や高気温で劣化するほか、海を漂流している間に岩にぶつかったり海岸を転がったりすることで、どんどん小さく砕けていきます。そして、小さくなればなるほど回収は難しくなります。これにより、海岸や海に生息する海鳥や魚などがエサと間違えて食べてしまう可能性も高くなるのです。

⑤動物に影響を与える

これまでに、海洋ゴミが原因で死んでしまった動物がいます。1997年には、弱ったイルカがエサである魚を捕まえられず、浮いているビニール袋などのごみを食べてしまいました。さらに2008年には、ウミガメがごみの障害物で海に戻れなかったことが報告されています。

次は生態系の変化です。

沖縄の生態系に関する主な問題に、外来種の侵入があります。近年外来種が増え始め、もともと生息・生育する動植物や生態系への影響が懸念されています。

加えて、国内外来種（国内の他地域から人為的に持ち込まれた動植物）の生息域の拡大や繁茂などによる影響も懸念されています。

たとえば、沖縄の人造湖ではボタンウキクサやホテイアオイなど、干潟では本来離島にしか生息しないヒルギダマシの繁茂や分布域の拡大に伴い、生態系への影響や水質などの環境悪化を引き起こしています。

次に、石垣島の海の現状です。

石垣島の海では、オニヒトデの発生や高水温によるサンゴの白化、サンゴの減少などの問題が起こっています。

まずオニヒトデですが、１９７０年代以降、サンゴを食べるオニヒトデが大量発生しました。オニヒトデは太平洋やインド洋に分布し、大きいもので直径50㎝程になります。１匹で、年間5～13平方メートルのサンゴを食べると言われています。

１９９０年代に入ってしばらくはオニヒトデが減少し、サンゴが回復する兆しが見られましたが、１９９０年代末から再びオニヒトデが増加し、食害による被害が見られました。

オニヒトデが大量発生した原因は明らかになっていません。しかし、自然に発生したという推測のほか、人為的な要因で沿岸域に流出した過剰な栄養塩（生物の生命を維持するうえで必要な主要元素）が、オニヒトデ幼生のエサとなる植物プランクトンを増やし、その結果大量発生につながったという推測がありま す。

高水温によるサンゴの白化現象もあります。

地球温暖化の影響により海水温が上昇すると、サンゴと共生する褐虫藻とよばれる藻類が体内から喪失します。その結果、サンゴが透けて白く見える「サンゴの白化現象」が起こります。

この状態が長く続くと、サンゴは褐虫藻から栄養を受け取れずに死滅してしまうのです。サンゴの白化は高水温が主な原因ですが、低塩分や紫外線、強い光や低水温などのストレスも原因になることがあります。

次はサンゴの減少による影響です。

サンゴ礁は全海洋の0・2％しか占めていませんが、海洋生物の4分の1から3分の1がそこに生息するといわれており、海の幸に恵みを与えてくれています。

多様な生物が生息できる、魚などの食べ物が取れる、観光地となる、激しい波を防ぐ防波堤としての役割を果たす、豊かな生態系であることから、さまざまな研究に役立つ、サンゴでできた石灰岩を、建築や農業などに活用できるなどです。

サンゴが減少すると生態系が崩れ、こういったさまざまな恩恵を受けられなくなってしまいます。

この現状から私たちができることを考えてみると、沖縄の自然は、そこに暮らす人々や観光客にとって大切なものです。

しかし、豊かな自然は現在危機的な状況に置かれています。沖縄の環境問題を悪化させずに解決するため、普段の暮らしの中で私たちができることを考えて実行しなくてはいけません。

石垣島を中心とした海洋汚染問題については以上になります。

次に、橋本から、石垣島にあるホテルなどの宿泊施設と飲食施設の会社情報について報告があった。

総面積は2万2915ヘクタールで、人口は4万7637人、世帯数は2万2033世帯です。総事業所数は3212事業所で卸売・小売業が最も多く783事業所で、製造業が201事業所、建設業が194事業所と続きます。宿泊施設の件数は413軒です。飲食店数は537店舗です。

「星の島」「スターアイランド」とも呼ばれる石垣島は、国際認定されている88個ある星座のうち84個が観測でき、南十字星など南半球の星々も見られる国内屈指の星空スポットです。2018年にはその美しさが評価され、竹富町全域と西表石垣国立公園が国際ダークスカイ協会による国内初の「星空保護区」に国際認定されました。前浜の海には、2008年頃まで中国―台湾のクリアランス船が停泊していて、煌々とした灯りを眺めながら綺麗だなと思っていたんですが、船がいなくなって見た美しい星空に驚き、地元ではこの星空は観光資源になりえるものだと思い取り組んでいます。他のエリアでも取り組まれていなかった星空をテーマにしたコンテンツに着目。2013年に新石垣空港が新設されたこともあり、星空をテーマにした石垣島のPRキャンペーン実施や、観光協会による星空ガイドの育成といった時期的な後押しもありました。

ありのままの美しい星空と豊かな自然に囲まれたホテル周辺への環境に配慮するため、取り組んだのが「光害」対策です。「光害」とは、照明器具から出る光が目的外の方向に漏れたり、必要のない時間帯に光があることで起こる弊害のことで、新棟建設時にはホテル全体の照明は全て光害に配慮した計画が立てられました。敷地内にある街灯には傘をかけ、空に向かって光が放たれないようにしたり、フットライトは足元だけを照らし、上方向に灯りが漏れない製品をチョイスしています。また、廊下のダウンライトは壁面に寄せた位置に配置し、照度は壁からの反射を利用するなど、照明器具の配置や選定にも工夫しています。さらには建物設計にもこだわり、屋内の灯りが外に漏れないよう屋根を長く持たせたほか、通常ホテル建物の上部に配されるロゴマークも夜間は灯りで照らされることから、取り付けないことに決定したホテルもありました。

石垣島は、八重山観光の拠点となる島で、ダイビング産業などのマリンツーリズムが盛んな島です。離島フェリーターミナルからは、竹富島、西表島、小浜島、黒島、鳩間島、波照間島の各離島への高速船やフェリーが出ており、アイランド・ホッピング（島と島とを結ぶ短い旅行）が可能です。だから、島巡りだけで長期滞在も可能な島なのです。

「令和2年石垣市入域観光推計表」によれば、入域観光客数は、年々増加傾向にあり、2019年には過去最高の147万1691人となっています。このうち、国内観光客（香港、台湾等からの空路を利用した数も含む）が約111万人で、クルーズ船や海外LCC路線などを利用して来島した外国人観光客が約36万人でした。翌年の2020年は、コロナの影響で入域観光客数は64万4838人となりました。

観光消費額は、観光客1人あたり6万円から7万円です。内訳は、空路で県外から来た観光客が石垣島滞在中に8万5982円を消費し、県内から来た観光客が4万2422円を消費し、香港などの海外から空路でやってきた外国人観光客が11万9521円を消費し、クルーズ船でやって来た外国人観光客が1万8441円を消費しています。クルーズ船の外国人観光客の観光収入が少ない理由は、1日限りの短時間滞在

（5時間とか8時間など）で、宿泊はなく、飲食と移動、お土産にかかる金銭しか落とさないためです。２０１９年の観光収入が９７７億円であったのに対して、ＣＯＶＩＤ‐19がパンデミックを引き起こした２０２０年４９５・８億円となり、前年比では約半分となっています。コロナ禍でわかったことは、石垣市は「観光依存度は意外に高い」ことで、２０１５年の市内総生産の約８・３％が飲食店であったが、その他畜産や農業、漁業、お土産や工芸品など、これらの業種が連鎖的に観光につながっていることでした。

そこで、石垣市は、独自の施策として、①「感染防止ありがとうキャンペーン」と、②石垣ファンマーケット（石垣市が運営するＥＣサイト）を利用して特産品の販売を行いました。「感染防止ありがとうキャンペーン」は、ＣＯＶＩＤ‐19感染拡大で、旅行中止を余儀なくされた全国の旅行者を対象に行われました。該当する観光客に対して、石垣島の特産品を抽選でプレゼントしました。石垣市で予算を組み、事務費用２５００万円でYouTubeやインスタなどのＳＮＳで宣伝を行いました。コロナを理由に旅行を取りやめた観光客に対して、毎月当選１００本、石垣牛など５０００円分相当の市特産品を当選者に送ったそうです。特産品製造販売事業者支援と将来の誘客を狙った施策として展開したそうです。

②は、急激な需要の落ち込みで大量の在庫を抱えた特産品事業への支援策です。インターネットでサイトを開き販売する。出店料は無しで登録料金3000円かかるというものです。送料は石垣市が負担し、送料の予算1000万円を用意して使い切ったら、終わりという企画でした。焼き物、マヨネーズなど購入総額1500円以上で送料無料となる。送料は1件約3000円であるが、市が負担することで、購入者は送料が無料となった。沖縄に住んでいるとわかるが、インターネット通販などは、「送料無料」を販売店が謳っていても、沖縄県の場合「離島料金」がかかり、結局送料込みだと高額になってしまうので、石垣市の送料負担は、土産物業者にとっても、購入者にとっても利点がありました。

コロナ禍の石垣島独自の施策として、③感染予防協力金が挙げられます。2020年と2021年に、市の予算6000万円を用意して、市と感染防止協定を結んだ宿泊事業者が実施した感染対策費用を負担するものでした。

④緊急事態宣言下にあった市内の観光業者への需要喚起と次世代の観光人材作りの両面を狙った支援策として、石垣市の約1300人の高校生にクーポン3万円分を2021年2月から配布しました。取得率70%から80%と高く、石垣島の高校生ほぼ全員に行き渡りました。市の予算4000万円を使い、体験ダイビングやシュノーケリングなどマリンツーリズムなどでクーポンを使ってもらった。これは、マリンツーリズムを行う業者を含む観光事業者への救済措置です。

⑤「あんしん島旅プレミアムパスポート」の発行は、ワクチン接種証明書やPCR検査陰性結果証明書、抗原検査陰性結果書類を持参して、石垣空港にやって来た観光客に対して配布したものです。国や県からの補助金なしで、石垣市の予算を使い、事務費用2000万円を組んで、パスポートを配布しました。

ホテルの倒産は外資系の2つでありました。ホテル稼働率は、2021年の非常事態宣言下で、20%から30%でした。非常事態宣言が明けてから3ヶ月を経た12月は、稼働率50%から60%に回復しています。2022年はコロナの感染者が増加したり減少したりを繰り返しましたが、2023年になり、感染は落ち着きを取り戻し、政府も、3月からはマスク着用は自己判断にしていますので、観光客の回復が期待されます。

遠山は、いやぁ、静子さんも、典子さんも短い間によく調査してくれました。ありがとう！　といって感謝した。

さて、そろそろ機内に向かいますかといってＡＮＡラウンジを出た。

3人は機内に入り、予定通り、11時35分に飛行機はテイクオフした。

飛行機は予定通り石垣空港に14時45分に到着した。

石垣島に到着

空港には今日から泊まるスイートホテルの系列ホテルの石垣ビーチサイドホテルの者が迎えに来てくれていた。

空港のビルから出て車に乗る時、まだ、日差しが強く暑さを感じた。

典子が、やはり暑いですね、でも東京みたいに湿気があまりなく過ごしやすそうですねと言った。でも、急に天候が変わってシャワーのような雨が降る場合があると聞いていますので気をつけましょうね。と静子が言った。

車で10分程度走らせたところにホテルはあり、ホテルに入ったところで、大浜孝之石垣スイートホテル社長が挨拶に来た。よく来ていただいたこと、このホテルが系列ホテルであること、などの案内のあと、明日、9時にまた来ますので、このホテルの会議室で今回の依頼目的と背景など説明します。今日はゆっくりとお過ごしください。と言って各自の部屋に送り出してくれた。

18時に部屋の電話がなり、夕食の案内があった。

3人はレストランの片隅に席を取り、バイキングなので、各自好きな食べ物をトレイに載せ運んできて食べた。

食事のあと、ラウンジに場所を変え、少し明日以降の話をして部屋に戻ることにした。

遠山はジントニック、女性2人はカクテルを飲みながら、簡単に明日以降の話をした。

明日、9時にスイートホテルの大浜社長がここに来るので、ここの会議室で、今問題になっていることを聞くことになった。我々の活動はそれを聞いてからの話になると2人に伝えた。

6月13日火曜日、朝、3人はホテルのロビーに集合した。そこに、スイートホテルの大浜社長が来て、会議室に案内され着席した。

大浜は、冒頭、石垣島に来ていただいたことの歓迎の内容の話のあと、本題に入った。

スイートホテルグループは、この石垣島に、系列ホテルはあるものの、直営のホテルがまだありません。この石垣島は、八重山諸島の中核的島で、観光を中心としたビジネスが急成長しているところです。加えて、中国の台湾併合問題のため、この島を中心に防衛拠点の充実が予定されています。従って、この島への来島者が増えるのは確実です。そのため、グループとしては是が非でもホテルを建設したいと思っています。しかし、この石垣市には海洋植物保護委員会があり、環境問題を厳しくチェックしているところで、このスイートホテルの開設に反対しているのです。特に反対の態度を強硬にしているのは、下地康雄石垣市海洋植物保護委員会会長、砂川章一郎石垣南国旅館社長、山崎将太居酒屋八重山の店主の3名です。

反対の理由は、これ以上人間が島を開拓したら、海洋汚染につながり、サンゴが減る等環境悪化が加速するといって、ホテル進出に反対しています。

しかし、この中の山崎将太居酒屋八重山の店主には、私の方から、ホテルのお客様に優先して居酒屋八重山を紹介する旨を伝えたら、寝返ると言っていました。この切り口から反転攻勢をかけたいと思っています。

私が、企業戦略総合研究所の山西さんに依頼したのは、なんとかこの反対派を抑えて、ホテルを開設に導いてもらうことをお願いしました。

そして、さしあたり、確認してほしいのは、下地康雄石垣市海洋植物保護委員会会長と砂川章一郎石垣南国旅館社長この2人の反対している本心を聞き出して、反対を抑える手立てがあるかどうか確認してもらいたいのです。

遠山は、大浜さん、ありがとうございます。わかりました。2人もわかったよね。

急に振られた2人は、ええぇ！　今のこと私たちがやるのですか？

遠山は、そうですよ。男性の本心を聞きだすのは女性のほうがいいでしょう。よろしく頼むね。それと、寝返った山崎将太さんですが、寝返ったとしたら反対派が黙っていないのではないですか？

大浜は、多少の軋轢はあると思いますが、それはやむを得ないです。

遠山は、それでは、もうひとつ教えてください。それは、スイートホテルがこの石垣島に進出することが、この石垣島にとってほんとうにいいことなのかです。我々の交渉が石垣島の皆さんにとって不都合である場合は、自信を持って交渉できないですからね。

大浜は、今現在、私たちが石垣島にホテルを建設することに対し、石垣島の皆さんにとって不都合なことはないと思っています。

それは、環境問題や海洋汚染の問題ですが、私どもは、汚染水は浄化して海に流しますし、廃棄物は、ちゃんと分別して処分しますし、食べ残しや残渣については、地元の酪農家と契約して石垣牛のえさとして活用します。大気汚染については、エアコンなど電気は使いますが、二酸化炭素などは多くは排出しません。強いて言えば、電気の使用量は増えますが、太陽光発電も併用しますので、既存の太陽光発電がまったくないホテルよりは、トータルで見れば少ないです。このようなことから、反対派が主張している環境問題、海洋汚染問題はないと思っています。

遠山は、なるほど、と言って、大浜にお礼を言った。

居酒屋八重山の店主の殺害

昼になり、3人で街中のレストランで食事をとることにして、大衆レストランに入って、各自好きなものを注文して食事をしていたところ、テレビのニュースで、今朝、石垣港から少し出たところで、人が浮かんでいるのを、観光船の船員が見つけ、警察に連絡、すぐに警察が船を出して死体を回収したところ、居酒屋八重山の店主の山崎将太と判明した。昨夜22時30分頃、ナイフで刺されたあとに石垣港の先端から海に投げ込まれたと警察は見ているとの発表があった。死因はナイフで刺された痕があり、これが致命傷とのことであった。

このニュースを見た典子は、あの山崎将太という人は、今朝、大浜社長が話していた、反対派で寝返った人じゃないですか？

遠山は、そうですね。また、殺人事件に巻き込まれそうですね。静子は、また、遠山さんの出番ですねと言い、警察から詳しい話を聞かなくてはいけませんね。と言った。

食事が終わったあと、遠山は八重山警察署に向かった。典子と静子は、予定通り、遠山から指示されたことの調査に着手することとした。

遠山は、八重山警察署に行き警察庁特命調査官のカードを見せて署長に面談したいと伝えたが、受け付けた若い刑事は、カードをよく見ないで、署長は忙しいので会えないよと、確認もとらずに言って、何の用事？　と聞き返してきた。

今朝、石垣港で見つかった死体の件ですが、と言ったところで、刑事から、あんた関係者？　それとも何か情報を持ってきたのかと言われ、いえ、何もありません。それじゃ帰ってください。情報でしたら夕刊に載りますのでそれを見てくださいと言われた。

私は、警察庁特命調査官だけど……と言っても、ダメダメの繰り返しで埒が明かないと思い帰りがけたところ、ひとりの刑事が、どうしたの？　と言い合っていた2人に声をかけてくれた。もう一度警察庁特命調査官のカードを見せたところ、声をかけてきた刑事が、「あっ！　これはすみません。申し訳ございません」と丁重に謝ってきて、すぐ署長に連絡を取ってくれた。すると、すぐに署長が来て、これはこれは遠山様、挨拶が遅れましてすみません。こちらへどーぞ、と署長室に案内された。

署長室では、今日はどんなことでしょうか？

遠山は、実はこの石垣島に来たのは、スイートホテルがこの石垣島に進出することに対して反対をしている人がいて、スイートホテルに頼まれて進出のお手伝いをすることになり、こちらに来ました。そしたら、昼のテレビで、山崎将太さんの事件が報道されていたのでびっくりして、八重山警察署に来たのです。実は、山崎将太さんはホテル進出に反対の立場をとられていたのですが、最近、スイートホテルの説明により、賛成側に変わったと聞きました。

そんな時のこのニュースなので、まずは捜査の状況を聞きたくて来てしまいました。

署長は、遠山様は今までに多くの難事件を解決に導いていただいておりますので、今回もぜひこの八重山警察署をご指導ください。と言って、捜査一課に電話して、今朝の山崎将太殺人事件の担当警部にすぐに署長室に来るように指示した。すぐに署長室に1人が入ってきた。その者は、先ほど、若い刑事とやりあっていた時に声をかけてくれた人だった。

八重山警察署警部、平良幸四郎です。と自己紹介があった。

遠山は、警部さんだったんですね。先ほどはありがとうございましたとお礼を言った。

署長から、平良警部、遠山さんに山崎将太殺害事件について、今判明していることを教えてあげてください。そして、いろいろとご指導受けてくださいと言ってもらった。

平良警部と遠山は、署長室を出て会議室に移り、平良警部から次の報告があった。

山崎将太は、お父さんから引き継いだ居酒屋八重山の2代目の店主で、地元の高校を卒業後福岡の料理店で修行し、30歳の時、父親の体調不良で石垣島に戻り、居酒屋を継ぎ、それから15年が経ちます。家族は、32歳の時結婚した妻と子供2人がいます。

奥さんは、福岡から来た人で居酒屋を手伝っています。本人の気質は、気は優しいけどのめりこむととことん行くタイプで、人気者ではあります。幼馴染に石垣南国旅館社長の砂川章一郎と石垣市海洋植物保護委員会会長の下地康雄が同級生です。

居酒屋八重山は、地元の人が通う居酒屋で観光客の方はあまり行かないお店です。

そのため、今回、スイートホテルが進出してくるのに対し、石垣南国旅館社長の砂川がお客を取られる懸念から進出に反対を表明し、これに、下地康雄と山崎将太が乗せられて反対していた。しかし、一部の情報では山崎将太が寝返ったといううわさもあるとのことです。

殺人事件の概要ですが、山崎は、6月12日月曜日は居酒屋八重山が休みの日で、日中はぶらぶらしていたが、15時頃から出かけ、18時から黒島レストランで食事し、その後19時頃スナックあかねで酒を飲み21時頃に家に帰っています。その後、22時すぎにちょっと出かけてくるといって家を出たまま帰ってきませんでした。これが奥さんからの情報と、レストラン等の情報によるものです。

殺人の状況は、発見されたのは今朝8時に出た観光船の乗組員が、人のようなものが浮かんでいるのに気づき、警察に電話、警察の船が捜索に向かい9時20分に発見し、港に引き上げ、持ち物等を確認し、財布やスマホは無かったが、顔見知りの人がいて、すぐに山崎将太とわかりました。病院に運び、死体の検死を行ったところ、お腹にナイフの刺し傷があり、胃の中の海水量からして、亡くなったあとに海へ投げ入れられたと判断され、死亡推定時刻は22時30分頃と推定されました。

今日の聞き込みでは、山崎将太を恨んでいる者は確認できませんでした。

遠山は、今回石垣島に来たのは、スイートホテルがこの島にホテルの新設を進めているのですが反対派がいて、地元の了解が得られなくて難航している。ということで私どもにコンサルタントの依頼があり、やってきました。来て早々にこの事件に出くわし驚いているところです。山崎将太にからむ人間関係で、殺人につながるようなことを警察はつかんでいないのでしょうか？

平良警部は、今、警察がつかんでいる情報は、遠山さんが言った、スイートホテル進出について、山崎将太が反対していたので、スイートホテル側と山崎将太との間で諍いがあるのではないか、というのが第1、第2に、その山崎将太が反対派から寝返ったとの話もあり、石垣南国旅館社長の砂川章一郎と石垣市海洋植物保護委員会会長の下地康雄の2人とけんか状態にあるようにも聞いています。一方で、下地康雄が後ろ盾になっている黒島レストランとスナックあかねのママの黒島あかねに熱を入れていて、家族の中も冷え切っていて夫婦仲も悪いと聞いています。当面の関係者は今出てきた人の、捜査を始めたところです。

遠山はありがとうございましたと言い、警察を出た。もう17時だというのに、日差しは傾いてはいたものの、暑い光がまぶしかった。そのままホテルに戻ることにして、スマホで2人に今夜の19時、集合場所はホテルのロビーとした。

19時にホテルロビーに集まった3人は、遠山の先導で、黒島レストランに向かった。

会田静子と橋本典子は、遠山さんはよく知っていますね。どこからこういう情報を得るのですか?

遠山は、いろいろとね。と言ってレストランに入っていった。

席について、石垣島はね、2人とも知っていると思うけど、石垣牛が有名でね、この店は、石垣島でも5本の指に入るくらい有名な店です。今日は、石垣牛のステーキを食べましょう。それに、近海魚のカルパッチョや島豆腐、海ぶどうなどを注文した。飲みものは石垣島地ビールで乾杯し、泡盛を飲んで、最後にさんぴん茶で口の中をさっぱりとさせた。

食事が終わり、お勘定する時、遠山は、店員に、今日はママの黒島さんはいないの？と聞いてみた。店員は、ええ、たぶんスナックの方に行っていると思います。と言った。

遠山は、2人にもう1軒つきあってもらえないかな、と持ちかけた。2人は、それはいいですね。ぜひ行きましょう。と典子が言うと、静子が、今日は金ちゃん気前がいいねえ、なにか魂胆でもあるの？ と言った。

遠山は、なあに、先ほどのレストランも、今から行くスナックも同じ黒島あかねがママをしていてね、このあかねの後援者が下地康雄石垣市海洋植物保護委員会会長なのさ。

2人は、そうだったのね？ どおりで気前が良すぎると思っていましたよ。

そのように話しているうちに、スナックあかねに着き、ドアを開けた。

中は、少し薄暗くなっていて、いらっしゃい！　と若い女性が出迎えてくれた。

遠山もあかねとは初対面のため、その若い女性に、黒島あかねさんですか？　と聞いてみた。

その女性は、いやだわ、私そんな歳に見えるのかしら、私は、ママではありません。バイトのケイです。まだお店始まったばかりなので、ゆっくりしていってください。

遠山は、ケイちゃん、今日、ママは？

ケイは、なんか、知り合いが亡くなったとかで、たいへんらしいよ。だから今夜は来ないと思うな。とのことだった。

遠山は、2人に対し、では、少し飲んで帰ることにしますか？　と言って、ソファーに座った。

最初は、先ほどのレストランといい、このスナックといい、あかねさんという人はやりての方ですね。と典子は言った。

ケイちゃんが、ママの後ろには下地康雄石垣市海洋植物保護委員会会長がいますからね。と口を挟んできた。

遠山は、下地さんもこのスナックにはよく来るの？　と聞いたところ、週に3回は来るとのことであった。砂川石垣南国旅館社長や山崎将太居酒屋八重山の店主もよく来るの？

ケイは、そうですね、よく来ますよ。ただ、3人そろって来ることはめったにありません。

それに、最近、下地さんと山崎さんの仲があまり良くないと思います。先日も口げんかしていました。

遠山は、それはいつのことですか？　ケイは、1週間くらい前と言った。

静子と典子の2人は、カラオケをやりたいと言い出し、ケイに準備を依頼した。そして、だんだんと盛り上がっていった。遠山さんも歌いましょう。と言われたが、遠山は、今日はいいよ、と言い、ケイちゃんに、昨夜（6月12日）、山崎将太が来た時のことを聞いた。

ケイは、昨日は、19時頃に来て21時頃帰って行きました。

遠山は、その時、ママと山崎将太は話をしていたの？　どんな話をしていたか何か聞いていない？

ケイは、何か警察みたいだね、いいけども、と言って、最初ママは楽しそうに話をしていたんですが、20時頃、スマホに電話が入り、奥で話をして戻ってきたら落ち込んでいて、帰り際には、少しは、おとなしくしていようね。と言って暗い感じになっていました。

そしてママは、今日はあがるねといって22時頃にスナックを出て行った。

遠山は、ケイちゃんにありがとうと言って、カラオケをしていた2人の歌を2曲聴いてスナックあかねを出てホテルに戻った。

6月14日水曜日、遠山は9時過ぎに八重山警察署に行き、平良警部と打ち合わせをし、関係者の一昨日の聞き取り結果を確認した。

山崎将太の奥さんは、すでに離婚寸前の状態ではあるが、この日の夜は、将太が夜の21時頃帰ってきて、自分の部屋に行きスマホで電話しているようだったが、22時過ぎにまた出かけていったと言っています。そして奥さんは、自宅にいて子供と話をして23時頃には寝たと言っています。それを証明できる人は、子供以外はいませんでした。ただ、夫婦仲が悪くなっていた状況ではあったが、相手が亡くなったとなるとまた違う思いがあり、悲しみに浸っていました。でも、通夜や告別式の手配で気が張っていたと聞き取りにいった刑事は言っています。

次に、ホテル進出に反対派の砂川石垣南国旅館社長ですが、日中は、旅館の受付を行っていたが、夕方18時過ぎに出かけていて、行きつけの居酒屋に行き、地元の旅行組合の若者2人と飲んで、20時30分頃店を出て、2人とは別れたそうです。次に行きつけのバーに行き、22時頃まで飲んで、店を出て、酔いをさますため、散歩し港の公園で寝てしまい、気がついた時は23時頃で、23時20分頃に家に帰って寝たそうです。刑事が、確認したところ、居酒屋は、3人で飲んでいて、20時30分頃に店を出たことを、店員に確認しています。

バーについては、20時40分頃に来て、21時40分頃に一人で帰られました。とバーテンが答えています。その後の足取りは確認取れていませんが、23時20分頃に自宅に帰ったと砂川の奥さんは答えています。

次に反対派の下地康雄ですが、彼は、黒島レストランで19時40分頃まで食事をとり、自宅に帰られたみたいでした。とレストランの従業員が証明しています。しかし、19時50分頃に、自宅に帰って自分の部屋へ入ったと下地の奥さんは言っています。その後は、奥さんは関知していないと言い、自宅を出たかどうかも不明です。本人は自宅にいたと言っています。それを証明する人はいません。

いまのところ、関係者で確認がとれたところはこの3名です。

あと、港湾近くの場所を捜査した者から、血痕を見つけ、殺害現場と海に投げ入れた場所が特定されました。それは、新川公園の駐車場で、駐車場の隣が新川になっていて、死体はそこから新川に投げ入れられ八重山漁港に流れていったと思われます。駐車場での血痕がDNA検査の結果、山崎将太と判明しました。今、判明しているのは以上です。

遠山は、平良警部に、警部は現場を見てきましたか？　と聞いたところ、今から行くところです。との回答であったため、ご一緒させていただきたいとお願いしたら、喜んでとの回答で一緒に現場に行くことになった。

現場に着くと、駐車場の後ろがすぐに新川になっていて、ここでナイフで刺されそのまま海に押し出されたと推測された。

遠山は、どうしてここが殺害現場ですかね？　なにか意味があるように感じますが。

平良警部は、そうですねえ、まだわかりませんが、注意深く捜査しなくてはいけません
ね。

遠山は、凶器も発見はまだですね。はい、まだです。

今のところ、動機のある3名の自宅からここまでは、それぞれ15分から20分程度ですので、犯行は可能ですね。

平良警部は、その点も考慮して捜査に当たります。と言って遠山をホテルまで送り届けてくれた。

ホテルに着くと、受付カウンターで、静子と典子の2人が出かけたかどうか確認したところ出かけているとのことだったので、石垣スイートホテル開設準備室に行き、大浜孝之社長と面談した。

大浜社長からは、亡くなった山崎将太さんは、私からの説明に、理解を示していただき、これからは、一緒に石垣島の発展に寄与していこうと意見が合致した矢先に、

訃報を聞き、たいへん残念に思っているところです。

遠山は、大浜社長と山崎さんが話をされた際に、反対意見を賛成派に鞍替えして反対派の仲間から糾弾されないか聞かれませんでしたか。

大浜社長は、ええ、勿論聞きました。そしたら、砂川さんも下地さんも、信念を持って反対していたのではないと言っていました。それは、砂川さんは、自分も小さいながら旅館を経営しているので、お客様は新しいきれいなホテルに行ってしまうので反対しているだけだと、そして、時代の流れで、新しいホテルの進出はやむを得ないと思っていると言っていた。

また、下地さんは、石垣市海洋植物保護委員会の会長をしているため、石垣島の開発には、ほかの委員に対してからも、立場上反対せざるを得ないと言っていた。

遠山は、なるほど、そしたら、地元の反対派を抑えるのはもう少しですね。

大浜社長は、そうなんですよ、もう少しですよ。と言って、明るく笑っていた。

夕方、2人がホテルに戻って来て、17時から1時間遠山の部屋で2人と打ち合わせを行った。

女性2人は、反対派の本心の意見を確認するため、石垣南国旅館社長の砂川を訪ねた。

旅館内で砂川から話を聞くことができ、次の内容のことを聞き出した。

砂川さんとしては、昔から石垣島で観光旅館を経営しているが、近年、新しいホテルが進出してきて、この旅館のお客様が減少していて、経営環境が厳しくなっている。ここに大手のホテルが進出されると、お客様が新しいホテルに行くので、さらに窮地に追い込まれるので反対しています。最近の新しいホテルは、環境に配慮して、海には汚染水を流さないのはわかっているので、時代の流れには逆らえないとわかってはいるが、自分の生活のためには反対せざるを得ない。と言っています。

石垣市海洋植物保護委員会の会長をしている下地さんを訪ねましたが、今日は留守でした。

遠山は、2人にねぎらいの言葉をかけ、お礼を言った。

この日の夕食はホテル内のレストランでとり、19時30分にはそれぞれの部屋に分かれた。

第2の殺人

6月15日木曜日、この日は、夕方18時から山崎将太の通夜が予定されているが、日中は、時間があるので、西表島・由布島・竹富島の3島めぐりの観光に行くことにした。

7時30分にホテルのロビーに集合し、石垣港まで行き、切符を買った。この時、少し遠くでパトカーのサイレンの音が八重山港の方から聞こえていたが、これから乗る船に興味が向いて聞き流した。船に乗る前には、具志堅用高モニュメントに並んで写真を撮り、船に乗り込んだ。この観光は次のコースを選択した。

石垣港8時30分発―船にて約40分↓西表島の大原港着↓仲間川ボート乗場↓仲間川マングローブクルーズ（約65分）↓仲間川ボート乗場―バスにて約30分↓美原―干潟を水牛車にて約15分↓由布島植物園見学・昼食（約80分）干潟を水牛車にて約15分↓美原―バスにて約30分↓大原港14時発―船にて約70分（小浜経由）↓竹富港着―竹富島フリータイム（最大約2時間）↓竹富港発（定期船にて）―船にて約15分↓石垣港到着

船に乗り石垣港から出る時、海中を見たら、すごく透明で底まで見えて感動した。船のスピードは相当速く、多くの船と行き交った。西表島に着き、ボートに乗り換え、仲間川を河口から上っていった。川の両側にはマングローブが川底から空に向かって伸びていて、ジャングルクルーズをしている感じを味わった。ボートを降りて、次は、水牛が曳いて行く水牛車に乗って由布島に渡った。水牛車は3人とも初めて乗ったので、西表島から由布島に海水がある浅瀬をゆっくりと運んでくれて、すごく感動した。由布島では植物園などがあり、島内をほぼ一周して、水牛車のところに戻ってきた。近くのレストランで食事をして、また水牛車に乗り、西表島に戻ってきた。西表島の大原港を14時に出る船で竹富島に行き、竹富島内を散策した。沖縄独特の壁や建物などを見て散策した。その後、竹富港から石垣港に向かう途中、海中で泳ぐ魚を見られるところで観光して17時40分に石垣港に着いた。

ホテルに戻り、夕食は19時にホテルのレストランで食事した。

この日は、山崎将太の通夜が行われたが、遠山たちは告別式に参加することにして通夜の参列は見送った。

翌6月16日金曜日、この日は、遠山は山崎将太の告別式に参列する予定で、静子と典子には石垣島の島内一周など自由行動とし明日の土曜日には東京に帰すことにした。

遠山は12時からの葬儀に間に合うように、11時40分に葬祭場に着いた。葬祭場には、刑事が3名、砂川章一郎石垣南国旅館社長、大浜孝之石垣スイートホテル社長、黒島あかねが来ていた。

12時20分頃からの焼香を済ませて、葬祭場を後にしてホテルに戻った。

遠山は、部屋で少しくつろいでテレビをつけたところニュースで、今朝7時に下地康雄石垣市海洋植物保護委員会会長が、何者かにナイフで胸を刺され、海に投げ入れられ、石垣港で発見されたと報道があった。びっくりして詳細を聞きたかったが、それ以上は報道されなかった。島内一周に出た2人に書置きを残し、警察に向かった。

八重山警察署に行くと、平良警部が部下の刑事に向かって指示を出していたところであった。それが一段落したところで、平良警部に声をかけたところ、会議室に案内されて、大変なことになりました。まだ、山崎将太の事件も解決していないのに、また新たな殺人事件とは、どうなっているのでしょうか遠山さん。

遠山は、たて続けに起きた殺人事件に少し動揺している平良警部に、大変ですがここはしっかりと捜査をしていきましょう。私もニュースで知り、びっくりして来ました。概要を教えてください。

下地康雄は、昨日15日、9時過ぎに自宅を出て、その後の行動がわからないけど、夕方16時には自宅に帰り、夜は山崎将太の通夜に行くといって17時半に出かけ、そのまま帰ってきませんでした。

今朝7時に、漁船の船長が八重山港で人が浮かんでいるのを発見し、警察に連絡。警察が急行してボートを出して、死体を陸揚げして身元確認をしたら、下地康雄と判明しました。死因は、山崎将太と同じでナイフを胸に突き刺して、海に投げ入れたと思われます。着ていた服は通夜の帰りで礼服のままで、財布はありましたが、スマホはありませんでした。

遠山は、手口が山崎将太と同じですね。死亡時刻は何時頃ですか？

それは、19時から20時頃です。死体が浮いていた海も山崎将太とそんなに離れていませんん。ですので同じ場所での殺人で、連続殺人事件になります。

遠山は、そのようですね。平良警部は、山崎将太の通夜には行きましたか？　その時何か気づいたことはありませんか？

平良警部は、行きました。下地は、黒島あかねと来ていました。帰りはあかねが車で送っていったと思います。

遠山は、そうですか、あかねの事情聴取はどうでした？

あかねは、昨日は、自宅にいて、17時40分頃、下地が来たので一緒に車で山崎将太の通夜に行き、19時に下地の家まで下地を送っていき、下地の家の近くで降ろして帰りました。

あかねの家は、スナックあかねの2階です。あかねには知っている男2人が殺害されたのですが、何か心当たりはないか聞いてみたら、一瞬、怖い顔をしましたが、すぐに、スナックのママの顔に戻って、さあ、ホテル進出する会社が反対派を抑えるために刺客を送り込んだのではないですか？　と言ってそっぽを向いた。今、わかっているのは以上です。

遠山は、ありがとうございました。とお礼を言い、なかなか犯人につながるようなことが出てきませんね。こういう時は、お金がからんでいるかもしれません。関係者の銀行を当たってみてください。と言って警察を出てホテルに戻った。

遠山の推理

遠山は、夕方また警察に行き平良警部をつかまえて、亡くなった山崎将太と下地康雄の銀行預金調査の結果を確認した。警部からは、2人とも、収入や残高が少なく、ぎりぎりで生活していました。特に不審な入金はありませんでした。

遠山は、通帳のコピーを見せてもらえませんか。と言って通帳のコピーを見せてもらった。

確かに残高と入金は少なくなっていた。山崎将太の通帳コピーではぎりぎりの生活が浮かんできた。下地康雄の通帳コピーも同じようなものであったが、毎月5万円を定期的に、引き出していたことがわかり、これが何かを銀行で確認できないか平良警部に相談した。平良警部は、銀行に確認してみましょう。と言ってくれた。

その夕方17時頃、銀行に行った刑事が戻ってきて、この5万円は、コーポサンライイズのアパートの家賃だとわかりました。平良警部は、その刑事に、コーポサンライズの住所を調べるように指示し、その結果はすぐに判明した。それは、山崎将太が新川に投げ入れられた場所の新川公園の駐車場近くにあった。このことを聞いた遠山は、平良警部とコーポサンライズに行き、アパートを捜索した。そこで確認されたのは、下地康雄のものと思われる手紙や公共料金の領収書などがあったのに加え、女性ものの衣類や化粧品などがあり、スナックあかねの領収書なども見つかり、黒島あかねが利用していた気配が感じられた。遠山は平良警部に、殺人現場とこの近さを考えると黒島あかねがなんらかの関係があると思います。と伝え、任意で呼んで事情聴取をしてください。そして、この部屋の家宅捜査、指紋採取をしてください。と言った。平良警部はすぐに手配します。と言って電話で部下の刑事に指示していた。

遠山は一旦ホテルに戻り、静子と典子から島内一周の話を聞き食事をとったが、今後の展開が予想されるため、アルコールは控えた。2人は、川平湾がとてもきれいだったとか、ジェラートがとてもおいしかったなど、話が尽きることはなかったが、19時過ぎに、平良警部から連絡があり、黒島あかねが警察に来るとの内容だった。

夜20時になって黒島あかねが取調室に入り取り調べが始まった。まずは、コーポサンライズについてどのように活用していたかを質問した。あかねは、コーポサンライズは下地康雄が借りて、私と一緒にいる時にホテル代わりに使用していた部屋です。男は、下地康雄以外には入れていないのか？　の質問に対し、入れていないとのことであった。6月12日、山崎将太が亡くなった22時頃は、どこで何をしていたのか？の質問に対し、22時にスナックあかねを出て、2階の自宅で寝ていました。次に6月15日下地康雄が殺された夕方はどこで何をしていたか確認したところ、あかねは、19時まで山崎将太の通夜に行き、下地を自宅まで送っていき、その後は、自宅に帰って寝ていました。と言った。

その後、コーポサンライズの家宅捜査、指紋採取を行った捜査員からの結果が報告された。

家宅捜査では、衣類、靴や履物等ほとんどが女性もので、あかねのものがほとんどでした。指紋採取の結果は、あかねの他は、下地康雄、山崎将太、砂川章一郎の指紋が出てきました。

平良警部は、あかねはうそをついていると憤り、もう一度、あかねを取り調べにかかった。

あかねは、あら、そうなの？　ととぼけて、取り調べは進みそうになかったので、遠山はホテルにもどった。

6月17日土曜日、静子と典子が東京に帰る日で、朝食を済ませたあと、2人は、遠山に、犯人逮捕はもう少しだね、スイートホテルももう進出決定と言っていいよね、だから、遠山さんはもう少し頑張って、この件を解決して東京に早く帰ってきてね。と言って2人はホテルを旅立っていった。

遠山は、2人を送り出したあと、砂川章一郎を訪ねた。そこにはたまたま、平良警部も来て、話を聞くことになった。砂川には、コーポサンライズからあなたの指紋が検出されましたが、どのような理由であの部屋に入られたのですか？

砂川は、あかねから相談を受けていたと告白した。それは、レストランとスナックの運営はまずまずの売上だったので、下地康雄が金をせびりによく来るようになったとのことで、相談する人がいない中、前から私を頼りにしていたあかねは私に相談したいとあの部屋に呼び出されたのです。と言った。あかねはどんな相談を持ちかけたのですか？　下地には、レストランやスナックを出すに当たって相当援助してもらっていて、あのコーポサンライズも家賃を払ってもらっていると言っていました。しかし、下地康雄は石垣市海洋植物保護委員会会長をしていますが、この委員会での収入はわずかで、本業の不動産業も芳しくない状況のようです。そこで、あかねに生活費や遊行費をせびりだしたとのことです。

遠山は、そこであなたは、どのようなアドバイスをされたのですか？

砂川は、私にはそんなお金ありませんので、私を頼られてもこまります。とはっきり断りました。

その時、あかねは何と言っていましたか？

あかねは、そうよね、砂川さんにお金の話をしても無駄だわねと、私がお金を持っていないことを知っていました。

遠山は、ところで、砂川さんは6月15日下地康雄が殺された夕方はどこで何をされていましたか？　それと、あかねと山崎将太の関係は何か知っていましたか？

砂川は、私は、山崎将太の通夜に参列してその後は自宅に帰りテレビを見て寝ました。

山崎将太は、あかねにほれていましたね。しかし、あかねは下地の女であることも知っていましたので、将太と下地とあかねの関係が心配でした。

あと、砂川さんは、スナックあかねにはよく行くのですか？

ええ、時々行きます。

砂川からの聞き取りはここまでとして引き上げることにした。

その後、スイートホテルの大浜社長と昼食をとりにレストランに向かった。

レストランに入り、大浜社長に次の質問をした。

殺人事件が2件も発生しましたが、スイートホテルの石垣島進出に関係ありますか？

大浜社長は、とんでもない、殺人をおかしてまでもホテルの進出をしようとは思いません。

遠山は、そうですよね。しかし、結果的にホテル進出に反対された2人が殺害されたことで、ホテル進出がやりやすくなりましたね。

大浜社長は、一見そのように見えますが、これで、強引に進出を進めれば、反対していた2人を殺害したのは、スイートホテル側だと言われかねません。やりにくくなりましたよ。

遠山は、そうですね。早く犯人を捕まえることが先決ですかね。

大浜社長は、犯人が捕まることがなによりです。

2人で食事して13時30分過ぎにレストランを出た。

真相の追究

夕方、スナックあかねに行き、ケイちゃんと話をした。遠山から、ケイちゃんに、石垣南国旅館の砂川さんを知っているか聞いたところ知っていて、最近ちょくちょく来るようになったと話してくれた。どんな話をするのかな？

ママの話が多いよ。それもママの男の話？

ええ！　誰の話なの？

それはね、下地さんと亡くなった山崎さんの話だよ。3人は同級生だったそうで、ママを争っていた話が多かったね。

遠山はさらに突っ込んで、最近ではどんなことを言っていたの？

それはね、一般的には、ママは下地さんの女だけど、山崎さんが猛アタックして、ママと山崎さんの関係ができた。というものだよ。それをね、下地さんに言ってくれとくどくなるほど言ってきて、あまりにもしつこいので、つい口が滑って下地さんに言ったことが一度だけあると告白した。

下地さんは、どんな感じだった？

それはもう真剣で、その話はほんとうか？　としつこく聞いてくるので、そんなに心配ならママに聞いてみたら。と言ってやりました。それから2日後に山崎将太さんが殺されたので、下地さんが殺したのかな、と内心では思っていました。

遠山は、ケイちゃんにお礼を言ってスナックを出た。そして、山崎将太の殺人は、下地が犯人かなと思い始めた。しかし、その前にもう一度黒島あかねから話を聞く必要があるので警察に行き、平良警部を訪ねた。

遠山は平良警部と2人で黒島あかねの取調室に入り、あかねに、山崎将太とあなたの関係で下地が何て言ってきたかを質問した。あかねは、下地は怒り狂っていたが、私はとぼけ続けていて仕舞にはあきらめて帰っていった。そして私はこんなことがずっと続くのはいやだと思い砂川さんに相談したと答えた。そしたら砂川さんは何と言っていましたか？

砂川さんは、お金がないので話を聞くくらいしかできないと言っていました。

この取り調べ中に、取調室に刑事が来て、2人を部屋から呼び出した。刑事からは、家宅捜査の中で、あかねのズボンからルミノール反応が出て、山崎将太のものと判明したと報告がありました。それと、殺人現場の新川公園の駐車場に面した新川の川底から凶器のナイフを2本回収しました。そしてこの2本のナイフは6月11日と6月14日にホームセンターであかねと見られる女性が購入したこともわかりました。平良警部は、よしわかった、ありがとう。と言って、また取調室に戻った。

平良警部はあかねに、重大な事実が判明しました。山崎将太を殺害したのはあなたですねと言った。あかねは、何が見つかったのか不安で、ぽかんとしていたが、平良警部が、あなたのズボンに山崎将太の血痕がついていたのだよ。それに、凶器のナイフも新川の川底から2本出てきたんだよ。それも、このナイフをホームセンターで山崎将太と下地康雄が亡くなる前日にあなたが購入されていることがわかったよ。もう、全てを話してください。

あかねは、うなだれて、しばらくずっと動かなかったが、10分くらいして、わかりました、お話します。と言って次の内容のことをしゃべった。

最初は、山崎将太が亡くなる前々日、下地が、コーポサンライズに来て、「おまえは山崎将太と寝たのか」とすごい勢いで聞いてきて、「もうわかっているんだ、おまえはこれまで俺がお金を出してお店を与えてここまでこられたのに、恩を仇で返すきか」「こんなに俺をばかにするのは許せない」「すぐに、5000万円を返すか、山崎将太を殺すか、どっちにするかすぐ答えろ」と言って脅してきたんです。下地の言い方が尋常でないので私は怖くなって、「お金はないので殺します」と言ってしまったのです。そしたら、どのように殺すのか、さらに聞いてくるので、コーポサンライズに来るように伝え、新川公園の駐車場でナイフを持って待ち伏せして、車から降りた山崎将太を隙を見せた時にナイフを刺して川に投げ入れると言いました。そしたら、それはいつやるんだと言うので、明後日やると言っておきました。

そして翌日にナイフを買い、山崎将太に連絡したら、明日はお店が休みで、スナックあかねに行った帰りに寄ると言ってきました。12日の夜は、コーポサンライズまでの通り道になる新川公園の駐車場で待ち、山崎が来た時に車から降りて声をかけ、隙を見てナイフを刺しました。そして、川に突き落とし、ナイフも川に投げ入れました。

ここまで話して一息ついた。

そして、一件落着と平良警部が少し安心した顔をしていたが、遠山は、続けて下地康雄殺害についても話してください。

あかねは、わかりましたと言い、次の内容の自白をした。

下地は、私が山崎将太を殺害していたのを見ていて、「お前は恐ろしい女だ、ただ、これでお前は、俺の言うことを聞かないと、警察に言うぞ」と脅し、「小遣いとして100万円よこせ」「もう、お前は、俺からのがれることはできないぞ」と言ってきた。

このままでは、一生この男にいいようにされると思い、6月15日山崎将太の通夜の帰りに車でコーポサンライズに行くことにして、新川公園の駐車場に車を止め、車から降りたところを後ろからナイフで刺し、新川に投げ入れました。凶器のナイフも川に投げ入れました。

これが2人を殺害した真相です。

遠山は、砂川さんは、事件に関係していないか確認したところ、あかねは、砂川さんは、私が下地からいじめられていると感じて、山崎と下地を戦わせて、私を少しでも遠ざけようとしてくれたのですが、まさか殺人になるとは思ってもいなかったと思います。

遠山は、わかりましたと言い、取調室を出た。その足で署長室に行き、今回の事件が解決したことを報告した。署長からは、遠山さんがいなければ、まだまだ解決するまでには時間がかかっていたでしょう。ありがとうございますと感謝の言葉をいただき、警察を後にしてホテルに戻った。ホテルに着いてからは、明日、スイートホテルの大浜社長と会談して東京に帰る段取りを行った。

6月18日日曜日、ホテルの朝食をとったあと、スイートホテルの大浜社長とラウンジで話をした。

2人の殺害事件が解決した報告をして、これで、スイートホテルの石垣島出店を進めてください。と話をして、大浜社長からは、今回の事件は、スイートホテルの進出には関係がなかったのですね、安心しました。そして事件解決、ありがとうございました。

午後の便で、東京に帰り、その日はそのまま自宅に帰った。

6月19日月曜日、企業戦略総合研究所に出社し、所長に結果報告したところ、今回も、コンサルタントの役目より警察庁特命調査官の役目が主だったようだね。

遠山はそうでした。しかし、一緒に行ってくれた静子と典子がいたからです。と2人のフォローも忘れなかった。

その後、自分の席に戻ると、静子と典子がすぐに来て、犯人は黒島あかねだったんですね。やっぱり、遠山さんがいないと日本の警察はだめですねと言って笑わせた。

午後になり、大岡警察庁長官から直々の電話があり、石垣島での活躍のお礼と今後もよろしくとの連絡があった。

遠山は、これからもがんばります。と伝え電話を切った。

まだ続く三陸復興

大船渡市役所および大船渡漁港

主な登場人物

遠山金次郎……経営コンサルタント、警察庁特命調査官、遠山金四郎と二宮金次郎の末裔
大岡忠則……警察庁長官、遠山金次郎の伯父
山西裕一郎……企業戦略総合研究所コンサルタント所長
会田静子……企業戦略総合研究所同僚コンサルタント
橋本典子……企業戦略総合研究所事務員
山上　清……大船渡市長
水田伸也……大船渡市副市長
小川良一……大船渡市農林水産部
木村　茂……大船渡市商工港湾部
戸上良太……大船渡建工株式会社の若社長
水田省吾……三陸総合建設常務
中村翔子……海生丸船長中村善次郎の長女
中村善次郎……海生丸船長

大船渡市は、2021年（令和3年）3月4日に震災復旧・復興事業の完了を宣言したが、地元では、まだ完全に完了したとは言いがたい状況にあり、2024(令和6)年度予算の奪い合いが農林水産部と商工港湾部の間で繰り広げられていた。この両役所の傘下にはそれぞれ事業者がいて、農林水産部には、漁船業者や養殖業者が、商工港湾部には、地元建設業者がそれぞれついていた。最近では水田伸也大船渡市副市長が勢いづいてきており、商工港湾部に力添えしている。

そのような中、2023年11月14日商工港湾部派の大船渡建工の若社長である戸上良太が建設現場で首を吊り死体で発見された。

秋もだいぶ深まり、朝晩は肌寒さを感じる季節になり、今年も残り少なくなったことを感じていた2023年11月9日木曜日、国土交通省から企業戦略総合研究所に東日本大震災の大船渡市の復興情報収集の依頼が入った。

山西裕一郎企業戦略総合研究所所長は、情報収集だけなら、会田静子コンサルタントに任せようと彼女を指名した。

会田静子は、データ情報は橋本典子事務員に11月11日帰りまでに作成を依頼して、11月13日月曜日朝から現地大船渡に向かった。

東北新幹線の車中で、橋本典子からもらった次の調査資料に目を通した。

２０１１年3月11日14時46分に起きた東日本大震災は、宮城県牡鹿半島の東南東沖１３０キロメートルを震源とするマグニチュード9・0の日本周辺における観測史上最大の地震で、最大震度は7で、宮城、福島、茨城、栃木の4県36市町村と仙台市の１区で震度6強を観測した。これにより東北地方を中心に12都道府県で2万２３１８名の死者・行方不明が発生した。この被害は、明治以降、関東大震災、明治三陸沖地震に次ぐ3番目の被害規模となった。

大船渡市は、岩手県南部の海岸に面し、面積3万２２５１ヘクタール、人口３万５７００人、世帯数1万４９００世帯で、市内には吉浜、越喜、綾里、大船渡の4漁業組合がある漁業の街である。

その主な漁業として次の8つがある。その1は、定置網漁業、その2は、サンマ棒受網漁業、その3は、イサダ船曳網漁業、その4は、イカ釣り漁業、その5は、ホタテガイ養殖業、その6は、カキ養殖業、その7は、ワカメ養殖業、その8は、ホヤ養殖業である。

令和4年度の水揚げ実績は定置網の伸びが目立ち、前年比31％増の55億7000万円だった。

中でも、サンマは16％増の19億8000万円で、数量、金額で本州トップになっている。

途中で睡魔が襲い寝てしまったが、目が覚めたらもう福島を越えていたところだった。

大船渡には、東北新幹線で一ノ関駅にてJR大船渡線に乗り換え気仙沼を経由して大船渡に着いた。駅で待っていたのは大船渡市の企画政策部の担当大島浩二で、車ですぐに市役所まで案内され、市役所の応接室に案内された。最初に挨拶に来たのは企画政策部長で、国土交通省から連絡があり、震災後の復興状況をとりまとめるように企業戦略総合研究所のコンサルタントに依頼して、その担当の方がおいでになることは存じ上げていました。

震災後復興完了宣言は出したものの、まだまだ不十分と考えていますので、そこのところの報告はよろしくお願いします。調査の件で何かございましたら、この大島浩二に何でも聞いてください。と言って部屋を出て行った。

大島浩二からは、会田さんは今週金曜日までこちらで調査と伺っていますがそれでよいですか？

はい、今14時30分ですので、私にいただけるような資料がありましたらコピーしてください。その準備ができ次第、ホテルに行きたいと思います。

資料を受け取り大船渡プラザホテルまで送り届けてもらい、夕方18時に4人での歓迎会をしますので迎えに来ます。と言い残して大島浩二は市役所に帰っていった。

18時丁度に迎えに来て、案内されたのは日本料理店の割烹船渡屋で、同席したのが、大島浩二の上司の部長と同僚の男性と女性の計4名と会田静子の5名で歓迎会が始まった。

最初は、企業戦略総合研究所の話で盛り上がったが、そのうち震災当時の話となり、笑いが少なくなった。最後に、部長からこの大船渡市の現在の復興の話があり、市としては各部署が協力して更なる発展にベクトルをあわせたいところだが、今は、市長と農林水産部に対し副市長と商工港湾部が対立していて、予算も取り合いの状態になっている。たいへん危惧しているところだと話があり、明日からよろしくとの挨拶で解散となり、ホテルまでタクシーで戻った。

11月14日火曜日、朝食はホテルのレストランでバイキングだった。大皿に好きなものを取り上げて回っていた時、市内の道路をサイレンを鳴らして通り過ぎるパトカーの音が気になった。朝食後、9時にホテルロビーに行くと、大島浩二が迎えに来ていた。ホテルから市役所に向かう車の中で、静子は、浩二に今朝パトカーが行きかっていたが何かあったのでしょうか？　と聞いてみた。浩二は特にまだ情報は持ち合わせていないとの回答であった。

市役所について、今日は、震災の被害の状況を説明してもらうことになっていた。市役所の会議室の一画で、昨夜夕食をともにした女性から説明を受けることになった。

昼食の時間になり市役所の食堂で昼食をとった。休憩室で休んでいた時、市役所の人が、今朝、建設中のお土産センターで、工事業者の大船渡建工の戸上良太社長が首を吊って自殺したとの情報が入った。その理由が、水田伸也大船渡市副市長から予算は取り付けるのでお土産センターの工事を進めるよう話があり、工事を進めたが、予算の認可が取れず、1次請負の地元ゼネコン三陸総合建設からの支援もなく資金繰りに行き詰まり、自殺したのではないかとうわさになっている。とのことであった。

このことを、大島浩二に詳しく聞き質問したところ、夕方になって、詳細の報告があった。

やはり、水田副市長は絶対に予算をお土産センターにつけるからと戸上社長に工事を進めるように話した。戸上社長はこの話を真に受けて工事を実施したが、予算は2023年度にはつかず、2024年度も怪しくなってきた。戸上社長は、ゼネコンの三陸総合建設にも資金の手当てを依頼するも、予算がつかないのでムリとの返事だった。戸上社長は水田副市長に対し話が違うと強行に抗議していた。

警察の話では、11月14日朝、工事現場近くをジョギングしていた男性が、工事現場を覗き込んだらへんなものが宙に浮いているのが見え、最初はよくわからなかったが、人であることがわかり、警察に電話してパトカーが急行することになった。死亡推定時刻は前日11月13日21時～22時の間と推定、争った跡もなく、体内からは大量の睡眠薬が検出され、遺書はなかった。との警察発表があった。

静子は、浩二に、大船渡建工は商工港湾部側で副市長に同調しているグループなのにどうして争うようになったのですか？　と聞いた。

浩二からの説明では、２０２４年度予算について、２０２３年の春先には商工港湾部に大きく予算が割り当てられる予定であったが、9月に、地元漁師の出身で農林水産省の役人となった中村翔子が地元に帰ってきて、漁業の活性化を訴え、国との橋渡しを行うことも約束して、市長や市議会議員、漁業組合などを回り訴え、これにより、予算が農林水産部に大きく割り振られる流れとなった。このことが商工港湾部の予算が削られ大船渡建工まで資金が回らなかったのではないかと見られていた。しかし、警察が大船渡建工の経理担当の女性に確認したところ、資金は苦しかったが、保険を取り崩せばなんとかなったとの話もあった。

ここまでの話を聞いて静子は、大船渡建工の戸上社長の死は、自殺ではないのではないかと思い始めていた。気にし始めたらいろいろな思いがこのことにいってしまい、他の仕事が手につかなくなってしまった。そこで、企業戦略総合研究所に電話して遠山金次郎に助けを求めた。遠山金次郎は、山西所長に説明し、大船渡に出かけることにした。

２０２３年11月16日木曜日、遠山は、大船渡に着いたあと静子と合流して、大島浩二を紹介してもらった。そして、大島浩二から大船渡建工の戸上社長の死のいきさつを聞きだした。

次に、大船渡警察署に行き、戸上社長の死の捜査状況を教えてもらいたいと、刑事課に行き警察庁特命調査官のカードを見せたが、雑誌記者と勘違いして、最初はまともに受け付けてもらえなかった。仕方がなかったので、奥で調べ物をしていた警部らしき人に、遠くから「警部、ご無沙汰してます」と言ったら、警部が振り向き、近寄ってきて、「誰でしたっけ」と話してきたので、警部に警察庁特命調査官のカードを見せて、署長に会いたい旨を告げた。

警部は、「あ！　遠山様、失礼しました」といって、署長に電話した。電話を切ってすぐに署長が来て、「これは、これは遠山様」「こんな田舎によく来ていただきました」といって署長室に案内された。署長からは、「今日はどんなご用事でしょうか？」

遠山は、11月14日朝、建設中のお土産センターで、工事業者の大船渡建工の戸上良太社長が首を吊っていた事件について教えていただきたいのです。

署長は「では、担当刑事を呼びましょう」と言って電話した。しばらくして署長室に来たのは、さきほどの警部さんだった。先ほどは失礼いたしました。私は、この件を担当しています警部の山口と申します。署長は、山口警部に、この件の捜査状況を遠山さんに教えてあげてください。山口警部はかしこまりました。と言って、署長室を出て会議室に移動した。

山口警部からは次の内容の報告があった。

現状の捜査状況から、自殺か他殺かまだ結論が出ていません。その詳細ですが、2023年11月14日商工港湾部派の大船渡建工の若社長である戸上良太が建設現場で首を吊り死体で発見されたのですが、死亡推定時刻は11月13日の21時~22時です。この13日の戸上良太の足取りですが、午前中から夕方17時までは、この工事現場で仕事をしていて、その後、大船渡建工の社員2人と街の居酒屋に行き、19時には一旦自宅に帰っています。帰った時には、下請け業者が待ち構えていて、仕事代金の請求があったようです。その下請け業者には確認がとれていて、戸上良太からはもう少し、月末まで待ってほしいという内容でした。20時10分に自宅の電話に公衆電話から電話が入っています。そして、20時30分頃に自宅を自分の車で出たところまで、近所の住民が確認しています。その後、お土産センターの工事現場に行ったのかわかりません。発見されたのは、早朝ジョギングをしていた男性が、工事現場をのぞき、変なものが吊られていると思ったが、それが人であることがわかり、すぐに110番した。現場周辺には乗ってきた自分の車があり、吊るしたロープは工事現場のもので、足場の脚立も工事現場で使われていたものでした。ただ、体内からは大量の睡眠薬が出てきていて、自殺するには不自然さを感じました。首の索状痕は、あらかじめ首を締め付けられた痕はありませんでした。もし殺人ということでしたら、自殺するのと同じ条件で首を吊らせたのではないかと思います。

遺書が無いことや、当日の夜一緒に飲みに行った会社の社員も、自殺するような深刻な状態ではなかったと言います。

かといって、殺人につながるような物証も何も見つかっていないので、判断に困っているところです。

遠山は、わかりました。ご説明ありがとうございます。とお礼の言葉を述べた。

山口警部、警部の説明を聞いて、これは私の勘ですが、自殺ではないような感じがします。

警部は、どのようにお考えですか。思い込み捜査はいけないのですが、個人的には私も自殺ではないように思います。

ということは殺人になりますが、殺人とする決め手がありませんね、警察は、睡眠薬をどこで飲んだのか、どこから調達したのか等は何か手がかりをつかんでいますか？

いえ、まだです。

そうすると、20時10分の電話がどこからかかってきたのか、20時30分に自宅を出てからどこかに寄ったのか、睡眠薬を自分で飲んだか、飲まされたのかがポイントですね。

遠山さん、ありがとうございます、警察でこの点を中心に当たってみます。

山口警部、ありがとうございました。私も考えてみます。と言って遠山は警察を後にした。

遠山は、ホテルに戻り、睡眠薬を手に入れる方法と、それを自分の意思でなく飲ませる方法を考えてみた。やはり、睡眠薬を大量に手に入れるのは、医療従事者がかかわっているのか、また、自分の意思でなく飲ませる方法は、自分の意識がないまま口に入れられ飲み込ませる方法しかないのではないか？

また、殺人とした場合、犯行動機がある人間は、予算もつかないままお土産センターの工事を進めさせた水田伸也大船渡市副市長、その片棒を担いでいる、身内の水田省吾三陸総合建設常務、木村茂大船渡市商工港湾部担当などが思い浮かぶ。これらの者の身内に、医療従事者がいないか遠山は山口警部に電話で依頼した。その電話の中で、山口警部は、水田副市長の実家は水田総合病院という大船渡では2番目に大きな病院です。水田副市長のお兄さんが院長をしています。

それでは、山口警部、その水田総合病院でこの2週間以内に、睡眠薬や麻酔が大量に患者に渡された実績がないか、もしあったら誰に渡ったかを調べてください。あと、戸上良太にお付き合いをしていた女性がいたかどうか。それと、20時30分に自分の車で自宅を出たあとどこに行ったのか、街中の防犯カメラで行き先を追ってみてほしいと依頼した。

山口警部は了解しましたと言って、電話を切った。

その後、戸上良太が夜呼び出されて出かけるとしたら、その仮定としてひとつは、彼女からの呼び出し、彼女がいればのことだが、それ以外は、ほんとうに親しい友人か知人か。いや待てよ、戸上良太が今一番困っているのは、資金手当ての件だと思う。そしたら、水田副市長か三陸総合建設の水田省吾から工事資金の支払いの件ということであれば、出かけることもありうるか。

1時間くらい経過後、山口警部から電話があり、戸上良太には彼女がいたが、最近は事業のことで忙しく、会っていないし電話も3ヶ月くらいなかったようです。当然、最近も電話はしていないそうです。次に、防犯カメラで戸上良太の車を追ったのですが、コンビニの前を20時43分に海の方面に向かう彼の車が見つかりました。向かう進行方向は、亡くなったお土産センターとは逆の方向です。

山口警部、戸上良太が向かった方角には何があるのでしょう？

今、それを調べているところです。

山口警部、私の仮説では、その方角に三陸総合建設がありませんか？

遠山さん、ありますよ。三陸総合建設の本社や事務所など建物が5棟あります。

今から、そこに行ってみませんか？　行きましょう。これからホテルにお迎えに上がります。

三陸総合建設に向かう途中、パトカーの中で、山口警部から次のことを言われた。

水田総合病院で睡眠薬を大量にもらっていったのは、大船渡市商工港湾部の木村茂でした。木村は、水田副市長のコネで水田総合病院から大量の睡眠薬と麻酔薬を持ち帰っているのがわかりました。たぶん、水田副市長が病院に根回ししてあったのだと思います。病院に確認したら副院長から、3週間前に2日間入院した木村茂は水田副市長の大事な知り合いなので要望はなるべく聞いてやってくださいと言われたと言っていました。そして木村本人が、最近、ストレスが多く眠れないので睡眠薬を多めにほしいと言っていたのであげましたとの回答を得ています。麻酔薬については、担当の看護師は知らないと言っていたが、他の看護師が最近、残り1／3くらい入った麻酔薬がなく新品に置き換わっていたことがあったと言っていた。

三陸総合建設に着くと本社の建物の隣に、社員食堂や会議室のような建物があり、ここに戸上良太は工事代金の話ということで入れられ、麻酔で眠らせたあと、睡眠薬を飲ませたのではないか、そして工事現場まで運ばれて、眠っている戸上良太が自殺するのと同じ条件で首を吊らせたのではないかと思われた。

遠山は山口警部に、たぶんここだと思うが、ここを捜査する理由が必要ですね。

山口警部は、2023年11月13日20時〜21時頃、木村がここに来ていることがわかれば捜査することができます。遠山は、木村を任意でひっぱりますか。

山口警部はそうします。と言って、遠山をホテルまで送って警察に戻っていった。

ホテルで、会田静子と会い、ロビーのラウンジでコーヒーを飲みながら、静子の調べたこの大船渡市の復興状況を確認した。今日、静子は、漁業関係者、商工業者、観光業者、農業従事者など精力的に回って情報取りを行い、あとはまとめるだけになったことが報告された。復興の状況は、復興完了宣言が出たが、実際は、まだまだ国の支援が必要だなあと感じているとのことだった。

遠山からは、警察に確認したところ、亡くなった戸上良太が自殺なのか殺されたのかがまだはっきりしない状況であったが、亡くなった2023年11月13日、20時43分にコンビニの防犯カメラに戸上良太が運転する車が、亡くなった場所のお土産センターとは逆の方向に向かっているのがわかったんだ。そしてその先には、三陸総合建設の本社があり、そこで麻酔を打たれ、睡眠薬を大量に飲まされて、現場に運ばれて殺害されたものと思われると話した。

そして、水田総合病院で睡眠薬を大量にもらっていったのは、大船渡市商工港湾部の木村茂だったので、おそらく今、任意で確認していると思われる。と話した。

明日、木村の事情聴取の内容で大きな進展がなければ東京に戻る旨伝えた。

このあと、ホテルのレストランで夕食をとり、それぞれに分かれて部屋に戻った。

2023年11月17日金曜日、ホテルの朝食をとり、大船渡警察署に行き山口警部を訪ねた。山口警部からは、昨日、木村茂を任意で呼んで事情聴取をした結果の報告があった。

木村は、水田総合病院で睡眠薬を大量にもらっていったのは、自分がストレスで睡眠不足になっていたので多めに病院からもらった。毎日飲んでいるので、今はほぼなくなった。麻酔薬は知らない。2023年11月13日の21時〜22時頃は、自宅で体調がよくなかったので睡眠薬を飲んで寝ていたと言っている。だれもそれを証明できる者はいない。

結果、進展がないと報告があった。遠山は、しかたなく、その足で東京に戻った。2023年11月20日月曜日、企業戦略総合研究所に行き、山西所長に出張報告をして自分の席に戻ってきた。交代で、会田静子が所長室に入り、現地調査が終わり、これから報告書にまとめますと言ってきたと遠山にも報告があった。

その後、大船渡では、2024年度予算がほぼ固まり、2023年の春先には商工港湾部に大きく予算が割り当てられる予定であったが、9月に、地元漁師の出身で農林水産省の役人となった中村翔子が地元に帰ってきて、漁業の活性化を訴え、国との橋渡しを行うことも約束して、市長や市議会議員、漁業組合などを回り、これにより、予算が農林水産部に大きく割り振られて決着することとなった。大きく勢力を落とした水田伸也大船渡市副市長は、木村茂大船渡市商工港湾部担当に指示し農林水産部に圧力をかけるように指示した。

11月29日水曜日、農林水産省の役人の中村翔子の父親である海生丸船長の中村善次郎は漁を終え陸に上がったところを数人のチンピラに囲まれ、殴る蹴るの暴行を受けた。チンピラは、引き上げる際に「娘と一緒に大人しくしていろ！」と捨て台詞をはいて立ち去った。中村善次郎は、幸いにも骨折までは至らなかったが、これはあきらかに、副市長の仕業だと感じていた。

そして12月2日土曜日に大船渡市商工会で忘年会が開催された。このパーティーの最中、水田伸也大船渡市副市長に渡すように準備してあったワイングラスのワインを、表彰式で席を離れて戻ってきた時、木村茂商工港湾部担当が自分が持っていたワイングラスを副市長に手渡し、副市長のワイングラスを乾杯と言って飲んでしまいその後その場で血を吐いて倒れた。すぐに救急車が呼ばれ様態を確認したが、ワインに青酸性化合物の毒物が混入してあり即死状態だった。警察もすぐに駆けつけ、現状維持や参加したメンバーの確認、などを行っていた。山口警部もすぐにかけつけ、副市長に話を聞いたところ、木村が飲んだワイングラスはほんとうは私が飲むものだった。これは、中村善次郎か農林水産部のやつらの仕業だとみんなの前で言い張った。この言葉が独り歩きして、農林水産部側の誰かが犯人ではないかとうわさが流れた。

警察の捜査では、1つのワイングラスだけに毒が入っていたということは、そのグラスに毒を入れたか、ワインを注いでから毒を入れたか、毒入りのワイングラスを差し替えたかが考えられるが、ワインを注いだコンパニオンの女性は、当然自分は毒を入れていないし、ワインが注文されてから6個のワイングラスを準備し、テーブルに運びました。と答えた。

そうすると、無差別殺人ならどのグラスに毒を入れてもよいのだが、副市長を狙ったものとすると、副市長のワイングラスが特定される、テーブルにワイングラスを置いた以降にグラスに毒を入れたことになる。では、どうやっていれたのか？ 指紋を調べたところ、持つ場所が一緒だったようで、亡くなった木村茂のものしか確認が取れなかった。

また、ケータリング会社に確認したところ、総務の女性にワインボトルを渡す前にすでに4本のワインが開けられていたとのことだった。

警察は、この中に犯人がいることは間違いないとして、副市長に恨みがある中村善次郎を事情聴取したが、知らない、副市長のテーブルには近づいていないと主張し、周りの人も認め中村善次郎の犯行は難しいと判断した。

結果、警察の捜査は難航した。ただ、このことは第1報として遠山金次郎に報告した。

12月3日日曜日、山口警部は、部下に徹底的に捜査するようはっぱをかけたが、思うような進展はなかった。そこに遠山から捜査の進捗確認の電話が入り、山口警部は進捗がなく困っている旨の報告をした。遠山からは、明日そちらに行きましょうという申し出があり、助かります。と言ってお互い電話を切った。

12月4日月曜日、遠山は、東北新幹線の7時56分東京発のはやぶさに乗り、一ノ関、気仙沼経由で13時21分に大船渡に着いた。

着いてすぐに大船渡警察に行き、山口警部を訪ねた。山口警部からは早かったですね。こんなに早く来ていただけるなんて、たいへん感謝しています。遠山は、感謝は事件解決してからにしてくださいと言って言葉を濁した。

会議室に移動してすぐに山口警部から、今判明している事件の内容をお伝えします。と言って、第1報として電話で話したことを繰り返し、新たな進展はまだ無いとの報告があった。

遠山は、ワインに毒が入れられたのは、コンパニオンが6個のワイングラスをテーブルに置いた以降にワイングラスに毒を入れたか、毒入りのワイングラスと差し替えたかどちらかだと思います。

遠山は、副市長が表彰式で壇上に上がって賞品授与している時、テーブルの皆さんはどうされていましたか？

山口警部は、そのことについては確認済みで、テーブルには5人のメンバーがいて、壇上の賞品授与を見ていたと全員が答えました。

遠山は次に、パーティー会場内のテーブルの位置はどこでしたか？　そして副市長のワイングラスが置かれた位置はどこでしたか？　と質問した。

テーブルは壇上に向かって前から2列目の右側で、後ろは壁になっています。副市長のワインが置かれた場所は、壇上から一番遠い位置にありました。

そうすると、ほとんどの人が壇上を見ていた場合、副市長のワイングラスからは目が離れていた時期があったということですね。

あと、ケータリング会社の人に直接ワインを要求した人はいましたか？

山口警部はその点も確認してあります。ケータリング会社のコンパニオン以外は、女性が3人男性が1人で、男性は、小川良一大船渡市農林水産部の担当が1杯のワインを飲んだと証言しています。

それは証明されていますか？

小川良一と同じテーブルにいたメンバーから小川良一が赤ワインを飲んでいたと証言がとれています。本人に確認しましたが知らないとの返事でした。

あと、木村茂が副市長のワイングラスを飲んだのは間違いありませんか？　それは、同じテーブルの4人が木村茂に渡されたワイングラスを副市長に渡し、副市長の席にあったワインを木村茂が飲んだと証言しています。

遠山は、そうですか、ターゲットは副市長で間違いないようですね、と言って次の話題に切り替えた。水田伸也副市長で恨んでいた人のリストはありますか?

山口警部は、戸上良太の関係者の関係者か中村善次郎以外はまだ情報がありません。

戸上良太の関係者では、具体的な名前が出てきていますか?

いいえまだです。

遠山は、山口警部に、戸上良太の家に線香をあげに行きませんか?

山口警部は、戸上家にはまだ犯人を見つけていないので行きにくいです。

では、私ひとりで行ってきます。ただ、戸上良太の家の近くまで送ってください。

戸上家に着いたら、戸上良太のお母さんが出迎えてくれて、遠山は、自分は警察庁から特命調査官として依頼されているもので、遠山と申します。と名乗り、このたびは良太さんにつきましてはほんとうにご愁傷さまです。お線香だけでも上げさせてください。と言って仏間に通され、線香を上げた。

その後何か変わったことはございましたか?

お母さんは、あの子が亡くなったのはまだ信じられません。お父さんやあの子が亡くなり、これからどうしていいのやら困り果てています。

私は、警察官ではないのですが、このような事件に対し、警察にアドバイスをするように警察から依頼されているもので、戸上良太さんの事件も、何か手がかりを見つけて早期に解決につなげたいと思っています。そこで、お母さん、聞きにくいことを質問します。ご勘弁ください。良太さんのお父さんは、いつごろどこで亡くなったのですか？

お父さんは、5年前に気仙沼で交通事故により亡くなりました。この時は交差点の出会いがしらの事故で、事故原因は五分五分でした。相手の方は気仙沼の55歳の女性が運転していました。

遠山は、わかりました、ありがとうございます。と言って、次に、良太さんにはご兄弟はいますか？　妹が1人います。信子といいます。信子は35歳の独身です。

どなたかとお付き合いしていますか？

はい。大船渡市農林水産部の小川良一さんとお付き合いしています。

ご結婚はいかがですか？　今、結婚式をどこでいつにするかを決めている最中に、良太がこんなことになってしまって、信子も困りはてています。そして、お兄ちゃんは自殺でないと言い切っていて、小川良一さんとなにやら相談しているみたいです。

遠山は、そうですか。信子さんはいまどちらにいますか？　と聞いた。

信子は、大船渡市役所の総務課にいます。

遠山は、お母さんにお礼を言って戸上家を出て大船渡市役所に行った。

大船渡市役所では、総務課を訪ね、戸上信子を呼び出した。

出てきた女性が、戸上信子ですと挨拶をしてきたので、ここでも、自分は警察庁から特命調査官として依頼されている者で、遠山と申します。と挨拶した。

信子は、少しお待ちください、と言って元いた部署に戻り、上司に報告してすぐに戻ってきて、外に出ましょう。と言って近くの公園に案内された。

そこで、先ほど母から連絡ありました。兄の死は絶対、自殺ではありません。だって、自殺する理由がありません。

遠山は、聞くところによると、お兄さんは、大船渡建工株式会社の事業資金に困っていたと聞いていますが。

確かに、事業資金に困っていましたが、保険を解約したり、知人からの借金もできたはずです。それに、工事は完成に向け進んでいたので、完成させれば、委託先の三陸総合建設から工事代金はもらえたはずです。

遠山はなるほど、と言い、では信子さんは、何でお兄さんは亡くなったのだと思いますか？　と聞いてみた。

信子は、あれは、水田副市長が先走って、予算が決定していないのに工事を強引に進めさせて、その口車に乗って工事を進めた兄に、代金の先延ばしをしたため、兄が話が違うと副市長に強引に工事代金を支払うように迫ったため、街のチンピラを使って自殺したように首を吊らせて殺したんです。

何か証拠でもありますか？

証拠は特にありませんが、街のチンピラを特定し、11月13日21時~22時頃のアリバイを問い詰めればわかると思います。

遠山は、なるほどと言って、次の話題に切り替えた。信子さんは、農林水産部の小川良一さんとお付き合いしていると聞きました。それも、結婚が間近だと聞きました。

信子は、確かに小川良一さんとはお付き合いしていました。しかし、11月30日に彼から別れの話がありました。理由を聞いているのですが、教えてくれませんでした。それまでは、兄の死のことについて、2人で犯人を見つけましょう。などと言っていたのだけれど、急に態度が変わってしまい。何がなんだかよくわからなくなってしまいました。私は、まだ母がいますので、母を支えていかなければいけません。

遠山は、落ち込む信子に対して、小川良一さんには何か理由があるのです。今は、わかりませんが、そのうち明らかになってくるでしょう。今は、お母さんをしっかり支えてあげてください。今日は、時間をとっていただきありがとうございました。と言って別れた。

遠山は、警察に戻り、山口警部に、戸上良太さんのお母さんと妹さんに会ってきました。

やはり、2人とも、戸上良太は自殺ではなく殺されたと言い張っています。また、今回のワイン毒殺事件とのつながりは、妹の信子がお付き合いしていたのが大船渡市農林水産部の小川良一だったことがわかりました。この小川良一ですが、11月30日までは、信子とともに副市長を疑っていました。しかし、11月30日に信子に別れ話をしています。何かがあったのかと思います。山口警部にお願いがあります。それは、水田副市長や水田省吾三陸総合建設の関係者と街のチンピラとのつながりで、戸上良太が亡くなった11月13日21時～22時頃のアリバイがない者をリストアップしてほしいのです。

山口警部は了解ですと言って、遠山さんはこれからどうするのですか？

今日は、ホテルで休みますが、明日、水田副市長の過去を洗ってみたいと思います。副市長の水田伸也は、市の職員で商工港湾部にいたと聞いています。そのあたりから当たってみたいと思います。

12月5日火曜日、遠山は、ホテルの朝食バイキングを食べたあと、9時過ぎに大船渡市役所に行き、総務課の社歴の長い人とお話ししたいと申し入れたところ、総務課の佐藤美智子ですと言って名刺を出して窓口に来た。遠山は、大変申し訳ないが、会議室か、外でお話お聞かせ願えないでしょうか？

美智子は、何でそんなことをしなくてはいけないの？　と不満な顔して言ってきたので、遠山は、警察庁特命調査官のカードを示し、先日の、毒入りワイン事件を捜査しています。と伝え、美智子は、やっぱりそのことだと思ったわ！　と言って、じゃあ、外に出ましょう。と言って外に出た。

美智子は50歳を超えたところで、大船渡市役所に25年の勤務歴があるとのことだった。

遠山から、25年も勤務していれば、市役所内のことはほとんどご存知でしょうね。

ええ、まあ。聞きたいことってどんなこと？

遠山は、水田副市長は、以前は、市役所の職員だと聞いていましたが、そうなんですか？

美智子は、彼は私より5歳年下なので、市役所に入った時から知っているわ。東京の大学を出てこの大船渡に戻ってきたので、最初は女性職員の憧れの的だったわ。最初は私のいる総務課に配属され、その後、農林水産部、商工港湾部に配属され、商工港湾部の次長、部長と出世していきました。

遠山は、若い時から、水田副市長はやり手だったんですね。敵も多いのではないの？

そうなのよ、どうしても市の予算どりで、商工港湾部と他の部署が争っていたわね。

個人的にはどうですか？　結婚はいつ頃されたんですか？

彼が28歳の時、商工港湾部に勤めていた女性で、県議会議員の娘で太田洋子と結婚しました。でも、あまり夫婦仲は昔からよくないみたいと私は思っています。

水田副市長は、女性関係で問題を起こすような人ですか？

そうですね。いろいろあったみたいです。私の知っていることは、12年前の東日本大震災で危うく津波に飲み込まれそうになったんですが、何とか命拾いした。その時、女性と海辺の旅館で一緒だったことがわかったんです。その女性は津波に飲み込まれて亡くなったのですが、消防隊員がその女性を探し出した時、腕を縛られていたと聞いています。でも、震災のどさくさで殺人事件にならずに終わったと聞いています。

その女性は、誰だったのかはわかったのですか？　個人情報保護の関係で私は知りませんが、消防に聞けばわかると思いますよ。

美智子さん貴重な情報ありがとうございました。と言って美智子とは別れた。

遠山は、大船渡警察に行き、山口警部を訪ね、佐藤美智子から聞き出した震災の時に一緒にいた女の人が誰なのか、聞きに行きましょうと言って、山口警部を連れ出し消防署に行った。

消防署には、震災当時の写真が貼られていたが、大船渡消防署の所長を訪ね面会した。

所長は震災当時のことですか？　あまり口を割りたくない口ぶりだったが、山口警部が、令状でも取ってきますか？　と言ったところ、所長は急に態度が変わり、震災当時、港に近いところで救出活動していた者にすぐに電話を入れてすぐ来るように伝えた。

しばらくして、1名の隊員が来て、震災当時、津波に流された港の旅館の建物に女性を発見した当時のことを聞きたいと大船渡警察署の警部さんが来ているのでそのことを話してくれ。

わかりました。当時は、2人一組で捜索に当たっていました。流された建物の中に人がいないか確認して回っていたところ、一人の女性を発見しました。すでに息はなく亡くなっていたので、対策本部に連絡しました。所持品から亡くなった方は判明しましたが、対策本部から、情報統制で名前は伏せるように連絡がありました。そのうち、対策本部から人が来て亡くなった方を連れて行きました。その時、腕を縛られていたのを記憶しています。このことも情報統制の一環かと思い、その後、私はこの話を誰にも話しておりません。

所長、この女性の名前を確認してください。と遠山が言い、所長は、消防署の書類保管室に行き、資料を持ってきて調べ始めた。そのうち隊員にこの人だろうと1名を指差した。

そうです。と言ったあと、所長がその書類を差し出した。確認したところ、その名義は、小川康子となっていた。遠山は、この小川康子さんはどのような方ですか？

所長は、今、大船渡市役所に勤めている小川良一さんのお姉さんです。発見された時は良一さんも泣き崩れて見ていられなかったです。ただ、手が縛られていたことは、情報統制の一環で話していません。

山口警部は、もう一人の隊員は誰ですか。と隊員に尋ねた。

その者は、すでに消防署をやめて、職もなくぶらぶらしています。

名前はなんというのですか？　どこに行けば会えますか？

岸川欣司といい、街のパチンコ屋でよく見かけます。

山口警部は、わかった。ありがとう。そして所長にもお礼を言って消防署を引き上げた。

警察署に戻った山口警部は、刑事3人に、至急、岸川欣司を探して連れてくるように指示した。

一方で、水田副市長や水田省吾三陸総合建設常務との関係がある街のチンピラのリストができ上がっています。暴力団大和田組の者でこの4名がかかわったのではないかと思われます。

と言って資料を渡された。

遠山は、この4名は、2023年11月13日21時～22時頃のアリバイがはっきりしないことと、このうちの1名の車が、11月13日の19時30分頃に三陸総合建設の方に走って行くのが確認されています。今、その者をここの取調室で確認中です。もうじき、ゲロするかと思います。

しばらくして、刑事が来て、ゲロしました。11月13日の19時30分頃に三陸総合建設に4名で行きました。水田省吾三陸総合建設常務に会ったといっています。戸上良太もいましたが、殺したとは言っていません。

遠山は、ここで水田省吾とチンピラ4人は戸上良太に木村茂からもらった睡眠薬を飲ませて意識を失わせ、その後、あの工事現場に行って自分で首を吊ったように殺したと思っています。ほかのチンピラ3人にも聞けばすぐにつじつまが合わなくゲロすると思います。

その後、ほかの3人の事情聴取から、犯行が明らかになった。

水田副市長は、戸上良太から工事を進めるように言っておきながら工事代金を払わないと強くののしられ、これでは裁判沙汰になりそうなので、木村茂と息子の水田省吾三陸総合建設常務に命じ、戸上良太をなんとかするようにと指示した。木村茂は病院から睡眠薬を手に入れ水田省吾に渡し、水田省吾は知り合いの暴力団に、11月13日の19時30分頃に三陸総合建設の本社に来るように指示した。そこに戸上良太を工事代金の話があるといって呼び出し、睡眠薬を飲ませ、お土産センターの工事現場に移動させ、そこで、自分が首を吊ったように柱の梁にロープをかけ殺害したと供述した。

山口警部はすぐに、水田伸也と水田省吾の親子の逮捕状を取り指名手配した。

この日は、一件落着ということでホテルに入った。

翌日、12月6日水曜日、ホテルの朝食をとったあと、また、大船渡市役所に行き、農林水産部の小川良一を訪ねた。

遠山は、まず、戸上良太の事件が殺人で、水田伸也と水田省吾とチンピラ4人の犯行であったと報告した。そして、小川良一さんは、戸上良太の妹さんとお付き合いしていたと聞いております。一時は、妹さんと一緒に犯人探しをしていたと、それなのに、急に別れ話を持ち出したと信子さんから聞いています。何があったのでしょう？

小川良一は、特に何もありませんと急に態度を変えてきた。何もありませんからもう帰ってください。と言って、自分の仕事場に戻っていった。

遠山はしかたなく市役所を出て大船渡警察署に行った。

大船渡警察署では、岸川欣司が連れてこられていて事情聴取が行われていた。そこで、震災当時消防署にいて、震災後の救助活動を行っていた。その中に、旅館とおぼしき建物の中に女性の遺体を発見した。その女性の遺体は手首が縛られていて逃げようがなかったと供述。しかし、このことは、情報統制で誰にも話さないことになっているので話していないと供述した。

刑事は、その女性が誰だったのか知っていたか聞いたところ、小川良一のお姉さんと答えた。

そして、もう一度聞くが、このことは誰にも話していないな。と念を押した。

岸川は笑って、話していないよと答えた。

刑事は、すぐに岸川がよく行く居酒屋に行き、酔った時にこのことを話していないか確認した。そしたら、居酒屋のママは、あの岸川さんの言うことはあてにならないわ。と言い、震災の話になるとすぐ女性が手首を縛られて死んでいた。それをおれは発見したんだ。と酔った時の口癖でした。時には、聞いていた人が、その女性は誰？と聞くと、小川良一の姉だよと答えていた。

刑事は、すぐにこのことを山口警部と遠山に報告した。

遠山は、やはりそうでしたか。これで2つの殺人事件のストーリーが見えてきましたね。

山口警部は、「え！」どういうことですか？

遠山は、戸上良太の殺人事件はこれで解決できました。次は、毒入りワイン殺人事件ですが、これも、戸上良太の殺人事件につながっています。

山口警部は、毒入りワイン殺人事件の犯人は誰ですか？

遠山は、その前に、副市長が飲む予定だったワイングラスにどのようにして毒を入れたかですが、警察ではその結論が出ていますか？

山口警部は、まだそこのトリックが解決していません。

遠山は、コンパニオンがワイングラスにワインを注いだ時には毒は入っていません。そして、テーブルにワイングラスを配膳した時も毒は入っていません。その後、副市長が壇上からテーブルに帰ってきた時には、副市長が飲むワイングラスには毒が入っていました。

そうですよね。そして、副市長のワイングラスのワインを飲んで死んだ大船渡市商工港湾部の木村茂が自分で毒を入れて飲んだわけではありませんね。

山口警部は、はいそうです。

遠山は、そしたら、テーブルにワイングラスが配膳されてから、副市長が戻ってくるまでにそのワイングラスに毒を入れたか、あるいは、別の毒が入ったワイングラスと差し替えられたかどちらかです。私は、後者だと思っています。それは、ワイングラスに毒を入れる場合、グラスから外れてこぼれる場合があることと、もし見られた場合には犯人がすぐに特定されてしまうからです。一方、毒が入ったワイングラスなら差し替えする時間がなかったらこの日はやめればいいし、副市長と乾杯したいと持ってきたといいわけができます。そして副市長のグラスの隣に置き、次に持つ時はその隣のグラスを持てば、よく注意して見なければわからないと思うからです。

それから、先日、テーブルには5人のメンバーがいて、全員が壇上の副市長の賞品授与を見ていたと聞きました。それに、テーブルの位置は壇上に向かって前から2列目の右側で、後ろは壁になっていて、副市長のワインが置かれた場所は、壇上から一番遠い位置にあったと聞きました。ということは、5人が壇上に目が行っていた時に、ワイングラスを持った第三者がテーブルに来て、副市長のワイングラスを毒入りのワイングラスに替えていった可能性が高いと思います。

山口警部は、なるほど、わかりました。けれど、その犯人はだれですか？

遠山は、小川良一です。すぐに指名手配お願いします。

しばらくして、小川良一が刑事と一緒に警察署に出頭してきて、取調室で刑事の取り調べが始まった。

時を同じくして、警察は小川良一の家宅捜索を開始した。遠山は、この家宅捜査に同行し、自らも捜査に加わった。めざしたものは、青酸カリの保管場所だった。小川良一の亡くなった父親は、漁船の修理工場を経営していたが、10年くらい前に父親が病気で倒れ工場を手放した。この工場では、鍍金も行うことがあり、シアン化カリウム（青酸カリ）を保持していた。

工場を手放す時、このシアン化カリウムはその処理に困って、自宅の金庫の中に入れておいたもので小川良一の母が管理していた。

遠山は、お母さんに、ご主人は漁船の修理工場をやっていたと聞きました。その工場では鍍金は行っていましたか？　と質問したところ、お母さんは、青酸カリのことを調べに来たのかね、と言って、奥の部屋から金庫を持ってきて開けてみたら、あれ！　青酸カリのビンがないと驚いた。誰が持っていったんだろう。

遠山は、良一さんではありませんか？

お母さんは、そうだねえ、ここから持っていくとしたら良一しか考えられないね。そしたら、良一は何かしでかしたのかね。と聞いてきた。

遠山は、今それを捜査中です。また連絡します。と言って小川家を出て警察に戻った。

小川良一の取り調べは、なかなか自供しなく、難航し始めていた。

遠山は、山口警部と取調室に入り、あなたが水田副市長を殺そうとして木村茂が亡くなった事件はあなたの犯行ですね。水田副市長が飲む予定だったワイングラスを自分が持っていった青酸カリ入りのワイングラスに替えて副市長を殺害しようとしましたね。その毒入りのワイングラスとは知らずに、木村茂が飲み亡くなりました。これはれっきとした殺人です。

小川良一は、私は何も知りません。

遠山は、そうですか、全てを話さないと認めてもらえませんか？

では、お話しします。そもそもは、あなたのお姉さんが、震災前、28歳くらいの時、大船渡市役所に勤務していた水田伸也、今の副市長とお付き合いをしていました。当時、水田伸也は県会議員の娘とすでに結婚していたのですが、夫婦仲は良くなく、合コンで知り合ったあなたのお姉さんに手を出しました。しばらくは仲も良かったけれど、水田伸也の奥さんが気づき始め、仲は疎遠になり始めました。あなたのお姉さんは2人の仲を続けたかったが、奥さんのお父さんから別れるように言われていました。

そこに、3月11日の震災があり、その時、最後の別れ話を海辺の旅館でしていました。伸也は大きな地震でこれは津波が来るとすぐ想像し、逃げ出したのですが、あなたのお姉さんが伸也を離さなかったそうです。そこで伸也は、お姉さんの手を柱に縛り付けてすぐに逃げ出したそうです。結果、伸也は生き延び、お姉さんは亡くなりました。あなたは、震災後、津波に飲み込まれたお姉さんの遺体を引き取り、埋葬しました。その後、今度はあなたの妹さんが、大船渡建工株式会社の戸上良太とお付き合いしていることを知りました。最初は、仲の良い夫婦になるだろうと思っていましたが、戸上良太が水田副市長にそそのかされて、お土産センターの工事を予算がつく前に着工し、その代金を受け取ることができないため、副市長に詰め寄りました。副市長は、これを抑えるために、息子の水田省吾三陸総合建設常務や大船渡市商工港湾部の木村茂に戸上良太をなんとかするように命じた。これにより戸上良太は水田省吾やチンピラにより、自殺に見せかけて殺害されました。あなたは、戸上良太の妹さんとお付き合いしていて、妹さんは、兄は自殺するような人ではなく、理由もありませんと言い張っていました。あなたも一緒に、自殺ではなく犯人を探すお手伝いをしていたと聞いています。しかし、11月の下旬にあなたは、戸上良太の妹さんに別れ話をしています。

これはどうしてですか?

小川良一は、お兄さんが自殺するような人とお付き合いしたくなくなったのです。

遠山は、そうじゃないのではないですか?

あなたは、街の居酒屋で、震災の時、津波で亡くなったお姉さんが、水田副市長により手を縛られ身動きできない中津波に襲われたことを、当時お姉さんを発見した消防署の職員からその話を聞いたのではないですか。そして、あなたは、副市長を許せないとして殺害を計画したのです。あなたは、水田副市長がワイン好きで、必ずワインを飲むだろうと毒入りワインを準備してワイングラスのすり替えチャンスを狙っていたのです。チャンスが無ければ飲み干したところで差し替えのワインを持ってきたといって飲ませるつもりではなかったですか？　それがたまたま、テーブルに置かれた副市長のワイングラスがあったので、手早く差し替えたのです。それを木村が差し替えて、飲んでしまい、亡くなったのです。

小川良一は神妙にこの話をきいていたが、最後に、これは、刑事さんのつくり話でしょう。

証拠はどこにあるのですか？

遠山は、ここまでの話で納得されませんか？

では、証拠は2つあります。そのひとつは、青酸カリです。先ほど、ご自宅を家宅捜査しまして、お母様から青酸カリが無くなっていることを聞きました。それと、あなたが、ワイングラスを差し替えたところが写真に写っていました。このパーティーで写真を撮っていたひとからネガを借り、徹底的に調べました。遠くから映した写真ですが、あなたを特定できる写真でした。お母さんをよびましょうか？

小川はうなだれて、それには及びません。私が副市長を殺そうとワイングラスに青酸カリを入れました。すみません。

刑事さん、震災で姉が殺された時のことよくわかりましたね。

それは、水田副市長が自供した内容です。

これで事件は解決したのですが、遠山は、あと2つやらなければいけないと思っていた。そのひとつは、小川良一のお母さんに会うことだった。

小川家に行き、お母さんと会って、次の話をした。お母さんは良い息子さんを持たれました。小川良一さんは、ほんとうに良い人です。お姉さん思いであり、恋人の戸上良太の妹さんにも大変優しかったです。今回、このようなことになりましたが、必ず元気で戻ってくると思います。一番悲しい思いをされたのがお母さんだと思いますが、良い息子さんが帰ってくるまで頑張ってください。私は、それをお母さんに伝えたくて来ました。頑張ってください。それでは、失礼いたします。と言って、小川家を出た。

次に向かった家は、戸上家だった。戸上良太のお母さんと妹の信子に会いに行った。たまたま、2人とも在宅で、まずは、戸上良太さんが自殺でなく、犯人が捕まってほんとうに良かったですね。と言い、それから、信子に対し、小川良一さんは、あなたを嫌ってお付き合いをしなくなったわけではなかったのです。今回副市長を殺害する目的でワインに毒を入れたのは、覚悟の上だったのです。ぜひ、戻ってきたら温かく迎えてやってください。いろいろとお疲れ様でしたと言って戸上家を後にした。

東京に帰る前に、大船渡警察署に寄り署長に挨拶し、大変お世話になりありがとうございましたと感謝の言葉をもらって警察署を出た。

大船渡駅前で、会田静子や橋本典子が好きそうな、「アーモンドロック」と、大岡警察庁長官や山西企業戦略総合研究所所長向けに「酒ケーキ酔仙」を買って東京に向かった。

翌日、企業戦略総合研究所に出社し、山西所長にお土産を渡し、出張報告をしたところ、今度も探偵の仕事で大活躍したみたいだねと言われた。午後、警察庁に行き大岡長官にお土産を届けに訪問したところ長官から、大船渡警察署長から君の活躍で事件が解決できてたいへん感謝しているとの報告があり、ご苦労様とのねぎらいの言葉をいただいた。遠山は、伯父さん、この酒ケーキ酔仙はほんとうにおいしいよと話題を切り替え、今後も頑張りますと言って笑って長官室を出た。

理想をめざす夢のまた夢　前編

霞ヶ関警察署と警視庁（東京都千代田区）

主な登場人物

遠山金次郎……経営コンサルタント、警察庁特命調査官、遠山金四郎と二宮金次郎の末裔
大岡忠則……警察庁長官、遠山金次郎の伯父
山西裕一郎……企業戦略総合研究所コンサルタント所長
会田静子……企業戦略総合研究所同僚コンサルタント
橋本典子……企業戦略総合研究所事務員
山川颯太……ビリーブアイ株式会社社長、山川蓮の父親
大友大介……宗教法人「心正教」の教祖
宮沢康則……宗教法人「心正教」の副教祖
鈴木孝治……宗教法人「心正教」の事務局長
山西清二……「心正教」の信者
飯山直人……株式会社ネットプレー社長、飯山俊太の父親
下川章一郎……霞ヶ関警察署警部
大岩健一……霞ヶ関警察署警部

憲法20条は、政治による宗教への介入を禁じる。

宗教法人法は81条の解散命令の他にも、事業の停止など一歩手前の措置はあるが、抽象的な部分が多い。たとえば、解散命令や事業停止に関しても、「宗教団体とは」との条文の規定を大きく逸脱した場合に命令できるが、「大きな逸脱」とはどんな場合かなど、細かな基準が法律に記されているわけではない。

２０２３年12月7日木曜日、ＩＴ企業、ビリーブアイ株式会社の社長山川颯太は、子供の蓮を誘拐され身代金1億円を要求された。颯太は犯人の要請に応じ、警察には連絡せずに、1億円を払うつもりでいた。銀行で1億円を引き出す際、態度がおろおろしていたため銀行員に不審に思われ、事件に巻き込まれているのではありませんか？　と質問されたが、なんでもないと答え、1億円を持ち帰った。不審に思った銀行員は、地元の霞ヶ関警察署に相談した。

対応した霞ヶ関警察署の下川警部は、宅配便を装い山川宅に行き、颯太と話をした。颯太からは、自分がお金で解決するから、警察はかかわらないでくれと言われ、追い出された。

しばらくして、颯太が重たいカバンを車に載せ出かけた。それを下川警部は独断で颯太の車を追いかけた。颯太の車は、霞ヶ関の官庁街を2周させられて、犯人から、1台の車が追いかけてきている。あれは何だ！　お前は警察に連絡したのか？　子供の命が無くなってもいいのだな。と言われ、今日の受け渡しは中止だ。と犯人から言われた。颯太はしかたなく自宅に帰った。しばらくして、宅配に化けた下川警部が今度は、郵便局の職員に化けて来た。

来た早々、颯太は、なんで尾行したんだ、子供の蓮が殺される、どうしてくれるのか？　と強く詰め寄った。下川警部は、こんな誘拐事件がわかっているのに警察が手を出せないなんて警察官として許せない。と言った。颯太は、犯人は、警察に連絡したら蓮を殺すと言っている。警察は引っ込んでいろ。颯太の妻からも、どうか、見逃してください。と依頼され山川家を出た。

山川家を出た下川警部は、霞ヶ関警察にもどり、捜査一課長に誘拐の事実を報告した。捜査一課長は、すぐに誘拐事件の体制を取るように指示しようとした。そこを下川警部は、この件は、子供の安全を優先して、子供が帰るまで様子を見るようにしましょうと進言した。

犯人は、山川颯太が警察に連絡したら子供の命はないと言っています。私が一度見破られていますので、今度警察が関与していたら子供の命の保障はありません。捜査一課長はわかった、数名で遠まわしに見守るように指示した。

2023年12月8日金曜日、犯人から、電話があり、1億円を車に積んで、お前の運転で、俺の指示通りに運転せよ。と連絡があった。颯太は犯人の言う通り車を走らせた。昨日とは違う官庁街を2度回ったがついてくる車はなく、犯人から霞ヶ関から首都高速に乗り、外回りで1周するように指示があった。指示通り1周回ったところで、犯人から、また1台ついて来る車がある、警察だろう。これで子供は殺すことになる。と言って電話が切れた。颯太はしかたなく自宅に戻った。しばらくしてからまた警察が来て、どうしたかと聞いてきた。

颯太は、おたくら警察がついてきたので、今日も取引が中止となった。蓮を殺すと言ってきた。ほんとうに蓮が殺されたらどうしてくれんだ。もう帰ってくれ。

2023年12月9日、この日は1日、犯人からの連絡がなく、颯太は蓮がほんとうに殺されるのではないかと心配していた。

2023年12月10日、その心配が、現実のものとなってしまった。東京湾の海の森公園の先の海に浮かんでいたのを漁船が見つけ警察に通報、身元が判明したもので、死因は溺死、死亡推定時刻は12月9日21時30分頃と判明した。颯太は妻とすぐに現場に急行し、変わり果てた蓮に寄り添った。そして、警察それも下川警部に強い敵意を抱いた。

その後、しばらくは何事もおこらなかったが、また同じような誘拐事件が発生した。

2023年12月21日木曜日、IT企業、株式会社ネットプレーの社長、飯山直人の子供の飯山俊太が誘拐された。犯人からは山川と同じように警察には連絡するな、1億円を用意しろだった。飯山直人は警察に連絡するなと言われたが、自分だけでは不安で、警察に連絡して対応を相談した。すぐに警察の女性1名が、近所のお友達に扮して飯山家に入り、裏口から、警察のメンバー5人を隣の家から塀を乗り越えて入れさせた。女性は、5人が入ったことを確認し玄関からまた来るねと言って出て行った。

飯山直人は、警察に必ず子供は無事に帰してください。お金は銀行にいき下ろしてきます。

その間に、警察は、電話の録音や受信体制を整えた。今度、犯人から電話がかかってきたら犯人の言う通りに対応する旨確認しあった。

２０２３年12月22日金曜日、お金を銀行に引き出しに行き、戻ってきて、30分後くらい後に犯人から電話がかかってきた。銀行からお金を下ろしてきたようだな。それでは、俺の言う通りにしろ。まずお金1億円をバッグに入れて車に乗れ、そして、乗ったらまた俺から電話する。直人は犯人の言う通りに車に乗り出かけた。すぐに電話がかかってきて、霞ヶ関の官庁街の一角をぐるっと回るように指示され、次に霞ヶ関から首都高速に乗るように指示が来て、首都高環状線外回りに乗って走った。ほぼ一周を回ったところで首都高3号線に乗れそして東名高速に入れと指示が来てその通りに走った。しばらく走ったところで、足柄サービスエリアに入れと指示が来て、足柄サービスエリアに車を止めた。10分くらいしてから少し離れたところに止めた車の運転手が拳銃で撃たれる音がした。撃った人間はバイクのヘルメットをかぶった男で、ぷらっとパークの方に逃げていった。

飯山直人は、拳銃の音が気になったが、5分くらいしてから、犯人から、警察に連絡したな、尾行してきた刑事を今、射殺した。お前は御殿場インターで出て、東名高速上り線に入りそしてまた上りの足柄サービスエリアに入れと指示された。

飯山直人は、指示通り、御殿場インターを降りてすぐに上り線に入り、足柄サービスエリアに入った。足柄サービスエリアに駐車すると犯人から電話があり、1億円のバッグを運転席に置いて、ドアを閉めずに食堂に行け。着いたらまた電話する。直人は言われた通り食堂に向かった。食堂に着いたら犯人から電話があり、子供は、品川ナンバー2078のプリウスにいる。1億円はもらっておく、ありがとうね！と言って電話は切られた。

すぐに、品川ナンバー2078のプリウスを探したところすぐに見つかり、後ろドアを開けたら、手足と口を縛られた飯山俊太が見つかった。すぐに縛りをほどき、大丈夫かと言って抱きかかえた。俊太は大丈夫だよ、でも怖かったといって抱きついてきた。そして、すぐに自分の車に戻ったが、1億円のバッグは消えていた。すぐに警察に電話した。しばらくしたら刑事2人と警察官6人が来て事情聴取が始まった。刑事の一人が、名乗り、大岩警部です。と自己紹介した。そして、ここまでの事情を報告してください。と言った。

飯山直人は、自宅を出るところまでは警察が見送ってくれた。それ以降は、警察はついてこないと思っていたが、実際にはついてきていた。首都高環状線ではついてこなかったのに、3号線に入ったらついてきていた。

刑事は、環状線はところどころにある監視カメラで車を追っていて首都高3号線に入ったことを見届けて、覆面パトカーで追跡したんです。犯人はあなたの車に監視カメラをつけ警察が追跡しているか見ていたんだと思います。

飯山直人は、足柄サービスエリアに駐車した時、拳銃の音が聞こえましたが、犯人が言う通り警察の方が拳銃で撃たれたのでしょうか。

大岩警部は、そうです。下川警部が撃たれ亡くなりました。拳銃の音を聞いて、飯山さんはどうされたのですか？

犯人から電話があり、次の御殿場インターを出て、すぐに上り線に入り、上り線の足柄サービスエリアに入るように指示があり、その通りにしました。そして、1億円のバッグは運転席に置き、サービスエリアのレストランに行くように指示があり、レストランに着くと、また電話があり、品川ナンバー2078のプリウスに子供がいる。1億円はもらっておくと言って電話が切れ、プリウスを見つけ、後ろの席に子供を見つけました。子供は手足と口を縛られていたので、すぐに解き無事救出しました。すぐに自分の車に戻って運転席を見たらバッグはもうありませんでした。

大岩警部は、飯山さんは犯人を見ていますか？

拳銃の音が聞こえたのでその方を見たら、頭からすっぽりかぶったヘルメットの男がぷらっとパークのほうに逃げていくのを見ました。

お子さんは、犯人を見ていませんか？

はい、子供に、手足を縛った人を見なかったか聞いたが、目隠しされていて見えなかった。と言っています。

大岩警部は、わかりました。飯山さんが乗ってきた車と品川ナンバー2078のプリウスは指紋等の調査がありますので、こちらで預からさせていただきますので、警察の車で自宅までお送りします。そして、詳しくお話をお聞かせください。と言って、別の刑事に飯山親子を自宅まで送るように指示していた。

その後、事件は落ち着いたかと思われたが、霞ヶ関警察署の相談ホットラインの電話に、ボイスチェンジャーを使って電話があり、今後も金持ちの子供を誘拐し、1億円をもらうが、警察は手出しするな、1億円もらえれば子供は返す。世の中の貧富の差を少しでも解消していくけど手を出すな。と言って電話が切れた。電話の発信履歴を見たが公衆電話からで特定できなかった。

伊部元総理銃撃事件は2022年7月8日に発生し、衝撃的で日本のみならず世界の人々の悲しみを誘った事件だった。この事件の背景には、犯人の、宗教団体、集合協会（旧世界キリスト教集合協会）への恨みが根底にあり、宗教団体への取扱いの問題がクローズアップしてきた。

宗教団体の所管官庁は文部科学省で最近の宗教団体が起こす事件も増加してきてい

るため、警察庁と共同プロジェクトで「宗教団体の健全性の見直し調査」を実施することになった。２０２３年12月11日月曜日、文部科学省の文化庁長官と警察庁長官の連名で、企業戦略総合研究所に調査依頼書が届き、大岡警察庁長官からも山西企業戦略総合研究所所長に直接電話での依頼もあった。

調査の内容は、宗教団体名、設立年月日、代表者、主な考え方、拠点数、信者数、資金の集め方、資金の使い方、トラブル発生状況などで、最終的な目的は、問題が発生しそうな宗教団体の特定にある、とのことだった。

２０２３年12月13日水曜日、山西企業戦略総合研究所所長は、所長室に、遠山金次郎、会田静子の2人のコンサルタントと橋本典子事務員を呼び、文化庁と警察庁からの調査依頼書の内容を説明し、調査するように指示した。

所長室から出た3人は、調査のポイントは、その宗教法人の主な考え方とお金の集め方だよねと確認し合った。そして遠山は、橋本典子に文化庁からもらった宗教法人リストに基づき、基本事項を調査するように言った。

橋本典子は、そもそも宗教法人って何？

遠山はネット情報を参考に次の通り報告した。

宗教法人は、主な考え方をひろめ、儀式や行事を行い、信者を教育することを主たる目的とする団体です。そして「宗教団体」が都道府県知事若しくは文部科学大臣の認証を経て法人格を取得したものです。

宗教法人には、それぞれに礼拝の施設を備える「単位宗教法人」と、宗派、教派、教団のように神社、寺院、教会などを傘下に持つ「包括宗教法人」があります。単位宗教法人のうち包括宗教法人の傘下にある宗教法人を「被包括宗教法人」、傘下にないものを「単立宗教法人」といいます。

宗教法人の所轄庁は原則として所在地の都道府県ですが、他の都道府県に境内建物を備える宗教法人、当該宗教法人を包括する宗教法人、または他の都道府県にある宗教法人を包括する宗教法人の所轄庁は文部科学省です。

少しわかりにくいので、簡単に言うと、親子のような下部組織を持つ宗教法人が包括宗教法人です。その傘下の宗教法人を被包括宗教法人と言います。親子関係がなく宗教法人だけの場合は、単立宗教法人と言います。

所轄官庁は、神社・寺院・教会が1つの県内にある場合は所在地の都道府県が担当し、2つ以上の県にまたがる場合は文部科学省となります。

法人数を見ますと、文部科学省所管の包括宗教法人は369法人で、被包括宗教法人と単立宗教法人の合計は784法人となります。都道府県所管の包括宗教法人は25法人で、被包括宗教法人と単立宗教法人の合計は17万8774法人となります。

遠山は、それでは、3人で分けて調査することにしましょう。橋本さんは神社を担当してください。会田さんはお寺を担当してください。私は、それ以外の教会や新宗教を担当します。

作業期間も定めましょう。それでは、12月22日金曜日の午後、3人で集まって調査内容を確認しましょう。ではよろしくお願いします。

橋本は、神道系で文部科学省所管の212法人、都道府県所管の8万4231法人を担当することになった。

会田は、仏教系で文部科学省所管の486法人、都道府県所管の7万6455法人を担当することになった。

遠山は、文部科学省所管の４５５法人、都道府県所管の１万８１１３法人を担当することになった。

遠山は、調査をしながら、危険な宗教を見分ける方法がないかを確認した。その中に「セクトの構成要件10ヶ条」というものがあることがわかり、この要件を参考に調査をしていった。

この10か条の要件とは次の通りである。

①精神の不安定

合宿や厳しい共同生活の中などで、正常な判断ができづらくなるようにします。自分たちの宗教が正しいことやすばらしいということを植え付けて精神を不安定にさせます。

②法外の金銭的要求

宗教に入るための入会金や年会費など、法外な値段を要求する宗教も危ないとされています。

役職が上がるとより高い金額に上がっていく場合もあります。

③住み慣れた生活環境からの断絶
今まで住み慣れた生活環境やコミュニティを断絶することで、思考力を奪い、抜け出せなくなります。

新たなコミュニティでは、全員同じものを信じているので感覚や思考が麻痺していきます。
④肉体的保全の損傷
肉体的な虐待や束縛などのことを言います。
それだけではなく、精神的な虐待や束縛なども行うケースもあるようです。
⑤子供の囲い込み
その宗教の学校などを作って、入信者の子供を通わせます。
子供を強制的に入会させ、教育などを行います。
⑥反社会的な説教
一般的なかかわりではありえないような説教などがあります。
脱会などできない状況を作ります。

⑦公序良俗の撹乱
常識的に考えてダメなことなどでもしてしまいます。
あまりにもしつこい勧誘やテロなどの犯罪行為も当てはまります。
⑧裁判沙汰の多さ
宗教側が教えに反することをされたという理由で損害賠償などを起こすケースもあります。

その他にも、宗教側が頻繁に訴えられ、裁判沙汰が多くなっていることもあるようです。
⑨従来の経済回路からの逸脱
入会や帰依のために財産を全て持っていかれることもあります。
入会後、やめたくてもやめられないような状況にしてしまいます。
⑩公権力への浸透の試み
選挙などに出馬することで、議員などとのかかわりを持とうとします。
宗教の名前を広げる宣伝にもつながります。

2023年12月22日金曜日、3人は調査内容の報告書をもとに情報交換し、セクトの構成要件10ヶ条に合致する宗教法人を絞り込んだ。結果、次の3法人が危険な宗教法人とまとめた。

その1は、「エンバの売人」……新しいキリスト教系であるが、キリストが神であることを否定し、エンバを崇拝する宗教で、勧誘は日本全国で行われ、方法はしつこく、会費集金の取り立ても厳しい。

その2は、「集合協会」……旧世界キリスト教集合協会で、信者同士に結婚を推奨していて、勧誘は日本全国で勧誘方法はしつこく、会費集金の取り立ても厳しい。

その3は、「心正教」……心を正すことで災いを無くし幸せになる。そのために、教主様の教えを守り、貧しい人に施しを与え、富豪者には負荷をあたえなくてはいけないという考え方。

勧誘は、まだ関東中心で、会費の集金は厳しくないが、信者と富裕層との間でトラブルの発生が出始めている。

遠山は、この3宗教法人について危険な兆候が見受けられる。警察でも注意していただきたいというコメントを付して、報告書にまとめ上げ山西所長に提出した。

２０２３年12月26日火曜日、この報告書を見た大岡忠則警察庁長官は、霞ヶ関警察署管内で発生している一連の誘拐事件が、この報告書にある「心正教」の「貧しい人に施しを与え、富豪者には負荷をあたえなくてはいけない」という教義につながるものがあると思い、遠山に霞が関警察署へ行き、その内容を確かめてほしいと依頼した。

２０２３年12月27日水曜日遠山は、大岡長官からの依頼を受け、すぐに霞ヶ関警察署に向かった。霞ヶ関警察署に入り、警察庁特命調査官のカードを提示して、署長にお会いしたい旨伝えたところ、受け付けた刑事は、カードをろくに見ず、署長の都合も確認せずに、「何の用事ですか？」と言われ、「誘拐事件の件ですが」と答えると、「何か情報があるのですか？」と言われ、「誘拐事件の内容を聞きに来ました」と答えたところ、「署長は今、忙しいんだ、情報は、新聞などに出ているからそれを見て」と言われ、取り付くしまがなかった。遠山は、しかたなく、スマホから、霞ヶ関警察署に電話を入れ、警察庁特命調査官の遠山です。すでに大岡警察庁長官から連絡が行っていると思いますが、署長につないでください。と伝え、署長が出ると、今、霞ヶ関警察署に来ていますが、受付の刑事が、まともに話を聞かず、署長につないでもらえませんでした。まだ、署内にいますので、お会いしたいのですが。と言ったところ、署長は、大変失礼しました。そこで待っていてください。と言って電話を切った。そしてすぐに、窓口まで来て、遠山様、うちの署員がたいへん失礼しました。と大きな声で迎えに来てくれた。

受け付けた刑事はびっくりしていたが、その刑事の前を署長に続き通り抜け、奥の署長室に入った。

署長から、受付の対応の悪いことへのお詫びや、大岡長官からの連絡内容などの話があり、その後に、霞ヶ関警察署管内で起きた誘拐事件について報告があった。

その内容は、次の通りで、2回も警察の失態があったことが報告された。

霞ヶ関警察署では、2件の誘拐事件で、1件目の誘拐事件では、警察は関与しないように言われていたが、警察の追跡が見つかり、誘拐された子供が殺されるという痛ましい事件になった。2件目は、1件目と同じように、警察が関与しないように言われたが、犯人逮捕を優先させ、1億円を載せた自動車を追跡した。その結果、今度は、追跡した警察官が拳銃で撃たれ亡くなった。警察としては、この2件の失態をカバーすべく、捜査に全力をあげて取り組んでいた。

捜査の過程で、1件目の被害者である山川颯太からは、警察には関与しないでくれと言っていたのに、自動車の追跡を見破られ、子供を犯人に殺害された。なぜ警察は追跡をしたのか。

犯人は、これは世の中の貧富の差を解消するために行うものだ、言う通り1億円をよこせばさよならだ、と言われていたものを。2件目の被害者の飯山直人も犯人から、1億円言う通りによこせばよい、我々は、この世の貧富の差を解消したいのだ、言う通りにすれば、ターゲットは次に移ると言っていた。と証言している。

2023年12月24日日曜日、東京の港区の児童養護施設から赤坂警察に次の連絡が入った。

郵便ポストに現金1000万円が入った袋があり、「養護施設の孤児のために使ってください。クリスマスプレゼントです。貧富の解消をめざす世直し党」よりのメモが入っていた。とのことです。警察は、よかったですね、連絡があったことを受け付けておきます。と回答した。

港区とおなじように渋谷区の児童養護施設からも渋谷警察署に郵便ポストに現金1000万円が入った袋があり、「養護施設の孤児のために使ってください。クリスマスプレゼントです。貧富の解消をめざす世直し党」よりのメモが入っていた。

2023年12月26日火曜日、品川区の児童養護施設から品川警察署に12月24日中に郵便ポストに現金1000万円が入った袋があり、「養護施設の孤児のために使ってください。クリスマスプレゼントです。貧富の解消をめざす世直し党」よりのメモが入っていたとの連絡があった。

2023年12月26日火曜日この情報を品川警察署に出入りしていた、TV局の取材担当者が聞き込み、テレビで放映した。これを見た、渋谷警察署と赤坂警察署の職員は、それぞれ担当上司に報告し、警視庁で情報を一元化し、事件性がないか捜査することになった。

この日にたまたま、遠山様の宗教法人の調査表を見られた大岡長官が、その中の「心正教」心を正すことで災いを無くし幸せになる。そのために、教主様の教えを守り、貧しい人に施しを与え、富豪者には負荷をあたえなくてはいけないという考え方。この宗教法人の者が関係しているかもしれないと言って、遠山を行かせるので、一緒に捜査を進めるようにとの連絡があったのです。

遠山は、今のお話を聞くと、富豪者には負荷を、貧しい人に施しを、が何か気になりますね。

署長は、そうですね。ということで、遠山様は、今まで警察が解決できない難事件を解決に導いていただいていますので、今回もご協力よろしくお願いします。

署長、こちらこそよろしくお願いします。それで、担当の警部をご紹介お願いします。

署長は電話で、担当警部に署長室に来るように指示した。

すぐに一人の男が来て、大岩警部です。と挨拶があり、遠山ですと答え、署長からは、遠山が警察庁特命調査官であることや、今まで何度も警察の難事件を解決に導いていただいていると説明があり、今回も協力してもらうようにと話があった。

遠山は、署長に、これからは大岩警部と協力して捜査に加わります。と言って、署長室を出た。そして大岩警部に、詳しい状況を教えてくださいと依頼し、今までの内容を確認した。

２０２３年12月28日木曜日、警視庁に一元化された児童養護施設へのお金のばら撒きについては、なかなか捜査は難航していた。ただ遠山の宗教法人調査で浮かび上がった、３つの宗教法人をさらに調査をし、今回の誘拐事件に関係する宗教法人は心正教が怪しく、調査を進めることになった。

調査した結果、心正教は、心を正すことで災いを無くし幸せになる。そのために、教主様の教えを守り、貧しい人に施しを与え、富豪者には負荷をあたえなくてはいけないという考え方で、２００３年、静岡市出身の大友大介27歳が、「心を正すことで災いを無くし幸せになる」ことを基本理念に掲げ宗教法人「心正教」を立ち上げた。

２０２３年４月時点の信者数は約２０００人で、徐々に増やしつつある。

教団の体制は、教祖を筆頭に、副教祖、事務局長の順で宗教法人の運営に当たっている。最近は大友教祖よりも宮沢副教祖が力を持ち、鈴木事務局長が宮沢副教祖の言いなりになっていることがわかった。

遠山は、誘拐の実行犯は、鈴木事務局長ではないかと推測し、教団への立ち入り調査の機会がないか探っていた。

２０２３年12月29日金曜日、遠山は、目黒区にある教団の事務所（アパート）に張り込みをしていた。その教団事務所から出てきた女性が泣いているのに気づき、私は遠山といい経営コンサルタントです。と言い、どうしたんですか？　と質問したところ、最初はなんでもないと言っていたが、あまりにも真剣に聞いてくるので、この人に相談しようと気持ちが変わっていき、私は、山梨綾香といいます。と言って話し始めた。

今日、教団の鈴木事務局長から、貧しい人に施しをしなくてはいけないのでお布施を持って来いと言われ、私はいままでにも自分ができる限りのお布施はしてきたのに、もうこれ以上はありません。なんとかご勘弁くださいとお願いしたんです。そしたら、富豪者からもらってこいと言われました、私にはどこに富豪者がいてどのような理由でお金をもらってくるかわかりません。と言ったんです。そしたら、自分から見て裕福そうだなと思ったらその人からお金を恵んでもらいなさい。恵んでくれなかったら盗んできなさい。と言われたんです。私にはそんなことはできませんので今こうして泣いて出てきたところなんです。

遠山は、綾香さんそれはたいへんな目にあいましたね、そんな宗教なら脱退したらどうですか?

そうなんです。私も脱退しようと思っているんですが、結婚を前提にお付き合いしている彼が、まだ信者なのです。彼は、教団の幹部から声をかけられて、教団の仕事もしているようです。

教団の仕事ってどんなことですか?

よくわかりませんが、先日、12月24日のクリスマスの日に教団から呼び出され、何か仕事をしてきたみたいで、教団からお金ももらったみたいです。

遠山はなるほどと言って、その彼に合わせていただけませんか?

ええ! どうしてですか?

私は、文部科学省の文化庁長官の依頼で、宗教法人の調査を行い、危険な宗教法人を絞り込みまして、その中に心正教が入っていたのです。ですので、危険なことに加担しないようにお話をしたいのです。

そうですか。わかりました。ぜひ、会って話を聞いてください。

２０２３年12月30日土曜日、遠山は、日比谷公園で山梨綾香とフィアンセの伊藤秀雄とあって話をした。

遠山から伊藤秀雄に対し、次々に質問した。

伊藤さんは、心正教をどこで知ったのですか？

友人からの紹介です。

心正教とはどんな宗教ですか？

心を正すことで災いを無くし幸せになれる。そして、貧しい人に施しを与え、富豪者には負荷をあたえなくてはいけないという考え方。で、最近貧富の差が激しいので、富豪者から貧しい人に施しを与えるのはよいことだと思いました。

伊藤さんは、綾香さんから聞いたのですが、24日の日に心正教の仕事をしたと聞いたのですが、どんな仕事だったのですか？

教団の鈴木事務局長から頼まれて、３児童養護施設に袋に入ったものを届けてきました。

中身は何だったかご存知ですか？

いえ、知りません。

遠山は、そうですか。それは現金1000万円です。この3児童養護施設から警察に届出が出ているのです。

伊藤は、ええ！　そうなんですか。

伊藤さんは、この3000万円はどこから出ているのかご存知ですか？

教団の信者から集めたお金でしょう。

いえ、違うのです。このお金は、教団が、ITで成功した株式会社ネットプレーの社長の子供を誘拐して、その社長から1億円を脅し取ったお金です。

伊藤は、ええ！　うそだ！　と言った。

遠山は、もし、ほんとうだったらどう思いますか？　まだ心正教を信じますか？

伊藤は、少し黙っていると、綾香がそんな教団だったらかかわりたくないわ。と言ったのを受けて、教団にだまされていたのか？　と嘆いた。

遠山は、そうであれば、伊藤さんにお願いがあります。それは、伊藤さんに芝居をしていただきたいのです。それは、伊藤さんが教団に積極性を示していただきたいのです。そしたら教団側は、次なる、誘拐を必ず行います。その時、教団に積極的な伊藤さんに、誘拐の手伝いをさせるはずです。教団から指示され誘拐とわかった時点で、私に教えてほしいのです。

必ず、伊藤さんは守りますのでよろしくお願いします。

伊藤は、私は何をすればよいですか？

あなたは、熱心な信者を演じて、教団に何かお手伝いできることはありませんか？と言い続けてください。そうしたら、教団はあなたを誘拐の仲間に入れるでしょう。

伊藤はわかりました。と言って、電話番号の交換を行い、綾香と一緒に新橋方面に向かった。

遠山は、警視庁に行き、3児童養護施設に1000万円ずつ届けられたお金につき、その後の捜査状況を確認した。まだ、事件性があるかどうかも捜査中とのことだった。

次に、霞ヶ関警察署に行き大岩警部に、2件の誘拐事件と山川蓮、下川警部の殺害事件および1億円強奪事件についてその後の捜査状況を確認した。最も怪しい宗教法人心正教については、極秘に捜査を進めているが、なかなか尻尾を出さないようだ。山川蓮の殺害については、東京湾の海の森公園で海に投げ入れられたことはわかったが、死因は溺死で犯人につながる証拠はなにも出てきていなかった。下川警部の殺害事件は、撃った人間はバイクのヘルメットをかぶった男で、ぷらっとパークの方に逃げていき、ぷらっとパークにいた人の情報では、犯人はバイクで逃げていったが、頭からかぶるヘルメットでバックナンバーも曲げてあり確認できなかった。拳銃は、自家製で、流通されているものではないことがわかっている。

1億円強奪事件については、プリウスや飯山さんの車を徹底的に調べたが、相手は手袋をしており犯人につながるようなものは出てこなかった。

遠山は、宗教法人心正教について、信者の伊藤秀雄と会い、3か所の児童養護施設にお金を配った者で、心正教が犯人グループであればこの伊藤にまた誘拐をさせるのではないかと期待し、熱心な信者を演出してもらっている。もし、誘拐などの動きがあれば連絡するので警察の協力をお願いしたいと申し出た。

大岩警部は、当然協力しますと言ってくれた。

2024年1月5日金曜日、お正月も終わり、企業戦略総合研究所に初出勤した遠山は、今年も良い年になりますようにと、会田静子や橋本典子とともに永田町の日枝神社に初詣に出かけ、帰ってきたところに、電話があり、出たところ、伊藤秀雄からだった。話の内容は、1月9日の火曜日、六本木ヒルズに住む、ベンチャー企業の株式会社AIピクセル社長高柳昌隆の幼稚園児の息子を誘拐する、イングリッシュ幼稚園から帰るところを誘拐する。とのことだった。

イングリッシュ幼稚園は六本木ヒルズの隣にあり、息子はもう自分で帰れるから迎えはいいよと母親に言っていたが、母親は、心配でいつも迎えにきていた。この日は、迎えに行く時間に、犯人グループが仕掛けた、父親の高柳昌隆からの依頼で、すぐに、おじい様の住民票をおじい様のところに行ってもらってきてください。と秘書を名乗る男性から依頼があった。息子の迎えがある旨を秘書に伝えると、私から今日は一人で帰ってくるようにと伝えておきます。と言った。

母親は、父親からの連絡ということを信じて、10分くらい離れたマンションに住む祖父のところに行ったが、祖父は、そのようなことは知らないと息子から何も聞いていない。住民票の準備もしていないとの回答だった。母親はその場で、夫の高柳昌隆に電話を入れ確認したところ、そんなことは頼んでいない、知らない。とのことだった。

母親は急いで六本木ヒルズの自宅に帰ったら、息子は自宅にはいなかった。急いでイングリッシュ幼稚園に行き、息子がいないか聞いたところ、すでに、1人で帰ったといわれた。

一方、伊藤秀雄は、教団の鈴木事務局長から頼まれて、信者の田中淳司とともに、六本木ヒルズの隣にあるイングリッシュ幼稚園から、一人で六本木ヒルズの自宅に帰る幼児を預かってください。と頼まれた。

伊藤秀雄は、これは、いよいよ誘拐の指示だと思い、遠山に連絡した。遠山からは、言われた指示通り動いてください。何か、行動に変化があった場合はご連絡ください。と言われた。

1月9日の火曜日当日、伊藤秀雄は、田中淳司とともに六本木ヒルズに向かい、隣のイングリッシュ幼稚園から児童が帰る時間を見計らって、少し前に、母親に電話して、祖父のところに行かせ、幼稚園にも一人で帰るように連絡して、高柳昌隆の子供が出てくるのを待った。出てきた子供を追って、六本木ヒルズに入り、エレベータを降りたところで、田中淳司が子供に麻酔薬を嗅がせ、眠ったところを伊藤秀雄が抱きあげ、地下の駐車場に行き、車の中に乗せた。その後、田中淳司は、誘拐が完了したことを鈴木事務局長に電話した。

その車に、あらかじめ伊藤秀雄から聞いていた遠山と大岩警部が乗り込み、幼児を確保し、田中淳司を逮捕した。

その後、遠山と大岩警部は、高柳昌隆の部屋に行き、警察が子供を預かっています。これから犯人から、誘拐と身代金の電話が入ります。犯人の言う通りお芝居をしてくださいと言って、電話を待った。

しばらくして、犯人から電話がかかり、子供を誘拐した、返してほしければ現金1億円を用意しろ、警察には電話するな、わかったな、また電話する。と言って電話は切れた。

伊藤秀雄は、田中淳司から聞いていた、子供を一時預かる場所のアパートに警察の人と車で行った。

2時間後、犯人から電話があり、会社から帰ってきた高柳昌隆が電話に出て、1億円は用意できたかと聞かれ、自宅の金庫にあるので用意はできたと話した。

犯人は、ではお前1人でお前の車で1億円を乗せて車を出せ。20分後に電話する。どこへ行くのかはスマホに電話する。

20分後に雑誌と新聞紙をつめたバッグを車に入れ、警察の指示通りスマホ以外のGPSと警察への直接話ができるマイクを取り付け、電話を待った。

ほぼ20分後に犯人から電話がかかり、首都高速都心環状線に乗れと指示が出て、霞ヶ関ICから首都高に乗った。首都高都心環状線を一回りしたところで、6号線に入って常磐道に向かうよう指示があった。

友部サービスエリアに近くなってきた時、犯人から、友部サービスエリアに入って一番水戸に近いところの駐車場スペースに止め、1億円のバッグを運転席に残し、お前はレストランに向かえ、と連絡があり、言われる通りレストランに向かった。

その間に、高柳昌隆が乗ってきた車に、犯人が近づきドアに手をかけたところで警察がその男を捕らえて逮捕した。

これを見ていた指示役の犯人から電話があり、おまえ、警察に連絡したな、子供の命はないものと思え、と言って電話を切った。

それからすぐに、高柳昌隆のスマホに妻から電話が入り、子供が無事帰ってきたとの連絡を受けた。高柳昌隆は一安心して、すぐに自分の車に戻った。

自分の車の周りには、警察官が5名ほどいて、現金を取りにきた若者を事情聴取していた。

この若者が乗ってきた自動車も警察が押収して捜査するようだ。

指示役の犯人は田中淳司のスマホに電話をかけ、（スマホは刑事が預かっていて）田中の代わりに出た伊藤秀雄に子供を東京湾の海の森公園に連れてくるように指示があった。

遠山は、伊藤と高柳に、もう犯人の言うことは聞かなくていいです。高柳には子供と一緒に教団がまだ狙う可能性がありますので身を隠してくださいと伝えた。

伊藤秀雄には、このあと警察で犯人の割り出しを行いますのでご協力お願いします。そのあとは、警察がやりますので、事件が落ち着くまで親戚の家などで大人しくしていてください。今は教団側があなたを探し回ると思いますので注意してください。ただ、警察には常に連絡がとれるようにしてください。と伝えた。

遠山は、友部サービスエリアの件について若者を逮捕した警察官から次の報告を受けた。

若者は、ネットで2時間5万円の仕事でいい仕事だと思って申し込み、指示者から友部サービスエリアの水戸よりの駐車場に、ＢＭＷ１１２の車が止まり、その運転席にバッグが置いてあるのでそれを持ってきて自分の車に乗せるように指示を受けた。と言っています。

遠山はわかりました。と言い、霞ヶ関警察署で伊藤秀雄から犯人の割り出し調査を行った。

伊藤秀雄からは、指示役は心正教事務局長の鈴木孝治で、鈴木が、誘拐からお金の受取など全てを指示していたと話した。

その後、霞ヶ関警察署で署長はじめ担当警部・刑事を集めた捜査会議が開催され、大岩警部から次の話があった。

誘拐事件、2件の殺人事件について、新たな誘拐事件からほぼ心正教事務局長の鈴木孝治が主犯であることがわかった。ただ、この件は、心正教の法人自体、つまり大友大介教祖が指示したものなのか、鈴木孝治心正教事務局長が仕組んだことなのかがまだ不明である。

しかし、今回の誘拐が失敗し、教団の信者と思っていた伊藤秀雄が警察に寝返ったと知った鈴木孝治は、伊藤を消しにかかると思われます。従って、教団がどこまでかかわっているか不明ですが、ここのところは、至急鈴木孝治を逮捕する必要がありますので、心正教事務所に立ち入り調査を行いたいと思います。

署長は、遠山さん、何かご意見ありますか？

遠山は、犯人側は、今は、誘拐の失敗で警察に狙われていることは承知していると思われます。そして、犯行の手口や、誘拐の実行犯で警察側に寝返った伊藤秀雄や高柳昌隆などの関係者を抹殺する動きを見せる可能性があります。よって、至急鈴木孝治を逮捕する必要がありますのでよろしくお願いします。

なお、高柳昌隆と山川颯太、飯山直人にかかってきた電話の音声、ボイスチェンジャーで声を変えていたと思いますが、科学捜査で同一人物か確認をお願いしていましたが、結果はいかがでしょうか？

科学調査班の担当から、同一人物でした。

遠山は、これで一連の誘拐事件、児童養護施設へのお金の件が解決します。ありがとうございました。では、心正教の立ち入り調査に行きましょう。

心正教の立ち入り調査を行い、大友大介教祖、宮沢康則副教祖、鈴木孝治事務局長がいて、鈴木孝治事務局長には逮捕状を突きつけて警察に同行を求めた。

大友教祖、宮沢副教祖には、3件の誘拐事件で最初の子供の山川蓮の殺害、2件目の誘拐時に拳銃で殺害された下川警部と1億円の恐喝、そして3件目の誘拐未遂事件と都内の3件の児童養護施設への1000万円ずつ3件3000万円のお金を置いてきた事件について説明したが、2人はまったく知らない、と言い、鈴木孝治事務局長がかってにやったことだと言い張った。捜査に関係ありそうな書類は持ち出したが、心正教の法人が関与している証拠はつかめなかった。

警察に戻り、鈴木孝治を取調室に入れて、自供を促した。取り調べに対し、鈴木孝治は次の証言をした。

ＩＴなどで事業に成功したベンチャー企業の社長なら、お金はたくさん持っていて、使い方も大胆なので、子供を誘拐してお金をもらい、子供を返したらあっさりとして、警察には届出しないだろうと思い犯行に及んだ。

誘拐する対象や誘拐時間、ルートなどは私が決めて、熱心な信者に実行を命じた。最初の山川颯太は警察に言わないと約束したのに、約束を破り警察が尾行していた。この時は、実行犯の山西清二が、この男は血の気が多く、警察が尾行していたのを知って、取引中止したことに腹を立て、東京湾の海の森公園で子供を海に投げ入れました。次に、誘拐した飯山直人ですが、警察には連絡していないように感じたが、実際には、後から車をつけていて、これまた、山西清二が、自家製の拳銃で警察官に発砲して逃げています。この飯山直人は、その後私の言うことを聞いて、東名上り線の足柄サービスエリアで、１億円をもらうことができ、３件の児童養護施設にクリスマスプレゼントとして伊藤秀雄に届けさせました。

伊藤秀雄は熱心な信者だと思い、3回目の誘拐を命じました。まさか、伊藤秀雄が警察に寝返るとは思いもよりませんでした。犯行はこれで全てです。そしてこれは私が考え行ったことです。心正教はまったく関係ありません。と言い張った。

大岩警部は、すぐに、2人を殺害した犯人として山西清二を重要参考人として指名手配した。

その後の、捜査会議では、今回の事件が、心正教ぐるみの犯行か、鈴木孝治をトップとした犯行かが議題となったが、心正教ぐるみの犯行までに至る資料は何も出てきていなかった。

1月9日の火曜日、山西清二が捕まり、事情聴取したところ、鈴木からの指示で誘拐、子供を海に投げ、下りの足柄サービスエリアで刑事に拳銃を撃って殺害したことを認めた。

遠山はこれで3件の誘拐事件と2件の殺人事件は解決されたが、何か、物足りないものを感じていた。

今回の誘拐事件は、心正教の教えである「心を正すことで災いを無くし幸せになる。そのために、教主様の教えを守り、貧しい人に施しを与え、富豪者には負荷をあたえなくてはいけないという考え方」の富豪者には負荷をあたえなくてはいけないという部分が、ITなど成功したベンチャー企業が富豪者にあたり、罰をあたえるとは、誘拐してお金をとることではないかと遠山は考えていて、大岩警部と対応を相談して時折、心正教の教会にも顔を出していた。

教団側は、集合協会（旧世界キリスト教集合協会）への文化庁からの質問権に至った事例でゆくゆくは裁判所の解散命令につながることにもなりかねないと懸念し警察との関係が悪化していった。

政府の主権在民党は、元総理大臣が宗教団体に絡み殺害されたことで批判されるのをなんとしても回避したく、宗教法人に対し、もっと強固な立入捜査権や解散命令請求権を行使できるような法律を閣議決定しようとしている。

一方、心正教の教義とその活動は、世界の平等を説き、約２０００人の信者からのお布施により、貧しい人に施しを与えるため、その施設の敷地内で炊き出しや餅つき大会を実施しあるいは、商店街の活性化としてお祭りに参加して団子や大福の販売を行っている。ただ、一部の信者には、富豪者にたかって恵んでもらってきなさいと指導していて、その中には盗みに入る信者もいると聞いている。

ただ、集まったお金の使い道では、1／3は貧しい人への施しに当て、1／3は教祖などの役員の給与で、残り1／3は政治献金だと会計担当者から聞きだした。

1月22日月曜日、そんな中、大岡警察庁長官宛に1通の差出人が書いていない手紙が届き、「これ以上の、宗教法人いじめはやめろ、さもないと、おまえを殺すぞ」という脅しの手紙が届いた。

これについては、主権在民党や総理大臣にも脅しが入ったことを伝え、警察庁内部では、大岡警察庁長官の警備が厳重化された。

そんな中、国立大学付属幼稚園に通う園児が1人、園から自宅に帰る途中で、母親が、コンビニで買い物をしている時に誘拐される事件が発生した。

コンビにから戻ってきた母親が、子供がいなくなったことに気づき、一人で自宅に帰ったかもしれないと思い、自宅に戻ったが、自宅には子供は帰っていなかった。母親はすぐに、父親に電話し、子供がいなくなったと連絡した。父親が戻ってきて事情を聞いたが、よくわからないまま子供が行方不明になった。10分後、自宅にボイスチェンジャーで声を変えた者から、子供を誘拐した。子供を無事に帰してほしければ、俺の言うことを聞け、決して警察には連絡するな。1億円を用意しろ。そして、おじいさんの総理に、今閣議決定しようとしている宗教法人をいじめる法律は取り下げるように言え。さもなくば、子供の命はない。と言って電話を切った。

誘拐された子供は、河田太郎総理大臣の孫の、河田涼太5歳で、父親は河田太郎総理大臣の秘書の河田孝太郎、母親は河田美佐子だった。

父親の河田孝太郎はすぐに渋谷警察署と首相官邸の河田太郎総理大臣に電話して事件は大きく動き出した。

つづく

理想をめざす夢のまた夢　後編

霞ヶ関警察署と警視庁（東京都千代田区）

主な登場人物

遠山金次郎……経営コンサルタント、警察庁特命調査官、遠山金四郎と二宮金次郎の末裔
大岡忠則……警察庁長官、遠山金次郎の伯父
山西裕一郎……企業戦略総合研究所コンサルタント所長
会田静子……企業戦略総合研究所同僚コンサルタント
橋本典子……企業戦略総合研究所事務員
大友大介……宗教法人「心正教」の教祖
宮沢康則……宗教法人「心正教」の副教祖
大岩健一……霞ヶ関警察署警部
河田太郎……主権在民党党首、内閣総理大臣
河田涼太……河田太郎総理大臣の孫5歳、河田孝太郎の長男
河田孝太郎……河田太郎の長男で総理大臣の秘書
谷川章一郎……集合協会専務理事
石山太一……立法党衆議院議員　心正教より政治献金あり
内藤裕二……警察庁事務次官　心正教教徒
内藤君子……内藤裕二の妻　心正教教徒

伊部元総理銃撃事件は2022年7月に発生し、衝撃的で日本のみならず世界の人々の悲しみを誘った事件だった。この事件の背景には、犯人の、宗教団体、集合協会（旧世界キリスト教集合協会）への恨みが根底にあり、宗教団体への取り扱いの問題がクローズアップされて、取り扱い強化のため、主権在民党（主在党）は、元総理大臣が宗教団体に絡み殺害されたことで批判されるのをなんとしても回避したく、宗教法人に対し、もっと強固な立入捜査権や解散命令請求権を行使できるような法律を閣議決定しようと取り組んでいた。

また、警察庁は宗教法人への取り扱いを強化する方向で取り組んでいて、各地域にある宗教法人に対し地元警察が今以上に監視強化を警察庁長官名の通達で発信していた。

1月22日月曜日、大岡警察庁長官宛に1通の差出人が書いていない手紙が届き、「これ以上の、宗教法人いじめはやめろ、さもないと、おまえを殺すぞ」という脅しの手紙が届いた。

これについては、主権在民党や総理大臣にも脅しが入ったことを伝え、警察庁内部では、大岡警察庁長官の警備が厳重化された。

そんな中の、1月23日火曜日、国立大学付属幼稚園に通う園児が1人、園から自宅に帰る途中で、母親が、コンビニで買い物をしている時に誘拐される事件が発生した。

コンビニから戻ってきた母親が、子供がいなくなったことに気づき、一人で自宅に帰ったかもしれないと思い、自宅に戻ったが、自宅には子供は帰っていなかった。母親はすぐに、父親に電話し、子供がいなくなったと連絡した。父親が戻ってきて事情を聞いたが、よくわからないまま子供が行方不明になった。10分後、自宅にボイスチェンジャーで声を変えた者から、子供を誘拐した。子供を無事に帰してほしければ、俺の言うことを聞け、決して警察には連絡するな。1億円を用意しろ。そして、おじいさんの総理に、今閣議決定しようとしている宗教法人をいじめる法律は取り下げるように言え。さもなくば、子供の命はない。と言って電話を切った。

誘拐された子供は、河田太郎総理大臣の孫の、河田涼太5歳で、父親は河田太郎総理大臣の秘書の河田孝太郎、母親は河田美佐子だった。

父親の河田孝太郎はすぐに渋谷警察署と首相官邸の河田太郎総理大臣に電話して事

件は大きく動き出したかに見えたが、事が大きいため、当面極秘として捜査することになった。

大岡警察庁長官は、自身に届いた脅迫状と今回犯人からの要求内容につながるところがあると見て、今までいろいろな事件を解決してきた、甥の遠山金次郎を呼び、内容を説明するとともに解決するように依頼した。

遠山は、1月24日水曜日、8時に誘拐事件が発生した管轄の渋谷警察署に出向き、署長に面談を申し入れた。最初に受け付けた刑事は、今、忙しいから部外者は帰った、帰ったと端から話を聞こうという態度ではなかった。警察庁特命調査官のカードを見せても何それ？　と言ってまともに見てくれなかった。しかたなく、遠くで話している上層部の人らしき方に、手をふり、頭を下げた。そしたら、近づいてきてくれて、どなたさんでしたか。と言われたので、もう一度警察庁特命調査官のカードを見せて、署長にお会いしたいのですが、と伝えたところ、すぐにピンと来て、あ、遠山様、大変失礼いたしました。まだ、若い者には遠山様のことは伝わっていないのが現状でしてすみませんと言って、署長に連絡を取り、署長室まで連れて行ってくれた。

署長室に入ると、署長が出迎えてくれて、今少し前、大岡長官から電話いただきました。

長官の話では、宗教法人がかかわっているとのことで、少し前に発生した、霞ヶ関警察署管内で起きた誘拐事件と関係があるかもしれないとのことでした。

遠山が、今回の事件の顛末を詳しく教えてください。と言ったら、署長室まで案内してくれた人が、では、私から説明しますと言ってくれた。署長は、この者は、渡辺警部といって、今回の事件を統括する警部ですと、改めて紹介してくれた。

渡辺警部から、詳しく次の説明があった。

誘拐のあった日は、1月23日火曜日、国立大学付属幼稚園に通う園児の河田涼太5歳が、幼稚園から自宅に帰る途中で、母親が、コンビニで買い物をしている時に車にいた涼太が誘拐される事件が発生した。誘拐された子供は、河田太郎総理大臣の孫の、河田涼太5歳で、父親は河田太郎総理大臣の秘書の河田孝太郎、母親は河田美佐子です。

コンビニから戻ってきた母親が、子供がいなくなったことに気づき、一人で自宅に帰ったかもしれないと思い、自宅に戻ったが、自宅には子供は帰っていなかった。母親はすぐに、父親に電話し、子供がいなくなったと連絡した。父親が戻ってきて母親に事情を聞いたが、よくわからないまま子供が行方不明になった。10分後、自宅にボイスチェンジャーで声を変えた者から、子供を誘拐した。子供を無事に帰してほしければ、俺の言うことを聞け、決して警察には連絡するな。1億円を用意しろ。そして、おじいさんの総理に、今閣議決定しようとしている宗教法人をいじめる法律は取り下げるように言え。さもなくば、子供の命はない。と言って電話を切った。

父親の河田孝太郎はすぐに渋谷警察署と首相官邸の河田太郎総理大臣に電話した。今朝、犯人からの連絡はまだないが、これから来ると思う。とのことだった。

遠山は、大岡長官から誘拐されたのは河田太郎総理大臣の孫とあらかじめ聞いていたのでびっくりはしなかったが、これが、ニュースにでも取り上げられたらたいへんなことになると、事件の重大性に改めて身が引き締まる思いがした。

話の内容からして、霞ヶ関警察署管内でおきた誘拐事件にすごく類似していて、宗教法人に対する法律を取り下げるように要求していることから、犯人は集合協会か心正教かのどちらかの関係者による犯行です。誘拐の手口から、心正教の関係者が犯人だと思います。

前回の、心正教の誘拐事件では、誘拐された子供と1億円の身代金を載せた車を追跡した警部が、拳銃で撃たれ亡くなっています。

従って、今起きている誘拐事件も慎重に行わないと、被害が拡大します。ですので、まずは、犯人の言うことをそのまま受けた方が得策だと思います。子供を無事に取り戻すことが最優先です。犯人確保はその次にしてください。と言った。

署長もその通りだね、渡辺警部、すぐに現場に連絡してください。そして、身代金の受け渡しのため車を使った場合、警察は絶対後をつけないようにしてください。車にGPSをつけて、運転者が電話で会話している時、警察も聞こえるようにマイクを設置してください。

もう、1億円は用意できているのですね。

渡辺警部は、できています。と言った。

河田孝太郎の自宅では、渋谷警察の渡辺警部からの連絡で、犯人の言うことを着実に実行して、まずは涼太さんの安全確保を第1にしてくださいとの連絡です。

河田孝太郎は、おじいさんに今閣議決定しようとしている宗教法人をいじめる法律は取り下げるように言えという指示はどうしたらよいですか？

そのことでしたら、すでに警察から総理大臣に連絡済みですので、話してあります。おじいさんはわかったと言っていると答えてください。そして、最初に必ず、子供は無事か、声を聞かせてくださいと言ってください。

河田孝太郎はわかりました。と言い、犯人からの電話を待った。

9時になったところで、犯人からの電話がなり、孝太郎が出ると、予想通り、1億円は用意できたか、と言ってきた。準備できていると答えると、次に、おじいさんには宗教法人をいじめる法律は取り下げるように言ったか。

言いました。おじいさんはわかったと言っていました。

よし、それでは、と言いかけたところで、待ってください、子供は無事ですか？声を聞かせてくださいと言った。

犯人は、子供は無事だが、声をきかせることはだめだ、と言った。そして、お前が

1億円が入ったバッグを持って、お前の車に一人で乗れ、そして今、携帯電話の番号を教えろ。

河田孝太郎はわかりましたと言い、携帯電話の番号を読み上げた。そして電話は切れた。

河田孝太郎は1億円の入ったバッグを車に載せ、次の連絡を待った。

そしてすぐに犯人から電話連絡があり、首都高に乗って都心環状線を一回りしろと指示があった。

指示通り、都心環状線を一回りしたところで、関越道に乗れとの指示があり、関越道に向かった。関越道に入って、寄居パーキングに近づいた時、犯人から、寄居パーキングに入れそして、藤岡方面に近い駐車場に車を止め、エンジンを切って、1億円のバッグは運転席におき、ドアを閉めずに、車から出て、寄居パーキングのレストランに行け。

河田孝太郎は指示された通りレストランに向かった。レストランに着いたところでスマホに電話がかかり、出てみると、犯人からで、1億円ありがとう、子供は、上りの寄居パーキング駐車場で、ホンダのレンタカーでフィット品川ナンバー２３７８の車の中にいる。おじいさんには、宗教法人をいじめる法律を作るならまた、身内が誘拐されるか、自身が襲われるか何かの報いがあるので承知するように。と言われ電話は切れた。

河田孝太郎はすぐに、自分の車を見に行ったがそこには、１億円のバッグは無かった。そしてすぐに寄居パーキングにあるスマートインターで関越高速を降りて、上り線の関越高速寄居パーキングのスマートインター入り口をめざした。そして、駐車場に入り、ホンダのフィット品川ナンバー２３７８をさがし、後部座席のドアを開けたところ、口と手足を縛られていた涼太を発見し、縛られていた紐などを解き抱きしめた。そして自分の車に子供を乗せ、妻と祖父の総理と、警察に涼太が無事確保されたことを伝え、東京の自宅に戻った。

遠山は、河田親子が自宅に着く頃を見計らって、訪問し、警察庁特命調査官であることを名乗り、誘拐の話を聞くことと、お願い事項を伝えた。

河田孝太郎からの誘拐の話については、警察で聞いていた事項とほぼ同じであった。

ただ、涼太さんは犯人の顔を見ていないかの質問には、お母さんがコンビニに行った時、2人組の男女だと思う人が、帽子を深くかぶり、バンダナで鼻から下を隠して、目しか見えなかったよ。そしてすぐに眠ってしまったと思う。そして目が覚めた時には目隠しされていたんだ。だから2人の顔は見ていないよ。

何か特徴のようなものは思い出せないかなあ。

女の人は、優しかったよ。食べ物や、飲み物をくれたよ。

遠山は、涼太さんありがとうと言った。そして、お願いというのは、この件は、まだ、一般の人は誰も知りません。警察関係者や政府関係者の一部の人間が知り得ていますが、情報統制していますので、河田さんのご親族・お知り合いの方にも他言無用にしてください。

わかりました。

遠山は、河田家族に対し、今後のことは警察にお任せください。全力で犯人逮捕に向け捜査していきます。と言って、河田家を出た。

1月25日木曜日、遠山は霞ヶ関の警察庁で、伯父の大岡忠則警察庁長官に面会を求めた。アポイントをとっていなかったため、なかなか、受付の事務官が理解してくれなく、警察庁特命調査官のカードと伯父甥の関係だと言って、長官秘書に確認してもらい、やっと長官から長官室に来るように連絡があった。

長官室でやっと伯父の大岡警察庁長官に会うことができ、伯父さんに会うのもたいへんですねと、いやみを言って挨拶に代えた。

遠山は、長官に、脅迫状が届いたと聞きました。コピーでよいので見せてくださいと言って、長官が机から脅迫状のコピーを取り出し見せてくれた。そこには、「これ以上の、宗教法人いじめはやめろ、さもないと、おまえを殺すぞ」という脅しの言葉が書かれていた。

遠山は、この内容からすると、先日、長官から企業戦略総合研究所に依頼された宗教法人の調査の中で、3法人が怪しいと報告させていただきましたが、その中でも、集合協会か心正教かのどちらかが怪しいと思います。霞ヶ関警察署の協力を得てこの2法人を当たってみていいですか？

大岡長官は、私もこの2法人が怪しいと思うが、敵は何をするかわからない危険なグループだ、くれぐれも慎重に捜査するようにとの言葉があった。

遠山は、この脅迫状ですが、宗教法人いじめは、主権在民党（主在党）と河田太郎総理大臣が進めるもので、警察庁への脅迫はお門違いだと思うのですが。

大岡長官は、この2法人には、警察が、動きをキャッチするため、この2法人の建物の周りを巡回させているので、その腹いせに脅迫状を送ってきたものと思っている。

遠山は、警察の巡回は、犯人側のいやなところをついているのですね。

そうだと思うよ。金次郎君、何かあったらすぐ連絡しなさい。すぐに警察を動かしますから。

遠山は、わかりました。ありがとうございます。ただ、伯父さん、伯父さんも狙われていますので気をつけてくださいね。と言って、長官室を出た。

遠山は、その足で霞ヶ関警察に行き、大岩警部と面会し、事件のその後など話し合った。

遠山からは、渋谷警察署管内で起きた誘拐事件について説明し、手口が、この霞ヶ関警察で起きた2件の誘拐事件と同じだった。私から渋谷警察署長に申し出て、警察はＧＰＳで追うことにして、犯人の言うことを聞くように河田家の皆さんを説得しました。

大岩警部はそれは得策でしたね。と言った。

そして遠山は、大岡警察庁長官宛に届いた脅迫状についても説明し、この脅迫状の内容からも、犯人側の宗教法人は、集合協会か心正教かのどちらかです。お手数ですが、一緒にご同行願えますか？　と投げかけた。そしてもちろん署長にも私からお願いしておきます。

ただ、今回の事件は、警察のメンツもありますが、政界も関係しています。事件が大きくならないうちに食い止めなくてはなりません。ご協力よろしくお願いします。そして、さしあたって、明日、集合協会から当たってみたいと思いますので、よろしくお願いします。

1月26日金曜日、遠山と大岩警部は、渋谷区にある集合協会の本部に向かった。

集合協会では、谷川章一郎集合協会専務理事が対応に出てきたので、お話をお聞かせくださいと申し入れた。２人は応接室に通され、話をすることになった。

まず、遠山から本日の目的についてから話し始めた。集合協会は、元総理の殺害に至ったことに関係し、社会的に批判を浴びているとともに、信者に対しマインドコントロールをしてお金集めをしていたと批判されています。これが、今、一般社会からこのままでいいのか、との政治問題に発展してきています。これについて谷川さんはどう思いますか？

谷川は、一時期、政治献金のためお金が不足し、信者に協力を求めたこともありましたが、元総理殺害事件から、政治に対し一切関与しないと役員会で決めておりますので、資金集めも従来のような強硬な手段でお金集めは行っていません。今、政府が、宗教団体を厳しく管理しようと動き出しているのは当然なことだと思っています。私どもも、すでに事件がらみで、警察による内情調査は行われていて、今では、隠して何かをしようとは思っていません。との話があった。

遠山は、この話を聞き、少しは安堵して集合協会を出た。

次に向かったのは、港区にある心正教で、教団側から出てきたのは宮沢康則宗教法人「心正教」の副教祖であった。

遠山は、まず、宮沢副教祖に、この心正教のことを尋ねた。

宮沢副教祖からは、次の通り説明があった。

心正教は、心を正すことで災いを無くし幸せになる。そのために、教主様の教えを守り、貧しい人に施しを与え、富豪者には負荷をあたえなくてはいけないという考え方で、２００３年、静岡市出身の大友大介27歳（現在48歳）が、「心を正すことで災いを無くし幸せになる」ことを基本理念に掲げ宗教法人「心正教」を立ち上げた。

２０２３年4月時点の信者数は約2，０００人で、徐々に増やしつつある。

教団の体制は、大友教祖を筆頭に、副教祖の私、事務局長の順で宗教法人の運営に当たっている。先日事件を起こした鈴木事務局長は、クビにして新たに山下海人が後任に当たっています。

遠山は、ありがとうございます。まずは説明のお礼を言った。

続けて、富豪者には負荷をあたえなくてはいけないということはどういうことですか？

宮沢は、それは富豪者には貧しい人に施しを与えるため、協力してもらうということとです。

その協力とはどのようなことですか？

それは、寄付していただくことが多いと思います。

遠山は、次に、貧しい人に施しを与えるとはどういうことですか？

それは、集めたお金の一部を分け与えるということです。

遠山は、それはすばらしいことですね。と言い、実際に施しを与えた貧しい人とはどんな人たちですか？

それは、何かの理由で親を亡くした子供とか、働くことができなく、食べることにも困っている人たちです。

遠山は、その富豪者や貧しい人たちの中で、負荷を与える富豪者と施しを与える貧しい人はどのように決められるのですか？

それは、教祖や私の意見により決められます。

遠山は次に、心正教は政治献金も行っているが、何の目的で政治献金をしているのですか？

それは、私たちと同じ考えの議員さんがいることと、我々のような宗教団体をもっと社会に役立つ団体にしていってもらいたいためです。

遠山は、最後に、最近、この周りを警察がよく見張っているのをご存知ですか？　そして、警察に対し、敵意をいだいてはいませんか？

それはどういう意味ですか？

特に意味はありません。警察を鬱陶しいと思っていないかをお聞きしたいのです。

宮沢は、一瞬ためらいを見せたが、すぐに、そのようには思っていませんが。

遠山と大岩警部は、宮沢にお礼を言って引き上げた。

遠山は、大岩警部に、警察庁長官に脅迫状を送りつけたのは心正教だね、単刀直入に聞いたら、宮沢はためらいを見せました。直球勝負はすぐに顔に出ますね。

警察庁長官に、心正教の宮沢副教祖に会い、話を聞いたところでは、脅迫状を送りつけたのは心正教です。この教団の動きを常にウォッチしていてくださいと連絡した。

内藤裕二は大岡警察庁長官の長官付け事務次官で、全国の警察からの事件内容を長官に伝える役を担っているが、妻君子は熱心な心正教教徒で、教団の中では5番目の地位になっていた。そして、河田涼太誘拐事件での誘拐の実行役であった。この事件で入った1億円について、宮沢副教祖は、5人の幹部および実行犯で5000万円を分け、残り5000万円は政治献金とすることとした。これに対し、内藤君子は貧しい人への施しがないと宮沢副教祖に文句を言って言い争いになっていた。

内藤裕二は、妻君子に今日も残業になると言って出かけようとしたが、妻が、私も教団の仕事が忙しいので遅くなるから早く帰ってきてよ。と言ったら、裕二が、今、総理の孫が誘拐されて大変なんだよと、つい口に出してしまった。

妻の君子は、びっくりして、そうなの？　と、違う意味でびっくりで、驚きを隠すのが大変だった。そして君子は、総理の孫が誘拐されたことは、警察が知っていることを、宮沢副教祖に伝えた。

1月31日水曜日の朝、ジョギングをしていた夫婦が、神社の木の陰に人が倒れているのを見つけ、近寄って見たら、腹から血が出ていて、意識はなく死んでいた。すぐに警察に連絡し、大騒ぎになった。

亡くなったのが警察庁事務次官の内藤裕二とわかり、警察内部ではさらに重大事件に発展していった。

遠山は、警察庁の内藤裕二が殺害されたことを聞き、びっくりし、すぐに現場に駆けつけた。

現場では、警察が殺人事件の捜査として、神社の森の周りを立ち入り禁止にして捜査していた。

遠山が現場に着いた時には、死体はすでに検視のため警察病院に運ばれていた。

遠山は、殺害はナイフによるものだと聞き、死体が横たわっていた場所をもう一度確認した。

ナイフは近くに落ちていたが、手袋をはめていたので指紋は検出されなかった。死体が横たわっていた場所には、数箇所に血痕が散らばっていた。また、靴跡も残されていた。

遠山と大岩警部は、内藤裕二がなぜ殺されたかを聞くため、妻の君子を訪ねた。そして、ご主人がどうして殺されたか、奥さんは何かご存知ありませんか？

内藤君子は、何も知りませんと言っていたが、大岩警部が、内藤裕二さんは、警察庁の中でも優秀で、大岡警察庁長官の事務次官として抜擢された方で、私と同期で出世頭でした。それが、どうして殺されなければならないのか、残念で仕方ありません。と涙ぐんだ。それを見た君子は、私が、心正教などという宗教に入らなかったらよかったんだね。と言って、奥さんも涙ぐんでしまった。

遠山は、2024年2月2日の内藤裕二の通夜の席に、喪主である妻君子の挨拶を河田涼太に聞かせるため参列した。そして、妻君子の挨拶の話のトーンが、誘拐されて目隠しされた時のトーンと同じだと涼太が答えた。

2024年2月4日、内藤裕二の葬儀の翌日、遠山と大岩警部、涼太の3人で内藤君子を訪ねた。玄関に出てきた3人を見て、特に涼太を見て、今日はどんなご用事でしょうか？

遠山は、いえね、この涼太君が先日誘拐されましてね、その時の誘拐犯は男女2人組みで、その女の人が、誘拐犯ではあるが、涼太君に優しく接してくれて、言葉のトーンを覚えてくれていたんですよ。内藤君子さん、誘拐犯の一人はあなたですよね。

涼太は、僕、目隠しされていたけどわかっていたよ、お母さんみたいだったから。

と言った。

内藤君子は、そこで、泣きだしてしまった。そして、しばらくして、ごめんなさい。

と言って、誘拐事件の真相を次の通り話した。

私は、友達の紹介で心正教という教団を知り、大友教祖の話も何回か聞き、心を正すことで災いを無くし幸せになる。そのために、教主様の教えを守り、貧しい人に施しを与え、富豪者には負荷をあたえなくてはいけないという、人間平等の考えも共感し信者になりました。

最初は、少額でしたが寄付をしましたが、そのうち、お金もないので、教団の雑用仕事を一生懸命行いました。そのうち、大友教祖は考え方や人柄もよく、いい人ですが、お金の面に弱く、お金に関することは、教団の宮沢副教祖が取り仕切るようになりました。最初は信者からお金を集めていましたが、それでは物足りなくなり、「富豪者には負荷をあたえる」という教義を「富豪者からお金を巻き上げる」と、かってに解釈し、最初は、泥棒でしたが、らちがあかず、誘拐に変更してきました。富豪者は1億円くらい優に持っているので、警察に連絡せずに1億円を出すのではないかと言い張って、熱心な信者をそそのかして誘拐をしてきました。うまく誘拐ができ、1億円が入った場合には、半分の5000万円は、貧しい人たちに施しを行ってきました。誘拐犯の実行役は、先日警察に逮捕された、鈴木事務局長が行っていました。鈴木事務局長がやめたあとは、宮沢副教祖が、私に実行役を命じました。

私は、悪事に手を染めたくないので、子供を預かる役として誘拐に参加しました。

遠山は、内藤君子に対し、よく話してくれました。と言い、先日もお聞きしましたが、ご主人内藤裕二さん殺害に関して、何かご存知のことはありませんか？　と聞いた。

君子は、夫が殺害される夜、夫から、河田総理の孫を誘拐したのはお前ではないか。と言われ、計画書類などを見つけられていたので、これ以上、嘘はつけないと思い、私だと答えました。そしたら、夫は、お前は手先で動いただけだろう。と言い、捕まっても刑はそんなに重くはない。誘拐を指図したのは誰だ。と言われたので、宮沢副教祖だと答えました。

そしたら、警察庁にこのことを伝えに行ってくると言って出かけ、そして神社の森でナイフで殺されました。

遠山は、犯人の心当たりはありますか？　の質問をした。

君子は夫が警察庁で何をしていたのかは知りませんのでわかりません。私の方は、今、話した内容を教団の上層部が聞いていたら、夫が警察に連絡しないように殺害する可能性があります。

遠山はわかりました。奥さんは、これから警察に行き自首してください。と言って内藤家を出た。

遠山は、大岩警部に依頼して、1月30日の夜、大友教祖以外、教団の宮沢副教祖を含めた役員3人のその日のアリバイを確認するように依頼した。

そして、遠山と大岩警部は心正教の大友教祖に会いに行った。

出てきた大友教祖は、鈴木事務局長の誘拐事件について、世間をお騒がせしてすみません。と最初から低姿勢で迎えた。

遠山は、大友教祖に対し、教団設立経緯や教団の理念など教えてくださいと言った。

大友教祖からは、次の内容の話があった。

私は、静岡の農家の出で、家が貧しかったので、大学も行けず、子供の頃はおいしいケーキやソフトクリームなど食べたくても買ってもらえませんでした。貧富の差を痛感し、貧富の差を無くすためにはどうしたら良いか、いろいろ考えました。そこで思いついたのが、貧富の差は、現実のお金の所有高がありますが、心というか考え方で、他人と比較しない、自分自身が心の裕福を感じることができれば、貧富の差も少しは縮まるのではないかと考えました。簡単に言うと、ここに1万円があります。常にポケットの財布に5000円くらいしか入っていない人は、1万円は大きなお金で裕福になった感じがします。しかし、10億のお金を自由に動かすことができる人にとっては、1万円ははした金です。

ですので、今ある貯金を少しでも多くする努力をすること、そして、その多くなった喜びを感じることができるようにするためにどうしたら良いか考えました。結論は、「心を正すことで災いを無くし幸せになる」これは、邪心（欲望、ねたみ、嫉妬など）

を無くして自分の悩みを無くし、自分の進むべき道を選び、その先にある幸せに向かって努力する。その努力する過程が大事でそれはお金があるなしのことではない。と考えました。

そして、このことは、自分ひとりの問題でもないと考え、寺院や神社の前で、真剣にお参りしていて、少し元気がないような人に声をかけ、話を聞いてもらいました。そのうちに何人かの方から、あなたのお話を聞いて、心を入れ替えて事にあたったら、それがうまくいったと言って、まとまったお金をもらうようになりまして、教団を設立することができました。

遠山は、丁寧なご説明ありがとうございました。と言い、大友教祖は、教団のお金が今どのようになっているのかご存知ですか？

いえ、全ては、宮沢副教祖にお任せで、私はほとんどお金にはタッチしていません。

富豪者の子供を誘拐して身代金をもらっているかもしれません。ご存知ですか？

大友教祖は、まったく知りません。そんなことがあるのですか？　私は、教団で設けようなどと思っていません。今は、信者が２０００名になり、大きくなりすぎていると思っています。

遠山は、ところで、今日は宮沢副教祖はこちらに来ていますか？

大友教祖は、最近は、彼も忙しそうで、なかなか彼と話もできていないのです。

ただ、今日は、彼と話をしようと思い、15時にここに来るように伝えてあります。

遠山は、最後に、これは念のため関係者には全員お聞きしていますが、1月30日21時頃どこで何をしていましたか？

大友教祖は、少し席をはずし、手帳を持参して、その日は、どうしても夜にお話を聞きたいという信者さんがいたので、その方とここでお話ししていました。その信者さんは、と具体的な信者の名前と電話番号を教えてもらった。

遠山は、わかりました。ありがとうございました。と言って、教団の建物を出た。

そして、今聞いた信者に電話をして、大友教祖のアリバイを確認した。

遠山と大岩警部は、教団を出てから、宮沢副教祖の自宅に向かった。

宮沢副教祖の自宅玄関のボタンを押したところ、女性が出てきた。2人は警察関係者であることを伝え、女性は副教祖の妻であることを名乗った。

遠山は、ご主人は立派な教団の副教祖ですばらしいですね。奥さんも鼻高々ですねとお世辞を言ったあと、少し、お聞きしたいことがあります。いいですか？

実は、1月30日の夜、21時頃、この先のお宅に泥棒が入りましてね、その当時ご在宅の方に、不審な人や物音が聞こえなかったか確認して回っています。ご夫婦でこの時間ご在宅でしたか？

副教組の妻は、奥に入ってメモを持ってきて、確認してくれた。その1月30日の夜、21時頃は、私は家にいましたが、主人は22時頃に帰ってきました。その時のこと何か思い当たることはありませんかね？

副教組の妻は、あの日は、夫が遅く帰ってきたので起きて待っていましたが、外では何もなかったですよ。

遠山は、外では何もなかったけれど、家の中では何かあったのですか？

副教組の妻は、夫が帰ったあと、靴が汚れていたので、洗おうかと言ったら、それは捨てておいてと言われたので、袋に入れて、来週の資源ごみで捨てるまで、倉庫の隅に置いてあります。

私としては、血がついていたようで、洗わずに済んでよかったと思っています。とのことだった。

遠山は、ありがとうございますと言って、玄関を閉め、門に向かう途中倉庫を見てみた。

そこにはまだ、捨てるはずの靴が入った袋が置いてあった。それを持って宮沢家を出た。

そして、渋谷警察署に行き、靴の血痕が亡くなった内藤裕二のものと、靴の型が殺人現場にあった型と一致しているか確認依頼をした。

2人は、霞ヶ関警察署に戻り、依頼した1月30日の夜、大友教祖以外、教団の宮沢副教祖を含めた役員3人のその日のアリバイを確認した結果を聞いた。

その結果は、宮沢副教祖以外は、アリバイが立証されたが、宮沢副教祖は、22時まで教団の自分の部屋にいたと主張し、それを証明する人は誰もいなかった。

2024年2月5日月曜日、霞ヶ関警察署に出向いた遠山は、大岩警部と、渋谷警察署からの、血液と靴の足型が同一であるとの結果を受けた。すでに合同捜査本部となっていたので、渋谷警察が宮沢副教祖の自宅に急行した。そして、宮沢副教祖に逮捕状をつきつけ、渋谷警察署に連行した。

渋谷警察署の事情聴取では、宮沢副教祖は、犯行を否認し続けていた。しかし、血のついた靴の物的証拠を見せ付けられ、犯行を自白した。

自白した内容は、心正教は、2000人の教徒からの寄付金では、心正教を大きくすることができず、教徒に対して富豪者から寄付金をもらうように言い渡していたが、結果うまく資金が集まらず、どんな手を使っても富豪者からお金を巻き上げ、貧しい人への施しをすることが正義と思い込み、ベンチャー企業の社長の子供を誘拐し身代金をいただくことに手を出した。

今回は、河田総理の孫を誘拐し1億円を手に入れたが、実行犯の内藤君子が、分配の件で貧しい人への施しがないと言って、これでは真の悪徳宗教法人になってしまうと悩みだした。

1月30日火曜日、内藤君子が元気なく悩んでいるのを見て、夫の内藤裕二は、霞ヶ関警察や渋谷警察で起きた誘拐事件の犯人は、妻君子の心正教が犯人ではないかと疑い始めていた。そして妻の元気がない理由を知りたくて早めに帰ってきた夫の内藤裕二は、妻の箪笥や机の周りの書類を見てみて、河田涼太誘拐の手順書を見つけてしまった。そして、妻が帰ってきてからそのことを問いただしたところ妻は自供した。

その日の夜、内藤君子の態度がおかしいとにらんだ宮沢副教祖は、内藤君子の自宅を監視していて、夫婦がけんかや、話し合いをして妻が自供した内容を聞いていた。

そして、内藤裕二が警察に話してくると出かけた後をつけて、神社の森の中で20時30分、ナイフで腹を刺して殺害した。という内容であった。


心正教は、主権在民党（主在党）や総理大臣が進めようとしている宗教法人に対する強固な立入捜査権や解散命令請求権を行使できるような法律を立法党衆議院議員の石山太一に政治献金して取り下げるように働きかけていた。

そして、2024年2月5日月曜日、国会の質問で、石山太一議員が、総理に対し、河田総理の孫が誘拐され1億円を犯人側に渡した、また、この誘拐を警察が知ってい て手を出さなかったと聞きましたが、これはほんとうですか？　との質問をしたため、国会で大騒ぎになった。

議長がご静粛にと3回発言したが、騒ぎは収まる気配はなかった。

そこに、河田総理の秘書が、総理のもとにかけより、総理にメモを渡した。

読んだ総理は、一呼吸おいて、「皆さん、私の話を聞いてください」と言って、次のことを皆に伝えた。

先ほど、警察庁からの連絡で、私の孫の誘拐事件および、警察庁の事務次官殺害の犯人が逮捕されました。この犯人は、心正教の宮沢康則副教祖でした。これで私も一安心いたしました。なお、先ほどの質問に立たれた石山太一議員の立法党はこの宗教法人心正教から多額の政治献金を受けている党です。心正教から宗教法人改正案の法律を取り下げるように依頼を受けていることは容易に想像できます。皆さんいかがでしょうか？

私の発言は以上になります。と言って、主在党の議員を中心に大きな拍手で包まれ、その日の国会は終了した。

翌日、企業戦略総合研究所に出社した遠山は、山西所長に今回の一連の報告をし、今度も探偵の仕事で大活躍だったねと言われた。警察庁でも大岡長官から今回は日本を救ってくれたね、ありがとう。感謝の言葉をいただいた。遠山は、これでやっと本職の経営コンサルタントができますね。と言って長官室を出た。

その後、2024年秋に行われた衆議院総選挙において、主在党は大きく得票数を伸ばし、立法党は一人も当選者なく、解党へとつながった。

完

著者プロフィール

笹川 俊之（ささがわ としゆき）

1954年1月、静岡県袋井市生まれ。

静岡県立袋井商業高校を卒業後、1972年4月第一勧業銀行（現みずほ銀行）入行、2003年3月同行を退行。

2003年4月より柏調理師専門学校で調理を学び調理師免許取得。

2004年7月にSUS株式会社入社、監査役、取締役、常勤顧問を経て2024年1月退職。

著書に『未来予想ストーリー　企業の成長編』（パレードブックス）、『我らのお殿様 北条氏重』（文芸社）がある。


経営コンサルタント「遠山金次郎」殺人事件簿

2024年7月1日　初版第1刷発行

著　者　笹川 俊之
発行者　瓜谷 綱延
発行所　株式会社文芸社
〒160-0022 東京都新宿区新宿1－10－1
電話 03-5369-3060（代表）
03-5369-2299（販売）

印刷所　株式会社晃陽社

ISBN978-4-286-25458-6